बुद्धम् शरणम्

बुद्धम् शरणम्
(शांति की खोज में समर्पित नारियों की कथाएँ)

नम्रता

BLACK EAGLE BOOKS
2021

BLACK EAGLE BOOKS
USA address:
7464 Wisdom Lane
Dublin, OH 43016

India address:
E/312, Trident Galaxy, Kalinga Nagar,
Bhubaneswar-751003, Odisha, India

E-mail: info@blackeaglebooks.org
Website: www.blackeaglebooks.org

First International Edition Published by
BLACK EAGLE BOOKS, 2021

BUDDHAM SARANAM
by **Namrata**

Copyright © **Namrata**

All rights reserved. No part of this publication may be reproduced, stored in a retrieval system, or transmitted, in any form or by any means, electronic, mechanical, photocopying, recording or otherwise without the prior permission of the publisher.

Cover : **Umasankar Bhuyan**
Interior Design: Ezy's Publication

ISBN- 978-1-64560-175-3 (Paperback)

Printed in the United States of America

स्नेह तथा अपनेपन के साथ साथ
एक अनुशासित जीवन जीने की कला की सीख देनेवाले,
मेरे माता-पिता समान सास और ससुरजी
स्व. सुदर्शन देवी (मम्मा) तथा **स्व. जयचंद चढ्ढा (डैडी जी)**
को श्रद्धा सुमन के साथ समर्पित

Biswa Bhusan Harichandan

RAJ BHAVAN
VIJAYAWADA 520 002

सत्यमेव जयते

GOVERNOR
ANDHRA PRADESH

प्रस्तावना

श्रीमती नम्रता चड्ढा द्वारा लिखित इस पुस्तक में उन स्त्रियों की कहानियों का संग्रह है जिनका जीवन बौद्धकाल में दुरूह हो गया था। पुस्तक में कुल 17 लघु कथाएं हैं जिनमें से बौद्धकाल की 15 स्त्रियों के विषय में लिखा गया है जिन्होंने भगवान बौद्ध दर्शन से प्रभावित होकर अपना जीवन संवारा और गैरबराबरी से मुक्त होने का मार्ग खुद ही निकाला। मूल मंत्र था 'बुद्धम शरणम गच्छामि,' संघम शरणम गच्छामि। महिला सशक्तीकरण के तमाम प्रयासों के दौर में यह पुस्तक समाज के लिए उपयोगी हो सकती है। बौद्धकाल में स्त्री-विमर्श का यह दस्तावेज है जिसे रोचक ढंग से पाठकों के सामने परोसा गया है। कहानियों का यह लघु संग्रह संक्षिप्त तो है ही साथ में रोचक और भाषाई दृष्टि से पढ़ने में भी आसान होगा। भिक्षुओं के लिए बौद्ध संघ की स्थापना के बाद भिक्षुणी संघ की भी पृथक स्थापना संभवतः वैशाली में हुई बतायी जाती है। उनके उपदेशों का मूलमंत्र था संघं शरणम गच्छामि। कहा जाता कि जब बुद्ध कपिलवस्तु लौटे तो शाक्य स्त्रियों के संघ में शामिल होने की उतनी ही ललक उन्हें दिखी जितनी पुरुषों में थी। हालांकि उनकी क्षीरदायिका माता (मौसी) गौतमी ने उनसे स्त्रियों के संघ में प्रवेश की अनुमति मांगी थी जिसे बुद्ध ने अस्वीकार कर दिया था। संघ में प्रवेश को लेकर गौतमी सहित उत्सुक महिलाओं ने वेश-भूषा बदल ली। बिल्कुल भिक्षुओं की तरह केश कर्तन और वस्त्रादि धारण कर लिए। गौतमी ने इसके लिए बुद्ध के सेवक आनंद से वार्ता की। उनके आग्रह पर स्त्रियों का संघ में प्रवेश हुआ। तथागत (बुद्ध) ने अपने शिष्य आनंद से कहा भी कि वह जानते हैं कि पुरुषों की तरह स्त्रियां भी निर्वाण प्राप्त कर सकती हैं। पुरुषों को स्त्रियों की अपेक्षा वह विशेष नहीं मानते। संघ में स्त्रियों के प्रवेश पर उनकी असहमति व्यावहारिक कारणों से थी। भगवान बुद्ध ने स्त्रियों को संघ में स्वीकारने के लिए आठ बातें मानने को कहा। इन्हें अट्ठगुरु धम्म (अष्ठ गुरु धर्म) कहा जाता है। प्रथम समूह में आठ सौ स्त्रियां बौद्ध संघ में शामिल हुई। इनमें यशोधरा भी थीं। मल्लिका, क्षेमावती, आम्रपाली, प्रकृति, खुजुतरा आदि वे महिलाएं हैं जिन्होंने लगभग ढाई हजार साल पहले के समय में जब स्त्रियों को पुरुषों की तुलना में काफी नीचे समझा जाता था, उसे पति या पुत्र की छत्रछाया में जीवन बिताने को मजबूर होना पड़ता था, पुरुष प्रधान समाज में स्त्रियों के लिए निर्धारित मानकों का परिपालन करना पड़ता था, ऐसे माहौल में स्त्री अधिकारों, स्त्री समानता की बात पुरजोरी से उठायी थी। माना जाता है कि बुद्ध स्त्रियों के प्रवेश से होने वाली कठिनाइयों के प्रति चिंतित थे। इसीलिए वैशाली में पृथक संघ की स्थापना की। इसका विवरण थेरीगाथा में उपलब्ध है। बहुत सी स्त्रियां पति के संघ में जाने के साथ ही संघ में प्रवेश करने लगी। इनमें ज्यादातर दुखी, संतान वियोग व अन्य सामाजिक कारणों से भी संघ में प्रवेश करती थी। भिक्षुणी संघ में हर वर्ग की स्त्रियां भी प्रवेश लेती थी। इन भिक्षुणियों को आदर की दृष्टि से देखा जाता रहा है। यह परंपरा आज भी है। भारतीय संस्कृति विशेषकर बुद्ध प्रवचनों के प्रचार-प्रसार में भिक्षु संघ की भांति भिक्षुणी संघ का भी योगदान कुछ कम नहीं है।

यह कहना सर्वथा उचित होगा कि नम्रता जी की इस पुस्तक में बौद्धकाल की महिलाओं की कथाएं अपने आप में रोचक हैं जिनका संक्षिप्त वर्णन पठनीय होगा। पुस्तक संदेश देती हैं कि धर्म और ईश्वर की शरण में जाना ही मोक्ष प्राप्ति का साधन है। स्त्रियों को भोग की वस्तु और आश्रिता समझने वाले पुरुष समाज में भगवान बुद्ध ने स्त्री उत्थान और समान अधिकार का मार्ग प्रशस्त किया। बौद्धकाल में यह स्त्रियों का एक करुणामय संघर्ष कहा जा सकता है। मैं नम्रता जी की इस पुस्तक की सफलता की कामना करता हूं।

बिश्वभूषण हरिचन्दन

(श्री विश्वभूषण हरिचंदन) 13/1

NAMO BUDDHAYA

MAHA BODHI SOCIETY OF INDIA

(Premier International Buddhist Organisation : Estd.-1891)
Founder : Bodhisatthwa Anagarika Dharmapala
[Registered under W.B.S.R. Act, 1961-Regn. No. 2666 of 1915-16]
Visit us : www.mbsiindia.org

1864 – 1933

19th November, 2020

MESSAGE

The women are the mothers and nourishers for the mankind, but they have been put to suffer through social and gender discriminations throughout the ages. Women were barred to take part on social platforms and in religious rituals. Gautam Buddha was the first to open the doors to religious dignity and spiritual salvation for them. The most significant and revolutionary step was the establishment of the Bhikkhuni or Nuns Order in Buddhism. With this right of entering and treading on the path of the Buddha and also guiding others to the achievement of Nibbana – the highest bliss, the women came to same status as of men. The movement of 'Women's Empowerment' thus got initiated from the time of Buddha. The teachings of the Buddha are relevant and good solution of many social issues of all the times.

The book – "Buddham Saranam", written by Ms. Namrata Chaddha, a Senior Member of Maha Bodhi Society of India, will act as great inspiration for all women going forth on the way of social, religious and spiritual upliftment.

Bhavatu Sabba Mangalam,

(Ven. P. Seewalee Thero)
General Secretary,
Maha Bodhi Society of India

DHAMMA SOCIETY INDIA
SILA   Samadhi   Pragya

Nand Niketan, Naka Hindola, Lucknow (INDIA)
Regd. No. 2734-2007-2008 Dt. 18.03.2008

Mahendra Singh 'Buddhaputta'
Former Special Secretary, U.P. Govt.
Chairman-Dhamma Society India

Flat No. : 3002, Heritage Apartments,
5 Park Road, Lucknow-226001
Mob. : 07388755555/08009999990
Email : buddhaputtamsingh345@gmail.com

     Since I met Namrata Chadha and heard her views which were found quite lucid, upright, just, replete with human values and egality. She is the champion to give a clarion call candidly without any fear or hesitation. May it be the cause of woman-child atrocity, injustice with down-trodden, have-nots or any type of social evil, she is found a front-runner to raise her voice for its redressal. She has set various mile-stones in litrary, legal, social and other fields. In a word, she is a multi-faceted pesonality.

     But this time, Namrata Chadha has carved a niche in the dead wall to rekindle the Dhamma-Lamp of the Teaching of the Buddha by authoring a wonderful book under the caption "BUDDHAM SARNAM". This work illustrates the lives of certain 17 "Bhikkhunis" (Theries) of Buddha's period so naively. Her this work not only implies the advertence to socio-religious egalitarianism of Buddha to uplift the women to juxtapose them equal to the status of men, but certainly encourage and remind the present women-folk the role they played so magnificently in socio-religious front which used to be understood exclusive domain of the men. Perhaps this is the first ever attempt by any woman-author it is not the final. It is auspicious beginning never to end.

     I think Namratha Chadha will not stop here but see will continue to right more and more on the lives of other Theries (Bhikkhunis) in a series to keep the Dhamma-lamp a flame to enlighten and awaken the society from the Deep sleep of ignorance. Dhamma danam sabba danam jinati (Dhamma dana excels all the dana).

     I wish and bless her quite happy, healthy, prosperous and the longest course of life. May it be so.

Bhavatu Sabba Mangalam,
With highest Metta,

Dated:- 17-11-2020

M. Singh
(Mahendra Singh)

मेरी बात...

बुद्धम् शरणम् गच्छामि, धम्मम् शरणम् गच्छामि का मूल मंत्र क्या बौद्धकाल की स्त्रियों के लिए दासता से मुक्ति का मूलमंत्र था। बौद्धकाल की स्त्रियों की प्रतिनिधि कथाओं का संकलन करके उन्हें एक पुस्तक के रूप में प्रस्तुत करने एक छोटी सी कोशिश मैने की है। इसके पीछे उद्देश्य यही था कि उस काल में स्त्रियों की स्थिति दयनीय थी उन्हें, भोग्या समझा जाता था। विलासिता की वस्तु समझने के साथ ही उन पर चरित्रहीनता और विलासिनी जैसे आरोप लगाए जाते थे। ज्ञान प्राप्ति के कुछ वर्ष बाद भगवान बुद्ध स्त्रियों को समाज में बराबरी का दर्जा देने का कार्य किया। उन्होंने भिक्षुओं के साथ ही भिक्षुणियों के लिए भी पृथक संघ की स्थापना की। बुद्ध के जीवन में जिन स्त्रियों की कथाओं की प्रस्तुति मेरी पुस्तक के माध्यम से की जा रही है उसमें यह झलकता है कि भगवान बुद्ध पितृ सत्तात्मक सामाजिक मूल्यों के विरुद्ध थे। उन्होंने समाज में स्त्रियों को पुरुषों के बराबर खड़ा करने का सार्थक प्रयास किया। कहा जाए तो महिला सशक्तीकरण का बीजारोपण बौद्धकाल में ही हुआ था। बुद्ध ने जब नर्तकी अंबपाली का आतिथ्य स्वीकार

किया था तभी यह साबित होने लगा था कि वह पुरुष और स्त्रियों में गैरबराबरी समाप्त करना चाहते थे। स्त्रियों की दशा को लेकर बेहद चिंतित रहने वाले बुद्ध के परम शिष्य आनंद के व्यक्तित्व का यह मानवीय पहलू था कि उन्होने बौद्ध संघ में स्त्रियों को शामिल करने और उनका उद्धार करने के लिए बुद्ध को तैयार कर लिया था। संघ को भिक्षु और भिक्षुणियों की अलग-अलग श्रेणी में बांटकर भिक्षु संघ को ऊपर का दर्जा दिया गया। बौद्ध धर्म के प्रचार-प्रचार में भिक्षुओं की भूमिका अपेक्षाकृत महत्वपूर्ण हुआ करती थी। धीरे-धीरे भिक्षुणियों को भी प्रशिक्षण देकर इस योग्य बनाया गया। भिक्षुणियों के दस शर्तें या नियम कह लीजिए, बनाए गए। उनका पालन करने बाद ही नारी भिक्षुणी बन सकती थी। बौद्धकालीन गाथाओं में उल्लेख था कि कुछ नियम या शर्तें तो हृदय को दुख पहुंचाने वाली थीं। भिक्षुणी चाहे जितनी ही वरिष्ठ हो पर किसी भी कनिष्ठ भिक्षु के आने पर उसे प्रणाम करना ही होगा। यानी सम्मान के लिहाज से वरिष्ठ भिक्षुणियों को अपमान का यह दंश झेलना ही पड़ता था। यही नहीं भिक्षु और भिक्षुणी यदि एक जैसी गलती करें तो भिक्षुणी को कठोर दंड दिया जाता था। मठों की इन ज्यादतियों पर कोई भी जुबान नहीं खोलता था। तात्पर्य यह कि नारी सशक्तीकरण का रास्ता तो खुला पर वर्चस्व पुरुषों का ही रहा करता था। इन सब बातों का बौद्ध साहित्य में उल्लेख है कि जिस प्रकार से उनकी घेराबंदी कर दी गयी थी, उससे ब्राह्मण साहित्य की मान्यताओं का स्मरण हो उठता है। एक परंपरा सी बन गयी थी कि नारियां अपने पति और पुत्र के संरक्षण में ही सुरक्षित रह सकती हैं। हालांकि यह परंपरा अभी भी कमोबेश जारी है पर धीरे-धीरे माहौल बदल रहा है। स्वंय बुद्ध की नजरों में भी यह कल्पना से परे था कि कोई स्त्री तथागत या चक्रवर्ती भी हो सकती है! यहां पर यह भी सवाल उठाया जा सकता है कि सामाजिक-धार्मिक जीवन में हिस्सेदारी से स्त्रियों को अलग या वंचित रखकर किस प्रकार बौद्ध धर्म स्त्रियों के प्रति उदार हो सकता था। पुस्तक में लिखित छोटी-छोटी कहानियां यह प्रदर्शित करती हैं कि नारी उत्थान की शुरुआत बौद्धकाल में हो चुकी थी। दीगर बात यह है कि नारी सशक्तीकरण या उत्थान की परिकल्पना के ढांचे के अनुकूल शायद नहीं रही होगी। पर इससे बौद्धधर्म का स्त्रियों के प्रति उदारता से इंकार नहीं किया जा सकता। हमारे साथियों ने यह सवाल उठाया कि आखिर बौद्धकाल की चुनींदा कथाएं आप क्यों संकलित कर रही हैं? मेरा उनसे यही कहना था कि आज के युग में नारी सशक्तीकरण का नारा काफी कुछ राजनीति महत्वकांक्षाओं की पूर्ति का

नारा बन चुका है। धरातली सच्चाई कुछ और है। ऐसा नहीं है कि नारी उत्थान क्षेत्र में कुछ नहीं हुआ। बहुत कुछ हुआ पर इसका बीजारोपण बौद्धकाल में हो चुका था। यह आंदोलन अब तक संपूर्णता की ओर प्राप्ति की ओर अग्रसर तो है पर अधमने ढंग से। आज भी पुरुष समाज का वर्चस्व है। इस पुस्तक के लिखने के पीछे एक उद्देश्य यह भी है कि नयी पीढ़ी को सामाजिक परिवर्तन का दस्तावेज बनी इन कथाओं से अवगत कराना है। यह मेरा लेखकीय धर्म बनता है कि प्रारंभ से ही मेरी रुचि बौद्धधर्म और बौद्धकालीन साहित्य में रही है। महिलाओं के अधिकारों पर कार्य करते हुए प्राय: बौद्धकालीन नारी कथाएं मानस पटल पर घूम जाया करती थी। इन बिखरी कथाओं को कम से कम शब्दों में संग्रहित करके पठनीय बनाने का एक छोटा सा प्रयास है। मेरा मानना है कि भगवान बुद्ध की शिक्षा और दर्शन की प्रासंगिकता सदैव बनी रहेगी। इतिहासकार चाहे जितना बौद्धकाल का उल्लेख कमतर किया हो फिर भी बौद्ध धर्म के प्रचारकों ने विश्व को इसकी प्रासंगिकता का लोहा मनवा ही लिया। साथ यह भी कहना चाहती हूं कि पुस्तक से मिलने वाली रायल्टी के रूप में जो भी राशि मिलेगी वह महाबोधि सोसाइटी के खाते में जाएगी ताकि बौद्ध धर्म की शिक्षा में इसका उपयोग किया जा सके। और अंत में आभार व्यक्त करना चाहूंगी उपासिका उषा बौद्ध और काजरी बरुआ जिन्होंने सामग्री जुटाने में सहायता की। हफीजा बेगम और मंजू ग्रोवर ने पांडुलिपि का संयोजन किया। वरिष्ठ पत्रकार अंजनी निगम और महेश शर्मा ने संपादन में सहायता की। इन सबका सहयोग न होता तो यह पुस्तक आपके हाथ में न होती।

आपकी
नम्रता
आजीवन सदस्य,
महाबोधि सोसाइटी ऑफ इंडिया

Ms. Namrata Chadha has embarked on a valuable compilation of short stories on the life and times of prominent ladies in Buddhist history who have been long ignored and rarely discussed over millennia.

Sinha Ratnatunga
Editor in chief, the Sunday Times, Sri Lanka & Managing Trustee,
Anagarika Dharmapala Trust

सूची

गौतमी	19
यशोधरा	30
सुजाता	43
क्षेमावती (खेमा)	50
कुण्डलकेशी	58
आम्रपाली	66
मल्लिका	76
उत्पलवर्णा	82
कृष्णा गौतमी	91
विशाखा	96
चण्डालिनी	103
पटचारा	111
माणविका चिन्चा	122
खुज्जुत्तरा	131
दत्ता	136
संघमित्रा	145
कुंग की माता	153

गौतमी

नेपाल को प्रकृति का वरदान प्राप्त है, चारों ओर ऊंचे खड़े हिमालय पर्वत की चोटियां कल-कल बहती नदियां तराई क्षेत्रों में हरियाली से भरे खेत, निराले वन, उत्तर भारत के पश्चिमी तरफ के उत्तरीय राज्य छोटे-छोटे गणराज्य में रहते थे। इन गणराज्यों पर शासन प्राय: क्षत्रिय वंशज ही करते थे। किंतु कुछ कुछ सुदूर पर्वतीय क्षेत्रों में आदिवासी मूलवासी ही छोटे-छोटे समुदायों में रहकर अपना शासन भार अपने नीति नियम से चलाते थे।

नेपाल के तराई क्षेत्र में कोलिय वंश के राजा शासन करते थे। राजा अंजनदेव के यहां कोई संतान नहीं थी। न जाने कितने धर्मानुष्ठान कराए, यज्ञ, हवन, पूजा, अर्चना सब कुछ कराया। उनकी रानी सुलक्षणा भी मां बनने को आतुर थीं। असुरों का नाश करनेवाली प्रकृति देवी की सदैव अर्चना करती थी। अंत में उनकी सभी प्रार्थनाएं स्वीकार हुई। उनके घर एक कन्या रत्न ने जन्म लिया। राजगुरु ने उसकी कुंडली देख कहा "हे रानी" आप अति भाग्यवती हैं, आपकी इस कन्या की सारी प्रजा अनुयाई बनेगी, ये उनकी मार्गदर्शिका बनेगी। उनके जीवन के अज्ञान के अंधकार को दूर करेगी। माता-पिता ने प्यार से उसका नाम गौतमी रखा और राजकीय शासन सूची में महा प्रजापति, कुछ ही वर्षों के पश्चात दंपति को एक ओर कन्या रत्न की प्राप्ति हुई। अत्यंत सुंदर, एकदम मायालोक की देवी, उसके जन्म के समय रानी को

प्रसव पीड़ा भी नहीं हुई, जैसे किसी ने जादू की तरह इस कन्या को पृथ्वी लोक में भेजा हो। माता पिता ने उसके स्वरूप स्वभाव और चारों ओर के विस्मयकारी वातावरण को देख उसका नाम रखा - महामाया। परंपरा के अनुसार पहले विवाह बड़ी बहन का होता है। गणराज्यों का राजा परस्पर अन्य गण राज्यों की राज्य कन्याओं से विवाह करके अपने राज्य का विस्तार करते थे। शुद्धोधन के पिता ने गौतमी को अपनी पुत्रवधू बनाने के लिए कपिलवस्तु को विशेष अनुरोध भेजा। शुद्धोधन अत्यंत साहसी और पराक्रमी राजकुमार थे। उनका विवाह करके उन्हें अपना शासन भार संभालना था और राजा की उपाधि भी मिलनी थी। पवित्र मुहूर्त में शुद्दोधन का विवाह गौतमी से हो गया। गौतमी अब देवदत्त से कपिलवस्तु आ गयीं। उन्हें अपनी छोटी बहन महामाया से विशेष प्रेम और लगाव था। सदैव ही सोचती थी "कि मित्र भाषी, सरल सी मेरी बहन अगर मेरे पास होती तो कितना अच्छा होता।"

ऐसा प्रकृति का नियम है हम जिस प्रकार की भावना या सोच रखते हैं उसी प्रकार की स्थिति हमारे समक्ष उपस्थित हो जाती है। समय बीतता गया शुद्धोधन एक कुशल व जनप्रिय शासक बने, किंतु एक चिंता उन्हें सदा कचोटती थी - अभी तक वो अपने वंश का उत्तराधिकारी नहीं पा सके हैं। रानी गौतमी भी अत्यंत चिंतित थी, कितनी चिकित्सा कराई, रजस्वाला से गर्भवती होने वाले सभी दिनों का नियमित रूप से पालन करतीं, पति की अंकशायिनी बनतीं, राजवैद्य ने भी कहा है कि "रानी माँ पूर्ण रूप से स्वस्थ हैं।" किंतु फिर भी वह अपने गर्भ में संतान को धारण नहीं कर पा रही थी। गुरुजनों से विचार-विमर्श करके अपने माता-पिता के पास अपनी छोटी बहन माया के विवाह का प्रस्ताव भेजा। माता प्रमिला ने भी सोचा अगर किसी और वंश की कन्या को अगर उनका जमाता पुत्रवधू बनाकर लाएगा तो गौतमी के साथ अन्याय होगा। रानी ने तुरंत प्रस्ताव स्वीकार कर लिया। माया शुद्धोधन के यहां उनकी दूसरी पत्नी के रूप में कपिलवस्तु आ गई। गौतमी ने सदैव अपनी बहन के सहचर्य की कामना की थी, किंतु इस रूप में नहीं। परिस्थिति और समय का चक्र बदला! अब माया उसके पति की पत्नी थी। मन में कुछ द्वेष या ईर्ष्या की भावना को न पालते हुए गौतमी ने भी सहर्ष स्वीकार कर लिया था। कपिलवस्तु में माया के पहुंचते ही सब कुछ जैसे बदलने सा लगा है। माया अपने कक्ष में रात को सो रही है, उसे एक अद्भुत सपना आता है कि एक श्वेत हाथी उसके पास आ रहा है। जो कि एक अत्यंत शुभ संकेत माना जाता है, सामुद्रिक विज्ञान में श्वेत हाथी गर्भधारण का

प्रतीक होता है। फिर माया स्वप्न में देखती है कि अप्सराएं हाथ में कमल लिए उसका स्वागत कर रही हैं। माया गर्भधारण करती है। परंपरा के अनुसार स्त्री की प्रथम संतान उसके मायके में होती है। महामाया के अपने पिता के घर जाने की पूरी तैयारी होने लगी। गौतमी भी सहर्ष अपनी छोटी बहन के साथ, कई दास दासियों को साथ में लेकर पालकी से कपिलवस्तु को प्रस्थान किया। जब महामाया ने कमल के फूल को स्वप्न में देखा तो जान गई कि उनके प्रसव का समय आ गया है। रास्ते में लुंबिनी नाम के छोटे से गांव में सभी पहुंचे। वहीं पर मल्लिकाओं के वन में मां महामाया ने शिशु को जन्म दिया। इतना सुंदर मोहित मुखमंडल वाला बालक आज तक किसी ने नहीं देखा था। कपिलवस्तु के भविष्य का शासक राजा धरती पर जन्म ले चुका है। महामाया का जीवन का एकमात्र लक्ष्य जैसे यही था, वह इस धरती पर केवल संतान को जन्म देने के लिए ही आई थी, पूर्णिमा के चांद की चांदनी में माता महामाया का रूप दर्प से चमकने लगा। गौतमी अपनी दासियों के साथ सद प्रसूता मां की देख रेख में जुट गई और अति शीघ्र महामाया अपने दूध मुंहे बच्चे को अपनी बहन के हाथों सौंप सदा-सदा के लिए इस पृथ्वी लोक से विदा हो गई।

गौतमी अभी तक एक कन्या फिर एक विवाहिता नारी ही थी। कुलमुलाते शिशु को अपने हाथों में पाकर जैसे वह पूर्ण रूप से मां बन गई। उनके शरीर में बहता शीतल रक्त हठात संचरित हो उठा। स्तनों में खिंचाव आने लगा, आकुल, भूखे शिशु की भूख मिटाने दूध अपने आप स्तनों में भर उठा। महामाया का वो नन्हा सा शिशु अब पूर्ण रूप से गौतमी का हो गया। गौतम बालक निश्चिंत होकर माता गौतमी के आंचल में पलने लगा। जब गौतमी वापिस कपिलवस्तु आई तो राजकुमार का नामकरण विशाल आयोजन के साथ किया। ज्योतिषी ने भविष्यवाणी की "ये बालक सारी पृथ्वी पर शासन करेगा, या तो सबसे पराक्रमी शासक बनेगा नहीं तो समाज को मार्ग दिखाने वाला महान भिक्षु, जिस मार्ग को अपनाएगा, उसी में सिद्धहस्त होगा, अति कल्याणकारी।"

गौतम को नाम दिया गया "सिद्धार्थ"। राजा और गौतमी ने बालक को राजमहल की सुख-सुविधाओं में बांधकर रखने की प्रचुर चेष्टा की ताकि बाहरी दुनिया के क्लेश, कष्ट दुखों को देखकर इसका मन विचलित ना हो। गौतमी ने बहुत मनयोग और ममता से गौतम का लालन-पालन किया। परिणामस्वरुप उसके शरीर में सुप्त अंडकोष ने सांस लेनी आरंभ की। गर्भाशय में संतान उत्पत्ति की प्रक्रिया में

अति क्रियाशील होने लगे और मां गौतमी ने एक अति सुंदर बालक और बालिका को जन्म दिया। बालिका का नाम रखा सुंदरी और बालक का नाम सुंदरनन्द। नन्द स्वभाव से ही अपने बड़े भाई सिद्धार्थ से थोड़ा भिन्न था। वह अपने भाई की तरह शांत नहीं था। चंचलता लिए हुए भी वह अपने बड़े भाई का बहुत सम्मान करता था। सिद्धार्थ अब तरुण अवस्था में प्रवेश कर रहे हैं, गौतमी ने उन्हें वो सारी कलाएं सिखाईं जो एक क्षत्रिय राजकुमार को सीखनी चाहिए। उन्हें विश्व का सबसे अच्छा घोड़ा कंदक दिया। सबसे बुद्धिमान सारथी "चन्ना" गौतम की सेवा में लगा दिया और गौतम को यशोधरा के स्वयंवर में विजयी होने के लिए भेजा, ताकि वो अपनी इच्छानुकूल वधू को पा सके और एक कुशल शासक की अति विनम्र, बुद्धिमति परामर्शदाता बने।

सारे राज्य के कामकाज को राजा शुद्धोधन के साथ मिलकर संचालन करते थे। शाक्य वंश के राजकुमार गौतम का वो विशेष ध्यान रखती थी। सिद्धार्थ को सभी गौतम नाम से ही पुकारते थे, किंतु वो राजपुत्र सिद्धार्थ को त्यागने से ना रोक सकी। यशोधरा के गर्भवती होने के बाद वो बहुत ही निश्चिंत हो गई थी कि अब सिद्धार्थ कुशल शासक ही बनेगा। यशोधरा विवाह के पांच वर्षों के बाद गर्भवती हुई थी और इन पांच वर्षों में गौतमी सदा छाया की तरह योशधरा के पास रहती थी। पति को आकर्षित करने के तरीके, गर्भधारण की तिथियां, राज चिकित्सकों का परामर्श इत्यादि की चिंता करती। क्योंकि कहीं न कहीं गौतमी को अपनी छोटी बहन महामाया की याद आती रहती थी, महामाया उसे कभी भी साधारण सी कन्या नहीं लगी थी। उसे यह लगता था कि वो किसी एक कार्य के लिए पैदा हुई है। और सिद्धार्थ के जन्म होने के बाद उसकी मृत्यु हो जाना ये प्रमाणित करता था कि वो किसी महापुरुष को जन्म देने के लिए ही अवतरित हुई थी। सिद्धार्थ को उसने अपने हृदय से लगाकर पाला है। वो जनती थी कि राजकुमारों कि तरह जीवन यापन करने वाला भीतर से कितना अशांत है, उसका मन इस छलावे की दुनिया में नहीं लगता ? वो तो सत्य की खोज में व्याकुल है। किन्तु जब यशोधरा ने गर्भ-धारण किया तो थोड़ी निश्चिंत हो उठी। पुरुष नारी के मोह में बंध जाता है और साहस करके उस मोह को त्याग भी दे किन्तु संतान का मोह सबसे गहरा होता है। यह मोह इतना लुभावना और सुंदर होता है कि मनुष्य का लालच, विवेक, जीवन की सांसें सभी कुछ संतान के लिए जुड़ी रहती हैं। संतान का बंधन सबसे मजबूत होता है। उसे लगता था कि इस मोह से

सिद्धार्थ कभी विमुख नहीं होगा किन्तु ऐसा भी नहीं हुआ। निर्मोही सिद्धार्थ रात के अंधेरे में चुपचाप साधक बनने चले गए। गौतमी का मन अंदर से कहीं रो उठा, कैसे वो यशोधरा का सामना करेगी। कैसे उसको धीरज बंधाएगी। इस कष्ट के समय में कैसे अपने पति के टूटते मनोबल को जोड़ेगी, गौतमी को ही अब प्रत्येक कार्य का दायित्व लेना होगा। कुछ वर्षों तक अपने लापता पुत्र के वापस आने की आशा में गौतमी ने काट दिए। धीरे धीरे उसे समाचार मिलने लगे, उनका पुत्र कहां कहां जंगलों में भटक रहा है। उसने समाधि भी सीखा है। उसके शिष्य उसे छोड़ कर चले गए और अंत में उसे वट वृक्ष के नीचे "बोधिज्ञान" प्राप्त हुआ है। अब वो सिद्धार्थ नहीं रहा, अब वो पूरी मानव जाति के लिए "भगवान बुद्ध" हैं।

बोधिसत्व की प्राप्ति के बाद वो प्रचार करने कौशांबी, श्रावस्ती, सारनाथ, वैशाली, मगध, इत्यादि नगरों व राज्यों में जाता है। कई अनुयाई उसे "गौतम बुद्ध" भी कहते हैं। गौतमी का हृदय ममता से भर उठता है। कहीं न कहीं वो आज भी "बुद्ध" से जुड़ी हुई है। उसके बिना वो नहीं रह सकती। उसके पति के सगोत्र बंधु अमृतोदन का पुत्र आनंद भी बुद्ध से मिलने की इच्छा रखता है। गौतमी ने स्वयं देखा था, कैसे आनंद गौतम का बड़ा भाई होते हुए भी उससे कितना स्नेह करता था। सदैव सिद्धार्थ पर अपना अधिकार जमाता था। उससे अपनी प्रत्येक बात मनवा लेता था। आनंद और गौतमी दोनों ही अपने प्रिय की प्रतीक्षा में हैं, नौ साल के अंतराल के बाद यह समाचार आया कि बुद्ध अपने भिक्षुओं के संग कपिलवस्तु पधार रहे हैं। गौतमी ने मन ही मन निर्णय ले लिया कि यहीं राज्य की दक्षिणी सीमा में उसके लिए विहार बना देगी ताकि उनका प्रव्रजित पुत्र उनकी आंकों के सामने रहे। जब बुद्ध कपिलवस्तु में आने से पहले अनुपिया कस्बे में अपने प्रवचन दे रहे थे तभी भद्दीय, भृगु, किंबिल, अनुरुद्ध और देवदत्त ने भिक्षु बनाने का निर्णय ले लिया। आनंद तो पहले से ही अपने छोटे प्रिय भाई के साथ जाना चाहता था, किन्तु उनकी माता ने उससे वचन लिया था कि वो किसी भी अवस्था में बुद्ध का अनुसरण नहीं करेंगे। शरीर से तो आनंद महल में ही वास करता था, किन्तु उसका चित्त शाक्यमुनि के पास विचरण करता था। इसीलिए उन्हें सभी "मौन मुनि" तो कभी "वैदिक मुनि" कह कर पुकारते थे, किन्तु अंत में आनंद ने अपनी तर्क शक्ति से माता का मन जीत लिया और बुद्ध के शिष्य बन गए। आनंद भी अपने नाम की तरह शरीर की सौम्यता में अद्वितीय थे। स्वभाव के अति मृदुल, तीक्ष्ण बुद्धि, प्रखर स्मृति वाले। जब गौतमी ने देखा, बुद्ध स्वयं राहुल

को अपने साथ भिक्षु बनाने के लिए ले चले हैं, इसी दुख में, विरह में शोकाकुल शुद्धोदन का देहांत हो गया। उनकी पुत्रवधू राजमहल में रहकर भी भिक्षुणियों जैसा जीवन व्यतीत कर रही है, तब गौतमी ने भी एक निश्चय लिया कि वो भी भिक्षुणी बन जाएगी। बौद्ध धर्म में संघ में स्त्री का प्रवेश नहीं हो पाता था। यद्यपि जब क्षत्रिय राजकुमार भिक्षु बने तब उनके साथ उनका नाई भी गया था। नाई ने भी अपने वस्त्र आभूषण सभी कुछ गांव के बाहर पेड़ पर लटका कर कह दिया कि जिसको जो आवश्यकता हो वो ले जाए। इसी तरह वो क्षत्रीय राजकुमारों के साथ बुद्ध की शरण में गया था, तब आनंद ने ही अनुरोध किया था कि "हे भंते, सर्वप्रथम आप इसे ही प्रव्रजित करें ताकि वर्ण व्यवस्था में कोई यह न कहे कि क्षत्रियों ने अपना प्रभुत्व स्थापित किया है और केवल वे ही प्रत्युथान के अधिकारी हैं।"

बुद्ध ने भी आनंद के इस अनुरोध का ध्यान रखा और सर्वप्रथम उसे प्रव्रजित किया। स्थविर आनंद बुद्ध का सबसे प्रिय शिष्य बना। सदैव उनके साथ रहने लगा। वे उनके शरीर सेवक बन गए। उन्हें प्रथम "उपस्थाक" बनने का सौभाग्य प्राप्त हुआ। यह उनके जीवन की सबसे बड़ी कृत-कृत्यता थी। सबसे अधिक प्रवचन उन्होंने ही सुने थे। एक बार में साठ हजार पंक्तियों को कंठस्थ कर लेते थे। गौतमी के मन में अभी भी एक आशा की किरण है। उन्होंने निश्चय किया कि वह अवश्य बुद्ध से मिलेंगी और संघ की शरण में जाने की अनुमति मांगेंगी। जिस समय भगवान बुद्ध ने कपिलवस्तु में आगमन किया था, उस समय केवल पुरुष ही नहीं बल्कि सहस्त्र स्त्रियों के मन में भी भिक्षुणी बनने की इच्छा जागी थी। सभी राजमाता गौतमी से अनुरोध करने लगीं कि वे अपने पुत्र से अनुमति ले और उन्हें भिक्षुणी बनाने का सौभाग्य दें। गौतमी ने निर्णय लिया, राज्य में घोषणा कराई गई "जो भी स्त्री, गृहणी, अविवाहिता या विवाहिता भिक्षुणी बनना चाहती हैं वो अपने गृह को त्याग कर मेरे साथ वैशाली नगरी चलें। यात्रा कठिन होगी किंतु परिणाम अलौकिक होगा।" गौतमी के आह्वान को सुन पांच सौ से भी अधिक नारियां उनके साथ चलने को आतुर हो उठीं। परिवार के लोगों ने, बंधु संबंधियों ने उन्हें रोकने की अथक चेष्टा की। ब्राह्मण समाज, वैश्य समाज, क्षत्रिय वधुएं, शुद्र कन्याएं सभी एक होकर गौतमी के महल के सामने उपस्थित हो गईं। उनके परिवार वालों ने "साम-दाम-दंड-भेद" सभी प्रकार की नीतियां अपनाईं किंतु वे विफल रहे। चैत मास की एकादशी को सभी ने गौतगी माता के साथ कपिलवस्तु को सदा के लिए छोड़ दिया। सभी गृहणियां, कभी घर से

बाहर नहीं गईं थीं, रास्ते की यात्रा कितनी कठिन होती है, इसका अनुभव भी नहीं था। कभी-कभी तो उन्हें प्रशस्त राजमार्ग पर पैदल चलना बहुत लुभावना लगता, किंतु जैसे ही राज्य की सीमा खत्म हो जाती तो वन, जंगलों के बीच से होकर जाना बहुत कठिन हो जाता, कभी भोजन बनाने के लिए कंद-मूल, साग सब्जी नहीं मिलती तो कभी रसोई करने के लिए, आग जलाने के सूखी लकड़ियां, प्रजा गौतमी की अनुयाई होकर अनुसरण कर रही थी। गौतमी अब महा प्रजापति बन गई थी। उन्होंने सारी व्यवस्था का संचालन करना आरंभ किया। विधिसत्व के अष्टांगिक मार्ग को पालन करने को कहा, ताकि किसी को किसी प्रकार का कोई मोह माया ना रहे और ना ही किसी प्रकार के सुख वैभव की आशा। बुद्ध के बताए मध्यम मार्ग को अपनाते हुए, नौ महीने के अंतराल के बाद, लंबी कष्टकारी यात्रा करके गौतमी सभी अनुयाइयों के साथ वैशाली नगरी के बाहर पहुंची। वैभव पूर्ण वैशाली नगर में उन्होंने प्रवेश नहीं किया, वरन उस नगर की सीमा के बाहर एक वन में खुले आकाश के नीचे रहने लगीं और बुद्ध को मिलने का समाचार भेजा, किंतु गौतम बुद्ध ने उनसे मिलने के प्रस्ताव को विनम्रता से मना कर दिया। गौतमी विचार करने लगी कि किसके द्वारा वह भंते तक अपनी बात पहुंचाए। वैसे तो उनके प्रिय शिष्य सारे पुत्र बहुत आदरणीय हैं। सभी उन्हें "धर्म सेनापति" कहते हैं। उचित बात करते हैं, धर्म के ज्ञाता हैं, किंतु क्या बुद्ध को समझा पाएंगे। तभी उन्हें अपने "वैदेह मुनि" आनंद का ध्यान आया। शीघ्र ही वो आनंद के पास उनके विहार में पहुंची। आनंद को महा प्रजापति एवं उनकी अनुयाइयों के आने का समाचार मिल चुका है, वो उन्हें समझाते हैं कि यहां संघ में केवल भिक्षुओं को रहने की अनुमति है। नारियों का प्रवेश निषेध है, किंतु गौतमी ने स्थिर और विनम्र होकर कहा, "जैसे तुम अपने गुरु के साथ सदैव रहना चाहते हो, उनका सानिध्य चाहते हो, उनके प्रवचनों का प्रचार करते हो, उनकी सेवा करते हो, उसी तरह से मैं बुद्ध के बिना जीवित नहीं रह सकती हूं। मेरी अंतिम इच्छा यह है कि मुझे निर्वाण की प्राप्ति भंते के सामने हो। मैं अपनी साथिनों के साथ घर-परिवार, बंधन सभी कुछ त्यागकर आई हूं। हम सभी प्रव्रजित नहीं हुई हैं किन्तु भिक्षुणियों जैसा जीवन व्यतीत कर रही हैं। पांव तले स्थिर धरती, ऋतु ही मेरी आवरण है, मन में कोई तृष्णा नहीं रही, केवल जीवित हूं अपने बुद्ध के पास रहने के लिए।"

गौतमी का इतना करुणामयी निवेदन सुनकर आनंद का मन विचलित हो

उठा, वो भंते कि सेवा कई वर्षों से कर रहा है, परंतु उसे अभी तक "बोधि ज्ञान" की प्राप्ति नहीं हुई है क्योंकि कहीं न कहीं उसके मन में सांसारिक भावनाएं अभी भी जीवित हैं। वो तर्क विद्या में प्रवीण है, वो भी नारियों की समानता में विश्वास रखता है। अगर पुरुष भिक्षु हो सकते हैं तो नारी क्यों नहीं हो सकती। उसने एक बार यह प्रश्न भंते से किया भी था। तब बुद्ध ने कहा था, मैं स्त्री - पुरुष को समान दृष्टि से देखता हूं, किन्तु दोनों लैंगिक रूप से भिन्न हैं। पुरुष की चेतना (विवेक) बहिर्मुखी होती है, वो वासनायुक्त होता है, सुंदर वस्तु को पाने के लिए बल का भी प्रयोग करता है। इसीलिए अगर उसे कोई नारी मिलती है तो वो बलात्कार भी करता है। किन्तु स्त्री की चेतना (विवेक) अंतर्मुखी होती है, वो प्रेम देने में विश्वास रखती है। उसका समर्पण प्रगाढ़ होता है और मूर्खतापूर्ण काम कर देती है। दोनों भिन्न-भिन्न लिंग के हैं। इनकी चेतनाएं भी विपरीत दिशा में कार्य करती हैं। इसीलिए संघ में इन दोनों का एक साथ रहना उचित नहीं हैं। "अब आनंद जानता है कि भंते को केवल तर्क के माध्यम से ही मनाया जा सकता है। गौतमी के त्याग तपस्या की जीत होगी। सभी तो भिक्षुणी नहीं बन सकती, किंतु गौतमी श्रेष्ठ है, योग्य है, अधिकारिणी है। धैर्य क्या होता है? - ये गौतमी ने अपनी पुत्रवधू यशोधरा से सीखा है। वो उसी धैर्य के साथ अपनी सहयोगियों को लिए, एक समय भोजन ग्रहण करके, पीले वस्त्र धारण किए, अपने सिरों को मुंडवाकर प्रतीक्षा करने लगी। उसने अपना संदेश आनंद के माध्यम से शाक्य मुनि तक पहुंचा दिया है। आनंद ने तीन बार भगवान से आग्रह किया, किंतु भगवान ने तीनों बार उनका अनुरोध अस्वीकार किया, तब आनंद ने दूसरे प्रकार से भगवान को मनाने की सोची। उन्होंने भगवान से पूछा, "भंते, घर से बेघर प्रव्रजित स्त्रियां क्या सेनापति फल, सकृतगामी फल, अनागामी फल और अहर्त्व का साक्षात्कार कर सकती है?" भगवान ने उत्तर दिया, "हां, अवश्य कर सकती हैं आनंद" भंते वो साक्षात्कार कर सकती हैं? भगवान। अच्छा अगर स्त्रियों को भी प्रव्रजित होने की प्रवज्ञा मिले, भगवान बुद्ध को इस तर्क के सामने सहमति देनी पड़ी, किंतु उन्होंने भिक्षुणी संघ के लिए आठ कठिन नियमों का पालन करने की शर्त रखी। उन्होंने आनंद के समक्ष भिक्षुणियों के लिए आठ कठिन नियमों का प्रावधान रखा और कहा कि यह नियम उन्हें जीवन भर पालन करने होंगे। चाहे भिक्षुणी सौ वर्ष से उप सम्पदा प्राप्त की हो, तो भी वो अपने ही समान भिक्षु के सामने विनय करेगी, उसका सत्कार करेगी, उसे अपना वरिष्ठ मानकर आदर करेगी। किसी भी स्थिति में वह भिक्षु को

गाली नहीं देगी, उसका कभी निरादर नहीं करेगी, धर्म विनय (नियम) के पालन में जीवन भर अतिक्रम नहीं करना होगा। बुद्ध का मानुषी प्रति ज्ञान (शारीरिक, मानसिक, भावनागत व चेतनागत) अति अद्भुत है।

इस विनय व्यवस्था में उन्होंने स्त्री पर ही अधिक विश्वास जताया, उन्होंने पुरुष की वासनागत दुर्बलता को भी स्वीकारा है। वो जानते हैं कि पुरुष (पुरुष-चित्त) होने के कारण वह स्वभाव से ही अहंकारी होता है। वैशाली नगर के बाहर पावों में सूजन लिए, थकी हुई, उदास सी सभी स्त्रियां ध्यान में मगन हैं। गौतमी को पूर्ण विश्वास है, कि चतुर आनंद अवश्य ही बुद्ध को मना लेंगें। उनके सारे जीवन कि तपस्या का प्रश्न है और फिर ये केवल एक नारी का नहीं वरन समस्त नारी जाति के अस्तित्व का प्रश्न है। भगवान बुद्ध को स्वीकृति देनी ही पड़ेगी, चाहे वो नियम कितने कठोर क्यों ना हों वो उन सभी नियमों का पालन करेंगी। गौतमी में संचालन करने की विलक्षण प्रतिभा है। उन्होने जीवन के अनेक वसंत देखे हैं। अब बाकी का समय वो भगवान बुद्ध की नीतियों का प्रचार करने में लगाना चाहती हैं। एक क्षण के लिए भी बोधिसत्व के सानिध्य से दूर नहीं रहना चाहतीं। संध्या धीरे-धीरे ढ़ल रही है। वैशाली नगरी दीपों से जगमगा उठा है। सीमावर्ती वन में बैठी औरतें गहरे होते आसमान की तरफ देख रही हैं। जीवन मृत्यु के चक्र से उन सभी को मुक्ति चाहिए, मोक्ष चाहिए। दूर से आता हुआ आनंद गौतमी को दिखाई पड़ा। उसके मुख्य मंडल की मृदु मुस्कान से ही गौतमी ने भांप लिया कि उनकी तपस्या सफल हुई। आनंद ने महा प्रजापति को नमन करते हुए कहा, "आपका अनुरोध भंते ने स्वीकार कर लिया है।" चारों और आनंद की लहर बहने लगी, सभी की उदास आंखें, उन तेल के जलते दीपों से भी ज्यादा चमकने लगी। सभी अपनी भूख, थकान, उदासी, नीरवता सब कुछ भूल गईं। उनके शरीर में नई स्फूर्ति की तरंगें, लहराने लगीं। गौतमी का मन अति आनंदित हो उठा किंतु अभी गौतमी की यात्रा समाप्त नहीं हुई। संघ में जाने की अनुमति मिली है। वास्तव में अगला पड़ाव गौतमी के लिए और भी कठिन होगा। भिक्षुणियों को वो कठिन आठ नियम पालन करने होंगे। संघ की स्थापना करनी होगी, उसे सुचारु रुप से चलाना होगा।

किंतु आठ कठिन नियमों का पालन करना पड़ेगा। भिक्षुणी की स्थिति भिक्षु से एक स्तर नीचे ही रहेगी, चाहे वो उम्र में उससे कितना भी वरिष्ठ क्यों ना हो। उसे अपने से छोटी उम्र वाले भिक्षु को सम्मान देना होगा। कभी कोई अभद्र आचरण नहीं

करेगी। अगर भिक्षु भूल भी कर दे तो वह उनके समक्ष कुछ नहीं कहेगी, कोई प्रतिवाद नहीं करेगी। जब गौतमी ने एक एक करके सभी नियमों को शाक्य स्त्रियों के सामने रखा तो उन्होंने भी इसे सहर्ष स्वीकार कर लिया। उनमें सभी वर्ण और सभी वर्ग की विवाहिताएं, बालिकाएं, वृद्धाएं थीं, कई नारियां तो अपने जीवन में अपने पति द्वारा इतना शोषित हो चुकी थीं कि उन्हें केवल मुक्ति चाहिए थी। किसी को उसके पति ने दूसरी स्त्री के कारण इसलिए त्याग दिया था कि उसके पति का मन अब उससे भर गया था। कहीं पर बालिकाएं तरुणावस्था में पहुंचने से पहले ही समाज के सम्पन्न व्यक्तियों की कामुकता का शिकार हो जाती थीं, कहीं पर नारी केवल एक भोग्या की तरह थी। उसका अपना कोई परिचय नहीं था, कहीं पर ना जाने कितनी सामाजिक आर्थिक या यौन यातनाओं का शिकार निरंतर होती रहती थीं, वो मोक्ष चाहती थीं। बार-बार जन्म लेकर कष्ट पाने से सदा के लिए मुक्ति की कामना में उनके ये नियम, जहां पर भिक्षुणी संघ को थोड़ा निचला स्तर दिया गया था, उन्हें उसमें कुछ भी दोष नहीं दिख रहा था। अपने अतीत में पाई हुई यातनाओं के मुकाबले तो यह एक तिल के समान था। वो तो सब कुछ बस एक बार अपनी स्वतन्त्रता के साथ, मन खोलकर जीना चाहती थीं, प्रव्रजित होना चाहती थीं। सभी ने गौतमी के साथ भिक्षुणी संघ में शरण ली। अब उनके लोभ, दोष, मोह, अविद्या, तृष्णा और आत्मा में विश्वास, सब कुछ सदा के लिए लुप्त हो गए, क्योंकि बुद्ध का मार्ग ज्ञान का मार्ग नहीं है, वरन यह तो संकल्प मार्गी है। "तथागत" कहते हैं, वो इस पृथ्वी के प्रथम या शेष बुद्ध नहीं हैं। मानुषी से ही बुद्ध पैदा होंगे, जिसका चित्त सदैव समाधिस्थ रहे, वो ही प्रज्ञा है। उन्होने कभी पुरुष और नारी में उंच-नीच का भेद नहीं किया, उन्हें समान दृष्टि से देखा है, किन्तु उन्हें उनकी लैंगिकता के आधार पर भिन्न पाया है और अविद्यावश वो उस अहंकार को अपना स्वाभिमान मान बैठता है।

जीवन भर अपने उस स्वाभिमान रूपी अहंकार को जीवित रखने का जी-तोड़ प्रयत्न करता है। जब कोई नारी उसके चरण स्पर्श करके उसे देवता का उच्च स्थान देती है तो स्वयं का सम्मान बनाए रखने के लिए वो स्वयं संकल्प करने लगता है और स्वयं पर नियंत्रण रखने कि चेष्टा करने लगता है। पुरुष सामान्यत: नारी को वासना कि दृष्टि से ही देखता है। नारी और पुरुष में सबसे पहले वासना में पतन होने के आसार पुरुष में ही होते हैं। इसीलिए संघ में कुछ कठिन नियमों के होने की नितांत आवश्यकता है। पथभ्रष्ट भिक्षुओं को स्वयं भिक्षु संघ ही निष्कासित कर देंगे, उनके

लिए किसी तरह से क्षमा का कोई प्रावधान नहीं है। कई वर्षों पश्चात जब बुद्ध कपिलवस्तु में स्थित न्यगोध वन में प्रवास किए थे, तब प्रथम बार गौतमी ने भिक्षुणी बनाने का प्रस्ताव दिया था।, उस समय तत्काल कठोरतापूर्वक उनका यह प्रस्ताव भंते द्वारा अस्वीकार किया गया। दूसरी बार वैशाली नगरी की महावन की कुटागारशाला में पुन: वहां जाकर माता गौतमी ने प्रस्ताव रखा किंतु वो भी अस्वीकृत हो गया। अब वो सहस्त्रों शाक्य नारियों के साथ पैदल चलकर कोसों दूर वैशाली नगरी आई थीं, उनके फूले हुए घायल पैर, धूल से भरा शरीर, कशाय चीर, केश विच्छेदित सिर ऐसा दयनीय रूप देखकर आनंद से रहा नहीं गया। जब वो तीसरी बार कुटागारशाला के कोष्ठक द्वार के बाहर खड़ी हो गईं, तब आनंद को उनका पक्षधर बनकर भंते से अनुरोध करना पड़ा, किंतु जब विनयपूर्वक भंते ने तीसरी बार भी मना कर दिया तब आनंद ने तर्क किया, "हे भंते, आप मेरे प्रश्न का उत्तर दें, क्या प्रवेदित धर्म में स्त्रियां, सोतापति फल, सकृदागामी फल, अनागामि फल, एवं अहर्त्व को प्राप्त कर सकती हैं? भंते ने उत्तर दिया, "हां आनंद", तब आनंद ने पूछा, "यदि भंते तथागत द्वारा प्रवेदित धर्म में प्रव्रजित हुए स्त्रियां अहर्त्व को साक्षात करने योग्य हैं, तो अभिभाविका, क्षीरदायिका, पोषिका, आपकी मौसी, जिन्होने आपको अपना दूध पिलाया है, उन्हे प्रवज्या मिलनी चाहिए।" भंते ने स्वीकृति प्रदान की, किंतु उन्होने भिक्षुणी संघ में प्रवेश में कुछ कठिन नियम रखे, जिसे "अष्टगुरु धम्म" कहा जाता है।

गौतमी सूर्योदय की प्रतीक्षा करने लगती है। कल से एक नए अध्याय का आरंभ है। संघ की स्थापना हुई, गौतमी को प्रथम नारी भिक्षुणी बनने का सौभाग्य प्राप्त हुआ। स्वयं भगवान बुद्ध ने उन्हें प्रव्रजित किया और संघ की संचालिका बनाया।

■

यशोधरा

कोलीय वंश के राजा सुप्पबुद्ध आज बहुत आनंदित थे। आज उनके यहां एक सुंदर कन्या ने जन्म लिया है। उन्हें अपने प्रथम पुत्र देवदत्त से बहुत स्नेह है लेकिन अपने ईष्ट देवता से सदा ही एक बेटी के लिए प्रार्थना करते थे और जब दासी ने आकर यह शुभ समाचार सुनाया कि रानी पमिता ने एक सुंदर सी कन्या को जन्म दिया है। बस तभी से वो आनन्द विभोर हो उठे हैं। झट से उठकर अंतर महल में पहुंच जाना चाहते हैं किंतु प्रसूति के बाद अभी चालीस दिन तक वो अपनी पत्नी और नवजात कन्या के पास नहीं जा पाएंगे। सूतक लग गया है। राज परिवार में पूजा-अर्चना अभी बंद हो गई है। चंचल देवदत्त भी बहुत खुश हैं कि उसकी एक छोटी बहन आ गयी है जिस पर वो अपना आदेश चला सकेगा। चैत्र महीने की त्रयोदशी चंद्रमा को चालीस दिन का सूतक समाप्त हुआ। दासी ने आकर संदेश दिया "महाराज आप आज के नामकरण की पूजा के लिए तैयार हो जाएं। राज पुरोहित आकर इस क्षत्राणी बालिका राजकुमारी का नामकरण करेंगे। देवी के समान सुंदर है आपकी कन्या।" बस इतना ही सुनना था कि राजा का मन अपनी बिटिया को देखने के लिए व्याकुल हो उठा। शीघ्र ही स्नान करके पूजागृह में चले गए। वहां रानी पमिता गोद में रेशम के कपड़े में लिपटी बेटी को लेकर पहले से लकड़ी की पटरी पर विराजमान हैं। हवनकुंड में अग्नि प्रज्ज्वलित होने को अभी समय है। राज ज्योतिष ने आकर बहुत विनम्रता के साथ

राजा और रानी को प्रणाम किया। पूजा की विधि मंत्रोच्चारण से आरम्भ हुई। सारा वातावरण भक्ति मय हो उठा। राजा बीच-बीच में कपड़ों में लिपटी उस कन्या की तरफ देखते और पंडित के साथ मंत्र दोहराते। राजकुमार देवदत्त को इन सब कामों में कोई रुचि नहीं है। वो सेनापति के बेटे के साथ घोड़ों से खेलने चला गया। पूजा समाप्त होते ही पंडित ने कहा "महाराज, आप अपनी सुपुत्री को आशीर्वाद दें और इसका नामकरण करें। यही शुभ मुहूर्त है।"

राजा सुप्पबुद्ध ने सुपुत्री को गोद में लिया जैसे ही रेशम का कपड़ा हटाया तो देखा रुई के गोले की तरह सफ़ेद कोमल सी कन्या का मुख "माता है" बस यही उनके मुख से निकला। उस बच्ची का मुख मुस्कान सभी कुछ उनकी माता से मेल खाता हुआ लग राहा था। एक क्षण के लिए लगा जैसे स्वयं "मां" दूसरा जन्म लेकर उनके घर पधारी हैं। उनकी माता विदुषी महिला थीं। सबके मन की गोपनीय बातें तक वो पलक झपकाते ही समझ जाती थीं और हर समस्या का समाधान भी बता देती थीं। उन्होंने रानी की तरफ सप्रेम देखते हुए कहा - "गोपा" ये हमारी गोपा माता है। इसे हम गोपा कहकर पुकारेंगे। रानी ने सहर्षता से सिर हिलाकर सहमति दे दी। राज ज्योतिष ने ग्रहों की गणना करते हुए कहा - "महाराज, ये कन्या अत्यंत दुर्लभ नक्षत्रों के मेल में पैदा हुई है। तीनों लोक में ये सदा स्मरणीय रहेगी। यश और धैर्य के अद्भुत संगम की प्रतीक है ये कन्या, अब इसका राजकीय नामकरण करता हूं। आज से समस्त पृथ्वी के लिए ये यश और धैर्य की मूर्ति "यशोधरा" के नाम से परिचित होगी।" अपनी कन्या की भविष्यवाणी के लिए राजा और रानी बहुत पुलकित हैं। राजा की लाड़ली 'गोपा' के नामकरण का आयोजन सफल हुआ।

गोपा अब १४ वर्ष की हो गयी है। रजस्वला हुए कुछ ही महीने बीते हैं। परम्परा के अनुसार उसके विवाह की घोषणा करनी होगी। अब वो अत्यंत सुंदर तरुणी है। यौवन अभी आने की दस्तक दे रहा है किंतु तरुणी में कहीं भी नहीं झलकता है। गोपा अत्यंत शांत और विवेकशील है। सभी सखियां अपने मन की गोपन गाथाएं उसे ही बताती हैं। राजगुरु ने उन्हें सभी प्रकार के शास्त्रों की शिक्षा दी है। वेद-पुराण क्षत्राणियां पढ़ सकती थीं। इसीलिए उनकी शिक्षा उसे मिली। पिता ने राजगुरु से परामर्श किया कि इसका विवाह कहां किया जाए? सुयोग्य कन्या के लिए सुयोग्य वर ही चाहिए जो एक कठिन समस्या है। एक साधारण पिता की तरह राजा का मन भी विचलित हो रहा है। राजगुरु ने परामर्श दिया - "हे महाराज आप

स्वयंवर रचाएं। श्रेष्ठ आर्यपुत्र के साथ राजकन्या का पाणिग्रहण कराएं।" स्वयंवर की घोषणा हिमालय से लेकर गंगा के तटवर्ती क्षेत्रों तक गूंज उठी। सभी राज्यों के राजा चाहते थे कि कोलीय वंश की कन्या उनकी पुत्रवधु बने ताकि वो अपने राज्यों का विस्तार कर सकें। क्षत्रियों में विवाह प्रथा उनके सामर्थ्य को प्रदर्शन करने का एक सुयोग्य अवसर होता है। शाक्य वंश के राजकुमार भी स्वयंवर में उपस्थित हुए। अति मनमोहक दृष्टि वाले शांत नयन, गठीला सुदर्शन शरीर, मीठी सी मुस्कान लिए जब वो स्वयंवर की प्रतियोगिता में उतरे उसी समय गोपा ने अपने ईष्ट देवता से उन्हें मांग लिया। प्रतियोगिता अति कठिन किंतु विधाता के आदेश के सामने सभी असहाय, अति बलशाली, चतुर दुस्साहसी क्रोधी नन्दार्जुन नागदत्त को शाक्य वंशीय राजपुत्र ने ना जाने कैसे पराजित कर दिया। ये कोई भी नहीं समझ सका। सारी प्रजा हर्षोल्लास से झूम उठी, गोपा ने राजकुमार का वरण कर मन ही मन अपने ईष्ट देवता को नमन किया।

कपिलवस्तु में बहुत चहल-पहल है। महा प्रजापति गौतमी खुशी में झूम उठीं। छोटा भ्रातानंद अपने बड़े भाई की विजय पर अचंभित और आनंदित है। शुद्धोधन ने राजकोष को पूरा खोल दिया है। गरीबों को दान दक्षिणा दी जा रही है। सारी नगरी नवविवाहिता की तरह सजा दी गयी है। बचपन में एक हंस को तीर लगा देख जो बालक दु:ख से रो पड़ा था और जो सदैव चिंतन में खोया रहता था, जो अस्त्र-शस्त्र विद्या का कभी प्रयोग नहीं करता था, वही तरूण राजकुमार आज अति सुंदर, धैर्य शील, विदुषी क्षत्राणी यशोधरा के साथ विजेता बन अपने राज्य लौट रहा है। धन्य है राजकुमार सिद्धार्थ, अब वो निश्चिंत हो अपना राजपाट राजकुमार और पुत्रवधु को सौंपकर संन्यास ले लेंगे। इसीलिए प्रसन्नता की अपार सीमाओं को तोड़कर अपने राजकोष में जमा सारी धनराशि दान दे रहे हैं। ससुराल में आकर "गोपा" यशोधरा हो गयी। पिता की लाड़ली दुहिता यहां कर्तव्य निपुण पुत्रवधु बन गयी है। सभी दासियां और बंधु-परिवार की स्त्रियां उस से विशेष स्नेह रखती हैं। उसका स्वभाव ही कुछ ऐसा है। जो एक बार उस से मिलकर बात कर लें तो सदा के लिये उसका अपना बन जाता है। गौतमी महारानी ने अपने खजाने के सारे हीर–माणिक जड़े आभूषण यशोधरा को दे दिए। वो जब भी उन आभूषणों को धारण करती तो मंदिर की देवी के समान दमकती, कोई चाहकर भी उस पर से दृष्टि नहीं हटा पाता। अनुभवी गौतमी अपने पुत्र के स्वभाव के बारे में जानती है। उसने सभी दासियों को

आदेश दिया है कि प्रतिदिन यशोधरा का श्रृंगार भिन्न भिन्न रुपों में करें। उसका कक्ष सदैव सुवासित सुगंधों से महकते रहना चाहिए। दासियां भी होशियार हैं और सब समझती हैं। पति को रिझाने की क्रियाओं का पाठ यशोधरा को पढ़ाती रहती हैं। भोली यशोधरा सभी का अनुसरण भी करती है। अब यशोधरा और सिद्धार्थ इस लोक के सबसे सुंदर, प्रतिष्ठित और समझदार वैवाहिक जोड़े के रुप में प्रसिद्ध हैं। जब दोनों एक साथ अपने बगीचे में घूमते तो ऐसा जान पड़ता जैसे दोनों एक दूसरे के पूरक हैं। राज्य के सभी माता-पिता अपनी भावी संतानों की जोड़ी इसी रुप में पाने की लालसा करने लगे। जब सिद्धार्थ गहरे चिंतन में होते तो यशोधरा कभी भी उनकी भक्ति या योग में बाधा नहीं डालता बस चुपचाप उनका अनुसरण करती रहती है। जब कभी प्रेम से यशोधरा उन्हें भोजन परोसती तो मन ही मन राजकुमार आहत हो उठते "आह ये बंधन"। पांच वर्ष यूं ही बीत गए। गौतमी मां ने पुत्रवधु को समझाया" एक नारी संतान को जब जन्म देती है तभी पूर्ण होती है। अब तुम्हें भी अपने वंश के लिए संतान उत्पति करनी होगी। सिद्धार्थ को भी अपने कर्तव्यबोध का अनुभव होना चाहिए"। समय के अनुसार यशोधरा ने गर्भ धारण किया। यह समाचार भी दस सप्ताह के भीतर सभी को मिल गया। गर्भवती यशोधरा अब जब अपने पति के सामने जाती तो सिद्धार्थ उसे निहारते रह जाते किंतु उस दृष्टि के पीछे छिपे भावों को, गोपनीयता को गोपा झट से पढ़ लेती - "आह: एक और बंधन" और उदास हो जाती। कुसला दाई उसका पूरा ध्यान रखती किंतु मन की वेदना को कोई नहीं समझ पाता। धीरे-धीरे दिन बीतने लगे। अब यशोधरा अपनी दासियों और मां गौतमी के साथ अंतर महल के भीतरी प्रसूति कक्ष में रहती है। पति से मिलना भी संभव नहीं हो पाता। उधर तथागत भी अधीर हो उठे हैं। अपनी संतान को देखने का मोह उनके तपस्वी जीवन की बाधा बन सकता है। पिता का पुत्र के प्रति मोह वो नहीं तोड़ पाएंगे। उन्हें जल्दी ही निर्णय लेना होगा। रात के दो प्रहरों की असीम कष्ट और प्रसव पीड़ा को सहने के बाद यशोधरा ने पुत्र को जन्म दिया। यह समाचार सिद्धार्थ के जन्म के समाचार से कहीं अधिक आनन्ददायी था, माता गौतमी, पिता शुद्धोधन अपने पौत्र के आगमन की खुशी से झूम उठे। उन्हें उसके स्वागत में बहुत कुछ करना है, उसी की तैयारी में जुट गये।

रात का पहला पहर, कुसला दाई भी अभी आराम कर रही है, प्रसूति कक्ष के बाहर वाले कक्ष में मां अपने नवजात बेटे के साथ सो रही है। पूरे कक्ष में एक

अनोखी नीरवता छाई हुई है। समय का चक्र आरम्भ हुआ, धीरे से सिद्धार्थ ने उस कक्ष में प्रवेश किया। प्रकृति के कण-कण में स्थिरता समा गई, जैसे कुछ क्षणों के लिये पृथ्वी ने अपनी धुरी में घुमना बंद कर दिया। पहर के वो क्षण कुछ समय के लिए थम गए। तीनों लोकों के किसी भी मनुष्य को नहीं पता चला कि विधि का विधान क्या रचना कर रहा है। कृष्ण पक्ष की द्वादशी का धीमा चांद और भी धीमा हो गया। सिद्धार्थ चुपचाप कक्ष से निकल कर अपने राजमहल से बाहर, अपने राज्य की सीमा तक चुपचाप चलने लगे। राज्य की सीमा के बाहर पहुंच कर, ऊपर फैले गहरे काले गगन में चमकते ध्रुव तारे को देखा और पूर्व दिशा की ओर अपने कदम बढ़ाए। उस रात के चारों प्रहरों में पक्षी अपने घोसलों में आश्रित हुए, पशुओं ने मार्ग में विचरण नहीं किया। नदियां नीरवता के साथ बहती रहीं, कहीं कोई कल-कल का शोर नहीं। भोर की गया कि सिद्धार्थ सब त्याग कर चले गए किंतु रात के दूसरे प्रहर में उस कक्ष में यशोधरा और सिद्धार्थ के बीच क्या हुआ उसके बारे में प्रकृति भी मौन रही। जल, वायु, दीपशिखा की अग्नि, आकाश, धरती किसी ने भी कोई साक्षी नहीं दी। यशोधरा से अनुमति लेकर तथागत निकले थे या उनमें काफी तर्क हुआ था। यशोधरा ने स्वयं त्याग की मूर्ति बन उन्हें जाने की अनुमति दी थी या अनुनय विनय प्रार्थना करके रोकने की चेष्टा। शायद बहुत क्रोधित भी हुई हो क्योंकि सिद्धार्थ स्वयंवर में उन्हें जीतकर अपनी पत्नी बनाकर लाये थे। अगर गृहस्थ जीवन नहीं पालन करना था तो पत्ि–पत्नी के शारीरिक संबंध ही क्यों बनाए? क्यों संतान को पैदा करने की इच्छा की ? या फिर ऐसा भी हो सकता है कि उन दोनों के बीच कोई संवाद ही ना हुआ हो, उनमें अपनी पत्नी का सामना करने का साहस ही मर गया हो, नवजात शिशु का मुख देखने से कहीं पुत्र मोहपाश में फिर से ना बंध जाएं, यही सोचकर कक्ष के द्वार के बाहर से ही अपनी पत्नी और पुत्र को सोते छोड़, सत्य की खोज पर अकेले चल पड़े। चुपके से, चोरी से वो तो सत्य की खोज में महान हो गए और पीछे-पीछे रह गयी यशोधरा अपने दुधमुंहे लाल के साथ एकदम नितान्त अकेली। नगर की विवाहिताएं या तो सहानुभूति दिखातीं या फिर ताने मार कर कहतीं" ऐसी नारी का भी क्या जीवन है? इतना रुप-सौंदर्य, ऐश्वर्य होते हुए भी एक पुरुष को बांध कर ना रख सकी। कितनी दुर्बल और असफल गृहणी है।" हत भागिनी सी यशोधरा चुपचाप धैर्य के साथ सभी आरोप, लांछन, प्रतिघात, ताने, अपमान, तिरस्कार, दया स्वीकार करके जीने लगी। दाई ने समझाया - "तुम्हारा बेटा स्तनपान करता है, भरपेट पौष्टिक

आहार खाया करो, मन में कोई दु:श्चिन्ता मत रखना, नहीं तो बच्चे पर उसका प्रभाव पड़ेगा।" सो मातृरूपा यशोधरा करूणामयी नारी की तरह अपने पुत्र के पालन-पोषण में लग गई। रीति अनुसार चालीसवें दिन राजयज्ञ के बाद उसका भी नामकरण हुआ-राहुल अर्थात कुशल, दु:ख का विजेता, सक्षम। राजगुरु ने जब ये नाम दिया तब यशोधरा ने उसे अपने सीने से खींच लिया किंतु सभी ने यह जान लिया था कि यशोधरा का दु:खों का अंत कोई भी कुशल सक्षम विजेता नहीं कर सकता है। शुद्धोधन लज्जा से अपनी पुत्रवधु से आंखें नहीं मिला पा रहे थे। गंभीर गौतमी केवल अपनी उपस्थिति का आभास दिला रही थी। बहुत ही उदासीन भाव से सिद्धार्थ के एकमात्र पुत्र जिसने यशोधरा के गर्भ से जन्म लिया था उस क्षत्रिय राजकुमार का नामकरण सम्पन्न हुआ।

समय की गति को कोई नहीं रोक सकता है। बुद्धिमान, चंचल राहुल अब बड़ा होने लगा है। सदा अपनी माता से अपने पिता के बारे में प्रश्न करता है "पिता सत्य की खोज में गए हैं। वो महान पुरुष है, संस्कार की भलाई के लिए संन्यासी बने हैं।" ऐसा ही कुछ कहकर यशोधरा उसे उत्तर देती अब वो मां का दूध भी नहीं पीता है। राजकुमार के लिए राजमहल में सभी प्रकार के पौष्टिक आहार की सुवव्यस्था है। जबसे राहुल ने मां का दूध पीना छोड़कर दूसरा आहार लेना आरंभ किया है, मां की धमनियों में बहता हुआ रक्त शीतल होने लगा है. अब वो हृदय से पूर्णरूप से शुद्ध होकर नहीं बहता है। रक्त में जमा लौह भी स्तन के दूध की तरह सूख कर जम सा गया है। बस जीवित रहने भर की श्वास-प्रश्वास क्रिया धीमे-धीमे चलती है। अब चांदनी की शीतलता, प्रभाकर की ऊष्मता, नदियों का तेज प्रवाह और तरंगें कोई भी उसके शरीर को विचलित नहीं कर पा रहा है। उसका मन समाधिस्थ हो गया है। वो प्रज्ञा बन गयी है। जो तपस्या, योग तथागत जंगलों में अपने परिवार और मानव समाज से दूर अकेले में कर रहे हैं, उसी तपस्या की अग्नि में यशोधरा अपनी तृष्णा का सर्वनाश कर रही है। अब ना उसे पति के जाने का क्षोभ है और ना ही उनके वापिस आने की प्रतीक्षा। जिसको कभी सभी ने उसके पति की सिद्धि मार्ग की बाधा कहा था, वो अब स्वयं "सिद्धि" प्राप्त कर चुकी है। विरह की दारुण पीड़ा अब उसका कुछ नहीं बिगाड़ पा रही है। राहुल पर अपने पिता की छवि है पिता के ना होने की पूर्ति वो अपने दादा से कर लेता है। महाराज शुद्धोधन अपने एकमात्र वंशज में अपने राज्य के भविष्य का सुनहरा सपना फिर से देखने लगते हैं। अपने आपको अपनी पुत्रवधु

का अपराधी मानते हैं। इसीलिये अत्याधिक स्नेह, ममता, प्यार, दुलार सब कुछ अपने पौत्र राहुल पर न्यौछावर करते रहते हैं।

प्रकृति ने फिर से करवट ली। नागपाश में सोया हुआ समय फिर से जैसे नींद से उठ गया। राजगुरु ने महाराजा शुद्धोधन के पास आकर कहा "तथागत बुद्ध स्वयं नगर में आ रहे हैं। वो अपने भिक्षुओं के साथ यहां पधारेंगे। अपने अनुयाइयों से वार्तालाप करेंगे। आशीर्वाद प्रदान करेंगे। ये हमारा सौभाग्य है कि भगवान बुद्ध हमें दर्शन देंगे।" महाराज के भीतर सोया हुआ पिता फिर से जीवित हो उठा, तत्क्षण आदेश दिया - "भगवान बुद्ध के स्वागत में सारे राज्य को फूलों से सजाया जाए। नगरवासी राजमार्ग के दोनों तरफ नतमस्तक हो उनका स्वागत करें, वंदना करें। उनके रहने का प्रबंध राज प्रसाद में किया जाए।" किंतु महाराज, अब वो हमारे प्यारे सिद्धार्थ नहीं रहे। अब वो ' पूर्णप्रज्ञ ' बुद्ध हो गए हैं। भगवान बुद्ध संन्यासी भिक्षुओं के साथ राजमहल में नहीं रहेंगे। उनके लिए अलग से व्यवस्था करनी होगी। महाराज का सपना जैसे बीच में ही टूट गया। नियति का निर्मम खेल, पुत्र वापस तो आ रहा है किंतु बुद्ध हो गया है, भगवान हो गया है। अब उस पर किसी भी सामाजिक या पारिवारिक संबंधों का नाता नहीं जोड़ा जा सकता। एक तीखी सी पीड़ा उनके हृदय में उठी फिर भी मन प्रसन्न है। मानव मन बहुत ही लालची स्वभाव का होता है। कुछ ना कुछ पाने की आशा सदैव रखता है। यहां तक कि मृत्यु के मुंह में जाने से पहले भी कुछ औऱ क्षण जी लेना चाहता है। शुद्धोधन भी कोई अपवाद नहीं है। गौतमी का मन भी बहुत आतुर हो उठा है किंतु उन्हें अपनी पुत्रवधु की चिंता है। उस पुत्रवधु को अब अपने पिछले जन्म का भी स्मरण नहीं है कि कैसे पिछले जन्म में भी उसे अपने पति का विरह सहना पड़ा था। तब राजकुमारी कितनी अहंकारी थी। बोधिसत्व को तो मलंग हाथी ने आशीर्वाद देकर राजमार्ग में उपस्थित सहस्त्र लोगों के बीच से चुना था किंतु विवाह के उपरांत ही जब राजमाता ने बताया कि ये पुत्र उसी राजा का है, गर्भावस्था में उसे कैसे अपने प्राणों की रक्षा के लिए जंगलों में पलायन करना पड़ा था। वहीं उस बालक को जन्म दिया, पालन-पोषण किया किंतु समय के चक्र में वो उसी राज्य में उसी राजा की कन्या के लिए चुन लिया गया। सत्य तो राजमाता ने राजकुमारी को बताया था। अपने पुत्र को नहीं उसे तो केवल संन्यासी होने का कठोर आदेश दिया था ताकि वो अपनी ही बहन के साथ वैवाहिक बंधन में ना बंध सके। कितना रोई थी तब राजकुमारी, उपाय जानने के लिए ज्योतिषी के पास गयी थी।

ज्योतिष ने कहा था "इस जन्म में वो तुम्हारे पति नहीं हो पाएंगे। हां, तुम फिर से जन्म लोगी और अवश्य ही तुम बोधिसत्व की संतान की माता बन पाओगी।" राजकुमारी ने कौमार्य में ही प्राण त्याग दिए, पति संन्यासी हो सदगति को प्राप्त हो गया। अब इस जन्म में वो बुद्ध की पत्नी नहीं बन सकी किंतु राहुल की माता का सौभाग्य उसे मिला। अब तो प्रत्येक भूतकाल की बातें, पिछले जन्म की बातें स्मरणीय नहीं है। वो भी संन्यासिनी हो गई है। दिन में एक ही समय भोजन ग्रहण करती है, पाट, रेशम के वस्त्र त्याग दिए हैं, सूत के रंगहीन वस्त्र में अपने को लपेट लिया है। अपना जीर्ण काय शरीर, केशों को नहीं संवारती है। आभूषण मां गौतमी को लौटा दिए हैं। सांसारिक सुख, भोग विलास को पूर्णत: त्याग दिया है। धैर्य से अर्हत होने की प्रतीक्षा कर रही है। उसने भगवान बुद्ध की गाथाएं दासियों से सुनी हैं, कैसे एक नगर में धनी सेठ की अपार सम्पत्ति थी। उसने कितने आडंबर से बुद्ध का स्वागत किया था। भिक्षु संघ के लिए कितने फल, फूल, आहार, चीवर भेंट में लेकर आया था किंतु भूखी, दुर्बल, असहाय, परम भक्त बूढ़ी मां ने जब अपना एक मात्र फल आम भगवान को भेंट किया था तब भगवान ने स्वयं उस भिक्षा को स्वीकार करके ग्रहण किया था। सभी भिक्षुओं ने विस्मित होकर बुद्ध की ओर देखा था। धनी सेठ ने भी संकोच में पूछ लिया था "हे मान्यवर भगवान मैंने इतनी श्रद्धा से आपको भोजन आहार भेंट किया है किंतु आपने केवल उस वृद्धा का एक पका हुआ छोटा सा आम ही क्यों ग्रहण किया ? क्या मेरे आतिथ्य अथवा भक्ति में कुछ कमी है ?" तब बुद्ध ने विनम्रता से उत्तर दिया था - "हे उपासक। तुमने अपनी अपार सम्पत्ति से कुछ भाग मुझे अर्पित किया है किंतु इन वृद्धा माता के पास कुछ भी नहीं है, पेट में कई दिनों से दाना भी नहीं गया, फिर भी उसने अपनी सारी सम्पत्ति अर्थात् एक आम, वो ही मुझे भिक्षा में दान दिया। अब तुम्हीं बताओ उपासक जो अपना सम्पूर्ण अर्पित कर दे, भला उसकी भिक्षा मैं कैसे अस्वीकार कर सकता हूं। धनी सेठ बोल उठा - "भंते आप महान हैं, कृपालु हैं। हमारे ऊपर भी दया करें।" बुद्ध को अपनी सबसे प्रिय वस्तु दान करने वाले को ही आशीर्वाद प्राप्त होता है। ना जाने कितनी गाथाए, शिक्षाए, प्रवचन अपनी दासियों के माध्यम से यशोधरा सुन चुकी है और अब अर्हत स्वयं अपने राज्य में वापस पधार रहे हैं। अपनी जननी और पत्नी से भिक्षा मांगने।

जैसे ही भगवान बुद्ध ने नगर में प्रवेश किया चारों ओर जन समुद्र सा उमड़ पड़ा। अस्तबल में बंधा हुआ उदास सा रहने वाला उनका प्यारा 'कंथक' भी अपने

स्वामी के आने की गंध पा गया, उन्हें मिलने के लिए आतुर हो उठा। अपने गले में पड़े बंधन को तोड़ने की अप्राण चेष्टा करने लगा। सिद्धार्थ के प्रिय सारथी "चन्ना" भी अपने "शाक्य मुनि" के दर्शन को उतावले हो रहे थे। ये वही सारथी थे जिनके साथ राजकुमार सिद्धार्थ नगर भ्रमण पर जाया करते थे और अपने चारों तरफ होने वाली घटनाओं और दृश्य के बारे में पूछा करते थे, कितने करूणा भाव से वो मार्ग में खड़े बूढ़े व्यक्ति को देखते थे। रोगग्रस्त, असहाय वृद्ध की दशा देख उनका मन कितना उदास हो गया था। सदा राजमहल के वैभव में रहने वाले, राजकुमार जब रथ पर सवार हो नगर भ्रमण को जाते तो शुद्धोधन महाराज पहले से नगर वासियों को आदेश दे देते कि नगर को सुंदर सजा कर रखें। सिद्धार्थ केवल चारों तरफ आनंदित, सुख वैभव में लिप्त प्रजा को ही देखें। कोई भी कष्टदायक दृश्य या संवेदनशील घटना उनके मार्ग में नहीं घटनी चाहिए। सारथी 'चन्ना' भी उन्हें सदैव पूर्व या उत्तर की दिशा की ओर लेकर जाते थे और अप्राण चेष्टा करते थे कि कोई भी दु:खद विचार, उदास करने वाली घटना उनके भ्रमण के समय ना घटे किंतु नियति अपना खेल खेलती है। उन्होंने नहीं देखा था बालकों का आनंदित होकर खेलना, युवाओं का बलिष्ठता के बल पर आमोद प्रमोद में विलीन रहना, दरिद्रता में डूबे नागरिकों के मुखमंडल पर गहरे उदासीन भाव, झुकी कमर, दुर्बल दृष्टि और कांपते हाथों से लकड़ी के सहारे चलने वाला वृद्ध और अंत में "शवयात्रा"। ये सब देखकर उनका मन कैसे विचलित हो उठा था "इनके दु:खों का कारण क्या है ?" यह प्रश्न उन्हें बार-बार कचोटता। कभी जो सारथी 'चन्ना' उनकी प्रत्येक शंका का समाधान करते थे, वो ही आज भंते के चरणों को स्पर्श करना चाहते हैं। बुद्ध के पास प्रत्येक प्रश्न का उत्तर है। वो ही मेरी नाव इस मायावी संसार से पार लगाएंगे। कंथक के कानों में ऐसा बोलकर उन्होंने घोड़ों को भी बंधन मुक्त कर दिया ताकि वो भी जीवन के इस चक्र से मुक्ति पा सकें। राजा शुद्धोधन, माता गौतमी स्वयं "शाक्य मुनि" के स्वागत के लिए राजमार्ग पर चल पड़े। सभी नगर वासी जैसे किसी सम्मोहित शक्ति में जकड़ लिए गए थे। भंते के इस रुप ने उन्हें पूरी तरह से सम्मोहित कर दिया था। "शाक्य मुनि" अपने प्रिय शिष्य आनन्द और मंत्रोच्चारण करते भिक्षु, सारी पृथ्वी जैसे "बुद्धमय" हो उठी थी। कहीं कोई पीड़ा नहीं थी, कहीं कोई वेदना नहीं, कोई ईर्ष्या नहीं, प्रतिस्पर्धा नहीं। सभी बुद्ध में एकाकार हो रहे थे। भिक्षुओं को कपिलवस्तु में अधिक दिन तक प्रवास नहीं करना है। तथागत अपनी जननी व सहधार्मिणी से भिक्षा लेकर पुन: जेतवन

विहार प्रस्थान करेंगे। उनके निर्वाण पथ का यह सबसे महत्त्वपूर्ण पड़ाव है। संन्यासी होने के पश्चात भिक्षु को एक बार भिक्षा पात्र लेकर अपने परिवार के समक्ष जाना ही पड़ता है। शुद्धोधन अपने पुत्र को इस रुप में देखकर धन्य हो गए। महाप्रजापति गौतमी के नयन प्रेम से छलक उठे। छोटा भाई नंद भी अपने भ्राता का ये रुप देखकर अचंभित है। वो गौतम के बंधु परिवार से हैं किंतु उसका अपने बड़े भाई के प्रति अति आदर और स्नेह है। अभी कुछ ही दिन पहले ही उसका विवाह हुआ है। वो अपने बड़े भाई के दर्शन करके तुरंत अपनी नवविवाहिता पत्नी के पास अपने महल में लौट गया क्योंकि उसके बिना वो एक क्षण भी नहीं रह सकता। यशोधरा की सखियां भी आज नारी महल में आ गयी हैं। वो सभी मिलकर "शाक्य मुनि" के दर्शन करना चाहती हैं। दासियां हर क्षण का पूरा वर्णन यशोधरा को सुना रही हैं। अनुरोध कर रहीं है कि "जाओ अपने स्वामी बुद्ध का आदर-सत्कार करो, उनका दर्शन करो, उनसे आशीर्वाद लो"। किंतु यशोधरा के मन में कोई चंचलता नहीं है। उसने उन्हें दिखने की कोई अधीरता भी नहीं दिखाई। स्थिर होकर वह अपने पुत्र के साथ महल की वीथी से भगवान बुद्ध के आगमन की प्रतीक्षा कर रही है। उसने देखा नगर के राजमार्ग पर भिक्षाटन के लिए तथागत अपने भिक्षु संघ सहित चले आ रहे हैं। सभी अपने अपने चीवर-संघाटी भली प्रकार पहन-ओढ़ रखे हैं। ऐसा भव्य, शांत दृश्य देखकर यशोधरा की आंखें भर आईं। उसने बालक राहुल की ओर देखा और उसके अनदेखे पिता का दर्शन कराते हुए परिचय दिया, क्योंकि बालक राहुल प्रतिदिन अपने पिता के बारे में पूछा करता था, यशोधरा ने कहा - "जिनका सकल शरीर महापुरुषों के लक्षण से परिपूर्ण है। जिनके रक्त वर्ण चरण - श्रेष्ठ, चक्र चिन्ह से भली प्रकार अंकित हैं। जिनके अंजन वर्ण सुनील केश हैं। जिनके कंचन पट्ट की तरह दीप्त शुद्ध ललाट है। जिनकी इन्द्रधनुष सदृश भौहे हैं, जिनकी पूर्णिमा के चंद्र जैसी मुख छटा है, जिनका चित्त शील और समाधि से प्रतिष्ठित है, जो लोकहित के लिए गृह त्यागी हुए, जो नरों में सिंह जैसे दिखते हैं, वे ही तेरे पिता हैं।" माता के दिए परिचय के माध्यम से राहुल ने अपने पिता की पहचान की। विशाल चंदन की शैय्या वर्षों से वीरान पड़ी हुई है। सिद्धार्थ के गृह त्याग के बाद से यशोधरा कभी भी उस पर नहीं सोई और ना अब सोना चाहती है। उसने गृहस्थ जीवन की डोरी में बंधकर, अपने पुत्र का पालन-पोषण बहुत ही धैर्य और दक्षता के साथ किया है। जंगल, पर्वत, पहाड़ों के ऊपर परिवार से दूर विहारों में तपस्या करना कितना सरल होता है किंतु सामाजिक बंधनों

में रहते हुए, भोग-विलास की सभी सुविधाओं में रहकर संन्यासी बनना, अपने जीवन की सत्य की खोज कर कितना विरल, कठिन और कष्टदायी होता है। इसका अनुभव केवल यशोधरा को है। माता-पिता, भाई-बंधु परिवार एवं नगर वासियों से मिलने के पश्चात आनन्द ने विनम्रता से कहा - "भंते आप यशोधरा रानी के पास कब भिक्षा लेने जाएंगे।" तथागत मौन रहे। आनन्द अपने गुरु के प्रत्येक संकेत को समझने की क्षमता रखता है। उनके मौन में ही उनका उत्तर होता है। वो समझ गया कि आज भंते भिक्षा के लिए नहीं जाएंगे। सूर्यास्त के बाद भिक्षु भिक्षा पात्र लेकर किसी के द्वार नहीं जाते। रात भर यशोधरा की आंखों में एक क्षण के लिए भी निद्रा देवी प्रवेश नहीं पा सकीं। बुद्ध भी शांत मुद्रा में स्थिर रहे। कल का सूर्योदय इतिहास को बदलने वाला है। भिक्षुओं को लेशमात्र भी संदेशा नहीं है कि कल क्या होने वाला है। यशोधरा की सभी सखियां जा चुकी हैं, वे सोच रही हैं कि ऐसी अभिमानी नारी उनकी सखा कैसे हो सकती है जो वर्षों बाद आए अपने पति के दर्शन करने भी नहीं जा रही। अपनी निष्ठुर, निर्मोही स्वामिनी को अकेला छोड़ वो चली गईं। जाती हुई दासियों और सखियों को यशोधरा ने बस यही कहा - "यदि मुझमें कोई गुण होंगे, तो आर्यपुत्र स्वयं मेरे पास आएंगे। उनके आने पर ही उनकी वंदना करूंगी।"

भगवान बुद्ध को जब ये ज्ञात हुआ तब वे यशोधरा के महल की ओर चल पड़े और उन्होंने कहा - "मैं तो मुक्त हूं किंतु यशोधरा अभी मुक्त नहीं है। इतने लंबे समय से उसने मुझे देखा नहीं है। वह अत्यन्त दु:खी होगी। यदि वो मेरा स्पर्श भी करे तो उसे रोकना नहीं। मुझे आज जो प्रवज्ज्या प्राप्त हुई है, उसमें यशोधरा का ही संबल है। उसकी सहृदयता ने ही मुझे कभी हतोत्साहित नहीं किया। मेरे जीवन में उसके पुण्य-प्रताप का परिणाम है कि मैं सम्यक बुद्ध हो पाया।" कक्ष में हठात रों ओर का वातावरण आलौकिक हो उठा। कक्ष में बसी हुई मलिन नीरवता जैसे असीम शांति में परिवर्तित हो उठी। आत्म ग्लानि से भरा अंधकार अपने आप लुप्त हो गया, एक सुनहरी आभा सी लिए सारा कक्ष आलोकमान हो उठा। शाक्य मुनि आ रहे हैं, इसका आभास कण कण देने लगा। बुद्ध भिक्षा पात्र लिए यशोधरा के समक्ष खड़े हैं। पुत्र राहुल अति आनंदित होकर पूछता है, मां देखो ये कौन हैं ? यशोधरा उनकी तरफ बिना कोई दृष्टि दिए बोली "पुत्र, यही तुम्हारे पिता हैं, प्रणाम करो"। बालक राहुल ने जबसे आंखें खोली हैं वो संन्यासिनी, साध्वी माता के सानिध्य में पला है। राज भोगने की सभी सुविधाएं उसे मिली है। उसके बालमन पर अपने दादा

शुद्धोधन का बहुत प्रभाव है। आभूषण जड़ित मुकुट, रेशम पाट वस्त्र पहने। राजगद्दी पर विराजमान, चारों तरफ योद्धा, सारथी, राजगुरु सभी को आडंबर सहित वेशभूषा में ही देखा है। भिक्षु कैसे होते हैं उसे नहीं पता और ना ही कभी किसी भिक्षु के कभी दर्शन हुए हैं। कुंडल केश बांधे हुए, पीले चीवर धारण किए, शरीर पर कोई आभूषण नहीं, लंबे कानों में स्वर्ण कुंडल भी नहीं, हाथ में कोई भी शास्त्र नहीं, किंतु एक भिक्षा पात्र है, विस्मय से इतने सुंदर, शांत, विशाल पुरुष की आंखों में झांकने लगता है, पहली दृष्टि में ही अपने पिता से सम्मोहित हो उठता है। "आप कहां थे इतने वर्ष" बुद्ध ने प्यार से राहुल के मस्तक पर हाथ फेरा, मौन रहे। राहुल को अपना उत्तर नहीं मिला किंतु अपने पिता को अपने पास पाकर वो अति आनंदित हो उठा जैसे किसी बालक को अपनी खोई हुई सबसे प्रिय वस्तु मिल गई हो। वो यह संदेश अपने दादा को देने को आतुर हो उठा। मां से अनुमति लेकर वो शुद्धोधन को अपने पिता के रुप का वर्णन करने चला गया। बुद्ध अभी भी भिक्षा पात्र लेकर यशोधरा के समक्ष खड़े हैं। यशोधरा ने अपने नयन उठाकर भंते की ओर देखा। "स्वयं बुद्ध" उसके समक्ष खड़े हैं। उसे कुछ क्षण के लिए अपना स्वयंवर, वो सिद्धार्थ का नागदत्त को पराजित करना, अपना शौर्य दिखाना, वरमाला, पाणिग्रहण दोनों का एक साथ आखेट पर जाना, पूर्णिमा की रात्रि में राज उद्यान में चंद्रमा की रोशनी में झूला झूलना, प्रणय निवेदन, सानिध्य, प्रेम सब कुछ स्मरण हो उठा किंतु कुछ क्षण के बाद फिर से जब तथागत की ओर देखा तो जान गई कि ये तो सिद्धार्थ नहीं है। सिद्धार्थ तो कोई ओर थे। ये तो बुद्ध हैं, शाक्य मुनि हैं। सहस्त्रों पुरुष और स्त्रियां इनकी अनुयाई है। निर्वाण के पथ प्रदर्शक हैं। विनम्रता से यशोधरा बोली - "भंते आपको मैं अपनी सबसे प्रिय वस्तु भिक्षा में देती हूं, स्वीकार करें।" त्रिकालदर्शी भंते मन की बात भांप गए। सहर्ष उन्होंने अपने पुत्र राहुल को स्वीकार कर लिया।

राहुल एक प्रतिभावना, तीक्ष्ण बुद्धि वाला बालक है। पिता के लिए उसके मन में परम आदर और स्नेह है। वो सहर्ष ही पिता का अनुगामी हो जाएगा। भिक्षा दान के बाद जैसे ही बुद्ध प्रस्थान करने लगे, यशोधरा विनय से हाथ जोड़कर बोली - "भंते, आप मुझे आशीर्वाद दें।" भिक्षा ली है तो आशीर्वाद तो भिक्षु को देना ही पड़ेगा। उन्होंने आशीर्वाद देने की मुद्रा में जैसे हाथ उठाए उसी क्षण यशोधरा बोली - मैं क्षत्राणी हूं। ब्राह्मण मत है कि शूद्र और नारी, मोक्ष प्राप्त करने की अधिकारिणी नहीं है। वो जन्म-मृत्यु के चक्र से जन्म-जन्मांतर तक मुक्ति नहीं पा सकती है।

किसी भी धर्म में उनके लिए मोक्ष की प्राप्ति नहीं है तो भंते, क्या नारी को कभी मोक्ष प्राप्त नहीं हो सकता। कैसा है ये धर्म मनुष्य जाति में भी भिन्न-भिन्न लिंगों के लोगों को विपरित दृष्टि से देखता है। मैंने अपनी सबसे प्रिय वस्तु आपको दान में दी है। आप मुझे निर्वाण प्राप्ति का आशीर्वाद दें, बुद्ध मौन है। अभी तक उनके संघ में नारी जाति का प्रवेश निषेध है। बुद्ध ने केवल एक ही बात सिखाई है, - संसार में दु:ख है, दु:ख के कारण हैं, दु:ख के निवारण हैं और दु:ख के निवारण का मार्ग भी है। तथागत ने अपने अनुयाई को चार आर्यसत्य, अष्टांगिक मार्ग, पारमिता, पंचशील शिक्षाओं को प्रदान किया है। सारी पारमिताओं की निष्पत्ति, चार आर्यसत्यों की पूरी समझ और अष्टांगमार्ग पर चलते हुए कर्म के निरोध से ही "बोधि" पाई जा सकती है और "बोधि" (ज्ञान) पाने के बाद ही संसार के जीवन - मृत्यु के चक्र से मुक्ति मिल सकती है। कोई भी साधारण व्यक्ति इन मार्गों का अनुसरण करके निर्वाण प्राप्त कर सकता है। दस पारमिताएं दान, शील, नैष्क्र्म्य, प्रज्ञा, वीर्य, शांति, सत्य, अधिष्ठान, मैत्री और उपेक्षा को जीत कर बुद्धत्व की ओर बढ़ जाता है। भगवान बुद्ध जानते हैं यशोधरा बुद्ध की शरण में, धर्म की शरण में, संघ की शरण में आए बिना ही पक्षपात रहित भाव रखकर "बुद्धत्व" की ओर बढ़ चुकी है। अब वो पति परित्यक्ता, विरह की मूर्ति, गौरव हीन, दारुण पीड़ा सहने वाली सिद्धार्थ की सहचारिणी नहीं है। अब वो सत्य के मार्ग की बाधा भी नहीं है वरन बुद्ध की शरण में आने से पहले ही सत्य को पा चुकी है। उसे कोई सांसारिक मोह-बंधन नहीं बांध सकता है। वो सुख - दु:ख की अनुभूतियों से परे है, बुद्ध मौन हैं। यशोधरा गृहस्थ जीवन में रहकर, राजमहल में वास करके, भोग विलास, आडंबर सामग्रियों की बीच रहकर भी एक भिक्षुणी बन चुकी है। यशोधरा "सम्यक - संबोधि" (सबसे उत्कृष्ट) स्तर पर है। बुद्ध विनम्रता से नमन करके चले जाते हैं। आज यशोधरा ने समस्त नारी के सम्मान की रक्षा की है। उनके अधिकारों की रक्षा की है। उनके अस्तित्व की रक्षा की है। "बुद्ध की मौन स्वीकृति के बाद महाप्रजापति गौतमी के साथ ये शाक्य कुलवधु भिक्षुणी बन गयी। बुद्ध के महानिर्वाण से दो वर्ष पूर्व ७८ साल की आयु में उन्हें परिनिर्वाण की प्राप्ति हुई।"

उस महान नारी के त्याग के बिना सिद्धार्थ, तथागत बुद्ध नहीं बन सकते थे। इतिहास के पन्नों में भले ही स्वर्णाक्षरों से इस नारी की गाथा विशेश रूप से ना लिखी गई हो किंतु यशोधरा किसी ना किसी रूप में प्रत्येक नारी के भीतर जीवित है।

सुजाता

यह बात कई हजार वर्ष पुरानी है तब समाज की व्यवस्था कर्ममूलक नहीं जन्ममूलक आधार पर तय होती थी। प्रजा सदैव राजा की दिव्यता से सम्मोहित होती थी, कभी-कभी तो राजा अदृश्य और अव्यक्त से आकर्षित तो कभी भयभीत हो जाती थी। अरूवेला प्रदेश के लोग मूलत: कृषि पर ही निर्भर रहते थे। कृषि के साथ गो-पालन उनका एक और व्यवसाय भी होता था। अधिकतर यदुवंशी लोग गो-पालन से ही अपना जीवन यापन करते थे। उसी सामंती युग में एक ग्वाले के घर अति स्वस्थ और सुंदर कन्या ने जन्म लिया। बहुत वर्षों की मन्नतों के बाद उनके यहां ये संतान हुई थी। उन्होंने कन्या को नाम दिया सुजाता। वह अपने माता-पिता की इकलौती संतान थी इसलिए उसे बहुत लाड़-प्यार से पालते थे। वे दरिद्र तो नहीं थे किंतु धनी वर्ग में भी नहीं आते थे इसलिए बचपन से ही सुजाता को पशुपालन का दायित्व लेना पड़ा था। वह दिन गाय चराया करती थी, नदी में स्नान करके सारा दिन घाटियों में अपनी गायों के साथ घूमती रहती थी। बाल्यावस्था से वह गो-पालन के कार्य में अति निपुण हो गई। स्वभाव में विनम्रता और आचार में शालीनता का अभाव रह गया। प्रकृति के मुक्त वातावरण में पलते हुए वह एक सुंदर तरुणी हो गई थी। उन दिनों छोटी अवस्था में ही कन्याओं का विवाह हो जाता था किंतु सुजाता के लायक के उचित वर अभी तक नहीं मिला था।

एक बार जब वह गाय चराते हुए संध्या के समय अपने घर पर लौट रही थी तब अनाथ पिंडिक नामक एक धनी यदुवंशी व्यापार के कारण उनके घर आया। प्रथम दृष्टि में ही अतिथि ने भांप लिया कि यह कन्या अपने काम में कितनी कार्य कुशल है। उसके भी एक पुत्र था जो स्वभाव से अत्यंत क्रोधी और क्रूर भी था। उसके लिए कोई विनम्र या कोमल स्वभाव की नारी उचित नहीं रहेगी। पुत्र को ठीक रास्ते में लाने एवं अपने विशाल व्यापार को संभालने के लिए उन्हें एक स्वस्थ, कुशल एवं निपुण कन्या की खोज थी। दरिद्र पिता की युवा कन्या की सहमति की कोई आवश्यकता नहीं होती, अतः गाय की तरह सुजाता एक घर से दूसरे घर के खूंटे के साथ बांध दी गई। विवाह उपरांत सुजाता ने अपनी ससुराल में रहकर अति निपुणता के साथ सारा कार्यभार संभाल लिया किंतु उसका पति सदैव उससे विमुख ही रहा। स्नेह, प्रेम, अपनत्व का अभाव उसके व्यवहारिक जीवन में जमकर बैठ गया था। सुजाता अक्सर रात को उदास हो जाया करती थी तब उसकी सबसे प्रिय दासी पूर्णा उसका सुख-दुख बांटा करती। नारी का स्वभाव होता है कि वो दरिद्रता को सहन कर सकती है किंतु अपने पति की अवहेलना कभी सहन नहीं कर सकती। उसकी अतृप्त आत्मा सदैव विचलित रहती है, चैत्र मास की पूर्णिमा में घर पर यज्ञ का आयोजन है। सुजाता ने कई स्थानों पर पूजा अर्चना की और यज्ञ कराया किंतु निष्फल रही। ना उसे पति का प्रेम प्राप्त हुआ और ना ही संतान। चैत्र मास की पूर्णिमा में एक दिन पहले की रात्रि में नदी से स्नान करके लौटी, पति ने उसे भीगे हुए वस्त्रों में देखा तो उसमें वासना की लहर दौड़ पड़ी। उसने सुजाता को अपनी छाती से लगा लिया और अपने शयनकक्ष में ले गया। सुजाता ने स्नान करके निरंजना नदी के तीरे एक अजपाला निग्रोधा वृक्ष के नीचे पूजा करके वृक्ष देव से संतान की मनोकामना की थी, हे देवता मुझे मां बनने का सौभाग्य दो, मेरी यह मनोकामना पूर्ण करो, संतान प्राप्ति के बाद मैं प्रतिवर्ष तुम्हारे यहां आकर तुम्हें प्रसाद अर्पण करूंगी और पूजा करूंगी। उस मध्दिम चंद्रमा में उसे कोई भय भी नहीं लगा। अकेले स्नान करके अपने घर पर पहुंच गई। सदैव विमुख रहने वाले पति की दृष्टि उस पर पड़ चुकी थी, मन ही मन पति के साथ शयन कक्ष में संभोग करते हुए उसे अनुभव होने लगा था कि उसकी प्रार्थना स्वीकार हो चुकी है। प्रथम के कुछ मास वह नियत रूप से नदी में स्नान करने के बाद वृक्ष देवता के सामने निश्चित ही अर्चना करती। उसके गर्भ में बीज आ चुका था अब सातवें मास के बाद उसने अपने घर से बाहर जाना बंद कर दिया।

कुंडलकेशी दासी गर्भवती सुजाता का विशेष ध्यान रखने लगी। पूर्णा तो दासी नहीं सखी ही थी, उसके सुख-दुख की एकमात्र साथी। अब सुजाता उदास नहीं रहती बल्कि मातृत्व होने का गर्व अनुभव करते हुए संतुष्ट है।

नौ मास नौवें दिन सुजाता ने एक अति सुंदर बालक को जन्म दिया। परंपरा के अनुसार वह अभी भी घर से बाहर नहीं जा सकती, उसे चालीस दिन तक प्रसूतिग्रह में अपने नवजात शिशु के साथ रहना होगा। जैसे सुजाता थोड़ी स्वस्थ होने लगी उसने अपनी दसियों को आदेश दिया कि सहस्त्र गायों का दूध पांच सौ गायों को दिया जाए और फिर उन पांच सौ गायों का दूध सौ गायों को दिया जाए फिर उन सौ गायों के दूध को उसकी सबसे प्यारी आठ गायों को दिया जाए ताकि वह सबसे पौष्टिक और गाढ़ा दूध दें। फिर उसी दूध की खीर बनाकर वह वृक्ष देवता को अर्पण करेगी। उसे अपनी मनोकामना पूर्ण होने के बाद की पूजा अर्चना करने का विशेष ध्यान है। चालीसवें दिन वैशाख पूर्णिमा होगी, पंजिका से उसने गणना कर ली है। उसने पूर्णा को आवाज दी, कहां हो पूर्णा जाओ अजपाला निग्रोधा वृक्ष के आसपास सफाई कर दो, बहुत दिन हुआ मैं दर्शन के लिए नहीं जा सकी। वैशाख की पूर्णिमा में प्रसाद लेकर अपने पुत्र के साथ आशीर्वाद लेने जाऊंगी। पूर्णा तुरंत टीले की ओर बढ़ गई। वहां जाकर क्या देखती है, एक मरणासन्न कंकाल काय तपस्वी बैठा तप कर रहा है। उसके चारों और वृक्ष की लताएं लिपटी हुई है, दीमक सांप सभी घिरे हुए हैं किंतु तपस्वी घोर तपस्या की मुद्रा में आंखें मूंदकर तटस्थ है। दूर किले पर पांच और साधक योग मुद्रा में विराजमान हैं। भोली पूर्णा यह दृश्य देख कर थर-थर कांपने लगी। हाथ से झाड़ू छूट गया और दौड़ते हुए घर वापस आई। हांफते हुए बोली, देवी सुजाता वहां तो मायावी देव विराजमान है, वृक्ष देवता स्वयं प्रकट होकर योग मुद्रा में बैठे हैं।

सुजाता ने कहा, पूर्णा जाओ उस स्थल की मार्जना करो। कुंडलकेशी को अपना पुत्र सौंपकर बड़े मनोयोग से सुजाता प्रसाद बनाने में जुट गई। संतान की उत्पत्ति के बाद आज पहली बार रसोई घर में प्रवेश किया है। सारे रसोईघर को पानी से धोकर शुद्ध किया फिर अपनी प्रिय गायों के दूध से चूल्हे पर हांडी चढ़ाकर खीर बनाई। धनी यदुवंशी की पुत्रवधू है सुजाता, अपने संदूक से स्वर्ण का पात्र निकालकर उसमें खीर डाली और स्वर्ण थाल में पुष्प अक्षत धूप दीप लेकर वृक्ष देवता को अर्पण करने श्रद्धा पूर्वक चलने लगी। उधर उनचास दिनों की कठोर तपस्या के बाद भी

तथागत को ज्ञान की प्राप्ति नहीं हुई, गत सात वर्षो से वे भटक रहे हैं। साधक गुरु आलार कालाम और उद्दाका रामापुत्र से योग समाधि की क्रियाएं भी सीखीं, बिना आहार व जल के कठिन तपस्या भी की, अपने शरीर को अनंत यातनाएं देने के पश्चात भी बोधिज्ञान प्राप्त नहीं हुआ। आज प्रात: ही कुछ सखियां मिलकर निरंजना नदी के तीर स्नान करने जा रही थी और एक अति मधुर लोक गीत गा रही थीं।

हे आली मेरी वीणा के तार
अधिक मत तानो
वो सुरीले नहीं बजेंगे यह जानो
हे सखी मेरी वीणा के तार
अधिक मत छोड़ो
वह बेसुरे बजेंगे यह जानो
तो आली हम वीणा के सुर कैसे बजाएं ये जानो
ना अधिक खींचो ना अधिक छोड़ो
देखो कैसे सुरीले सुर बजेंगे यह जानो।।

तथागत की तपस्या की निद्रा तो जैसे भंग हुई। यही तो जीवन का सार है अति किसी भी वस्तु की उचित नहीं ना भोग की ना योग की। उन्हें मानवीय गुणों का संचार हुआ, मानवीय आहार ग्रहण करने की इच्छा जागृत हुई। जैसे ही तथागत ने नयन खोले तो पाया सामने एक नारी भक्ति मुद्रा में विनय के साथ हाथ में खीर का स्वर्ण पात्र लेकर खड़ी है। सुजाता ने उसी तपस्वी के चेहरे पर दृष्टि डाली, कितनी शांत सरल करुणामयी है वह दृष्टि। तपस्वी के मुख मंडल पर अलौकिक प्रकाश दीप्तिमान हो रहा है, उसके कुंडलित केश, लंबे कर्ण, दीर्घ ग्रीवा, सब कुछ कितना आकर्षक है। कंकाल जैसी काया के बाद भी वह कितना शांत हैं। सुजाता ने जैसे किसी देव पुरुष को दर्शन प्राप्त कर लिए हैं, वह बोली, आर्यपुत्र मानवरूपी देव मेरा प्रणाम स्वीकार करें। मेरा यह प्रसाद ग्रहण करें, आपका आशीर्वाद सदैव मेरे पर बना रहे। हे देवपुत्र मेरी सेवा को ग्रहण करें। तथागत निरंजना नदी के घाट पर स्नान करके फिर से उस वृक्ष के नीचे आकर विराजमान हुए और अति श्रद्धा से खीर के पात्र को अपने मुंह से लगाया। जब वे खीर ग्रहण कर रहे थे, सुजाता उस तपस्वी के समक्ष दोनों हाथ जोड़कर आंखें मूंदकर प्रार्थना करने लगी, जैसे मेरी मनोकामना पूर्ण हुई है, आपकी मनोकामना भी पूर्ण हो। सप्रेम दृष्टि से उस देव पुरुष को निहारती रही, उरो

अपने अंतर्मन से ऐसा अनुभव हुआ जैसे कि आज वह पूर्ण हो गई है। इतने वर्षों से उसके जीवन में जो भी रिक्तता थी, वह इस योगी के दर्शन मात्र से भर गई है। वह आधार विनय करुणा प्रेम विश्वास से ओतप्रोत हो गई। उसकी ऐसी दशा देख पूर्णा भी अचंभित रह गई। वह बोली, स्वामिनी उठो अब घर चलें, आपका परिवार आपकी प्रतीक्षा कर रहा है। सुजाता जैसे किसी स्वप्न से जागी हो वह एक पतिव्रता विवाहिता है। देव पुरुष को प्रणाम करके जैसे ही जाने लगी तथागत बोले, देवी तुम्हारी खीर ने मेरी आत्मा को तृप्त किया है, जब मुझे ज्ञान की प्राप्ति होगी तो मैं अवश्य तुम्हारे घर आकर तुम्हारे परिवार को आशीर्वाद दूंगा। सुजाता एक पूर्ण नारी के रूप में अपने घर की ओर चल पड़ी किंतु तथागत के कौडिन्य आदि पांचों साधक क्रोधित हो उठे। उन्होंने तथागत की कठोर तपस्या तोड़ने और एक नारी के हाथों खीर ग्रहण करने की प्रक्रिया की भारी निंदा की और तथागत से पृथक हो गए। तथागत अकेले ज्ञान की खोज में गया की ओर प्रस्थान कर गए और सेनानी गांव से विदाई ली। उनकी चरितम तपस्या का यह शेष पड़ाव था, निर्वाण के पथ पर वे अकेले ही आगे बढ़े। ऐसा नहीं था कि बोधि ज्ञान में उन्होंने ही केवल खीर ग्रहण की वरन् विपस्सी बुद्ध ने सुंदस्सन सेठ की पुत्री से, ककुसंघ बुद्ध ने वजिरिन्धा से, कस्सप बुद्ध ने स्वयं अपनी पत्नी सुनंदा से खीर ग्रहण की है। गौतम ने सुजाता की खीर ग्रहण की है। सुजाता अब अपनी गृहस्थी में वापस आ गई है किंतु उसका मन पूर्ण होते हुए भी अब गृहस्थी में नहीं लगता है। वह अपने अस्तित्व की खोज कर रही है। बाल्यावस्था से स्वतंत्र विचरण करने वाली बालिका प्रकृति की गोद में फिर से लौट जाना चाहती है। स्वामी की धन-दौलत ऐश्वर्य उसे नहीं भाता, स्वामी के कर्कश स्वभाव से उसका मन मेल नहीं खाता। वह तो उस तपस्वी की तरह शांत रहना चाहती है किंतु सांसारिक बंधनों में मुक्ति नहीं होती। अपने छोटे से शिशु के लिए उसे परिवार में रहना ही होगा। कालांतर में उसे समाचार भी मिला कि तपस्वी गौतम अब गौतम बुद्ध हो गए हैं। उसकी खीर ग्रहण करने के बाद ही उन्हें बोधिज्ञान की प्राप्ति हुई, वह एक रात पूर्णा के गले लगकर फूट-फूट कर रोने लगी। हाय सखी, वह तपस्वी मेरा प्रसाद ग्रहण करके बुद्ध बन गया और मैं अभागन अभी तक पराधीन हूं। अपने इस शरीर से, आत्मा से, मुझे भी मुक्ति चाहिए। भोली पूर्णा के पास उसका कोई उत्तर नहीं है और ना ही कोई उपाय है। वह केवल सुजाता के मन की पीड़ा की मूक साक्षी है।

जैसा तथागत ने वचन दिया था वैसा ही हुआ कुछ वर्षों बाद वे अपने शिष्य

और भिक्षुओं के साथ श्रावस्ती से सेनानी ग्राम पहुंचे। अनाथ पिंडिक के द्वार भिक्षा के लिए पहुंचे। घर पर उनकी पुत्रवधू अति उच्च स्वर में क्रोधित होकर अपने स्वामी से झगड़ा कर रही थी। ससुर थोड़ा लज्जित हो उठे किंतु पुत्रवधू के स्वर में कहीं भी विनम्रता नहीं थी ना ही उसने अपना स्वर नीचे किया। बुद्ध शांत होकर द्वार के बाहर बैठ गए। गृहणी के हाथ से भिक्षा लिए बिना वे वापस जा नहीं सकते थे। पुत्रवधू बाहर आई अपने सामने स्वयं तपस्वी को देख अचंभित हो गई झट से उनके चरणों में प्रणाम करने लगी। बुद्ध ने पूछा, देवी मुझे पहचाना। हां, देवपुत्र आपकी प्रतीक्षा तो वर्षों से कर रही हूं। बुद्ध बोले, मैं देवपुत्र नहीं भिक्षु हूं। तुम्हारे हाथों से खीर ग्रहण करने के बाद मुझे बोधिज्ञान प्राप्त हुआ। तुम्हारे द्वार पर भिक्षा के लिए आया हूं। सुजाता बोल उठी, भगवन मैं साधारण नारी भला आप को क्या अर्पण करूं किंतु आप सभी को मेरा आतिथ्य स्वीकार करना पड़ेगा। यहीं पर अभी भोजन की व्यवस्था करती हूं। कृपया आप सभी इसे ग्रहण करें। गौतम बुद्ध बोले, हे देवी तुम्हारे घर में इतना कलह क्लेश है, भोजन तो शांत चित्त और आनंद की भावना से पकाना और पहुंचना चाहिए तभी तो गृहणीय होगा। सुजाता हतप्रत बुद्ध की ओर देखती रह गई। बुद्ध बोले, गृह शांति सदैव स्त्री के हाथ होती है, पत्नी का कर्तव्य होता है वह अपनी गृहस्थी अपने स्वामी के साथ मिलकर शांति पूर्वक निर्वाह करें। पत्नियां सात प्रकार की होती हैं।

वधिक समा-- जो कसाई के समान होती हैं, अपने पति का अनिष्ट चाहती हैं, उसका वध करना चाहती हैं, अति क्रूर स्वभाव की होती हैं।

चोर समा-- ऐसी पत्नियां अति लोभी होती हैं पति का धन व्यय करने में उन्हें आनंद मिलता है, संचय नहीं करतीं।

प्रमाद समा-- यह अत्यंत आलसी प्रकृति की होती हैं, गृह कार्य में कभी सहयोग नहीं देतीं। सदैव अपने मनोरंजन के साधन जुटाने में व्यस्त रहती हैं।

भगिनी समा-- जो अपने पति को एक बहन की तरह स्नेह करती हैं, उससे अंतर्मन से जुड़ी रहती हैं, उसके मंगल कामना की सदैव प्रार्थना करती हैं।

सखी समा-- जो अपने पति के साथ अपने मन में सखा का भाव रखती हैं, मित्रता का भाव रखते हुए सदैव हर सुख दुख में उसका साथ निभाती है।

दासी समा-- जो अपने पति को स्वामी मानकर सेवा का भाव रखती हैं, किसी प्रकार का कोई कष्ट नहीं देतीं वरन उसके हर कष्ट के समय में उसकी निर्विध्न सेवा करती हैं।

सुजाता अश्रुपूर्ण नेत्रों से चुपचाप सारे वचन सुनती है और भगवान से कहती है, भंते मुझे नहीं पता कि मैं इन सात श्रेणियों में से किस श्रेणी में आती हूं। मानवीय गुणों और गुणों से भरपूर एक विवाहिता नारी हूं। गृहस्थी में अपने मन की तृष्णा अपूर्ण होते देख शुभ धोकर कर्कश व्यवहार करती हूं। भंते क्षमा करें, अब ऐसा नहीं होगा। बुध उसे आशीर्वाद देकर वापस चले गए। सुजाता ने उसके पश्चात अपने पत्नी धर्म का अति कर्तव्य निष्ठा के साथ पालन किया किंतु उसका अशांत मन कभी-कभी यह प्रश्न करता की पत्नी के सात प्रकार होते हैं तो पति कितने प्रकार के होते हैं। क्या वह केवल स्वामी बनकर एक ही प्रकार का रहता है। सुखी दांपत्य जीवन में पति के लिए कोई नियम या विचारधारा रीति परम्परा नहीं है। पति मुक्त है और पत्नी बंदी है। पत्नी अपना सारा जीवन अपने प्रेम से त्याग करती रहे और लांछन भी सहे। ऐसा भिन्न-भिन्न नियम दोनों के लिए क्यों है, जब दोनों ने मनुष्य रूप में जन्म लिया है उनकी मृत्यु भी निश्चित है तो जीवन शैली में नियमों की इतना असमानता क्यों है। नारी सृष्टि करती है वह ९ महीने गर्भ में शिशु को रखकर जन्म देती है और अगर मां नहीं बन पाती तो सारा दोष उसी पर लगा दिया जाता है। क्या वह केवल एक संपत्ति मात्र है अथवा उपभोग की सामग्री या कामुकता में डूबे पुरुष का एक साधन मात्र। उसे इस सत्य की खोज करनी है किंतु अपने भरे पूरे परिवार छोटे बालक का त्याग करके निर्मोही बनकर नहीं वरन् अपने संसारी कर्तव्यों का पालन करने के बाद। सुजाता ने अपने जीवन के उत्तरार्ध में इस सिद्धि मार्ग पर चलने का कठिन निर्णय लिया उसने स्वयं अपने देवपुत्र रूपी बुद्ध से साकेत के एक मठ में दीक्षा ली। अपने जीवन के समस्त ऐश्वर्य त्याग कर तृष्णा पर विजय पाकर एक महान तपस्विनी बनी। दासी पुत्री पूर्णिका को भी भगवान बुद्ध के हाथों प्रवज्या मिली थी।

∎

क्षेमावती (खेमा)

बात लगभग ६०० वर्ष ईसा पूर्व की है। भारत के उत्तर-पश्चिम में बसे कई विशाल राज्य अपनी शक्ति स्थापित करने के लिए दूसरे राज्यों में अपने दूत भेजा करते थे। गंधार जैसे विशाल राज्य में भी कई छोटे-बड़े गणराज्य थे। गंधर्व देश, सुंदर विशाल मीठे जल की सिंधु नदी के दोनों तरफ स्थित है। सिंधु नदी का यह मार्ग मानसेरा हरिपुर घाटी से होता हुआ मगध राज्य के जमीनी मार्ग से जुड़ा हुआ था। उसी के उत्तरी-पूर्वी भाग में एक गणराज्य था मद्र, जो पांच नदियों वाले प्रदेश की घाटी में स्थित था। उपजाऊ मिट्टी, पंच नदियों के जल की विशाल दया। इसलिए यह राज्य अत्यंत समृद्ध और विकसित था। यहां से कुछ ही कोस दूर तक्षशिला विश्वविद्यालय होने के कारण मगध, अंग, कौशल सभी देशों के राजा यहां आना चाहते थे और यहां के गणराज्यों से अपने मधुर संपर्क बनाकर रखना चाहते थे। भारत के पूर्वी-सतही भागों से आकर युद्ध के माध्यम से इतने दूर बसे विशाल विकसित देशों को जीतना जब असंभव लगता तो उनकी राजकुमारियों से विवाह करके अपना स्थापत्य बनाते। यह एक कूटनीति भरी चाल होती है। गंधार के महाराजा पुक्कुसाति ने भी अपने दूतमंडलों को मगधराज बिम्बिसार के यहां भेजा। मगधराज ने अंग प्रदेश के राजा को पराजित करके अपने राज्य का विस्तार पूर्व उत्तर भारत से पूर्वी दक्षिण सीमाओं तक कर लिया है। अब कौशल राज्य को मिलाने की इच्छा है। इसलिए उन्होंने मद्र

गणराज्य की राजकुमारी से विवाह का प्रस्ताव अपने दूतमंडल के माध्यम से भिजवाया। राजकुमारी क्षेमा अति सुंदर हैं। उनके रूप के चर्चे चारों तरफ होते हैं। गंधार की नारियों की विशेषता होती है कि वे अत्यंत श्वेतवर्ण की होती हैं। उनकी आंखों की पुतलियां मानसरोवर झील की नीली आभा लिए होती है। लंबी नाक तीखे नैन-नक्श उन्हें अन्य नारियों से सदा अलग करते हैं। सहस्त्र रूपसियों के बीच वे अपने दीप्तिमयी श्वेतवर्ण त्वचा और लंबे कद- काठी के कारण पूर्णिमा के पूर्ण खिले हुए चंद्रमा की तरह अपना परिचय देती हैं। क्षेमा केवल सुंदर राजकुमारी ही नहीं वरन् अति बुद्धिमति और संवेदनशील तरुणी है। अपने गणराज्य की चहेती राजकुमारी है। सदैव स्वप्नलोक में अपने भावी राजकुमार की प्रतीक्षा करती हुई। उसने तक्षशिला में कई विद्वानों, राजकुमारों, अर्थशास्त्रियों, राजनीतिज्ञों को आते हुए देखा है। उनमें से कई अपनी शिक्षा की अवधि पूर्ण होने के पश्चात अपने-अपने देश में लौटने से पहले उनके गणराज्य में आतिथ्य स्वीकार करते हैं। क्योंकि तक्षशिला में किसी भी विषय वस्तु की दीक्षा को पाने में कम से कम १ २ वर्ष लग जाते हैं। अपने घरों से दूर इतने सालों के प्रवास में रहने के बाद सभी राजा के आतिथ्य का सम्मान पाने के अनुरोध को अस्वीकार नहीं करते हैं। तभी तो क्षेमा की तार्किक बुद्धि का इतना विकास हुआ है। किसी बुद्धिमति कन्या को अगर विद्वानों की संगत मिल जाए तो भला सोचिए उसके विलक्षण बुद्धि का कितना विकास हुआ होगा। अपने भावी पति के बारे में भी उसकी आकांक्षाएं अति उत्तम और उच्च थीं। नारी का आंकलन उसके पति के सामर्थ्य से करने वाले सामाजिक प्रथाएं अपने राज्यों को सुरक्षित रखने की चेष्टाओं ने कई ऐसी परंपराओं को जन्म दिया जिसमें क्षति केवल नारी की ही हुई है।

राजकुमारी क्षेमा उच्च शिक्षिता, अति सुंदर, अति तरुणा, इसी परंपरा की भेंट चढ़ीं। बिना उसकी सहमति से उसका विवाह मगध नरेश बिम्बिसार से कर दिया गया ताकि उसका राज्य सुरक्षित रहे और विदेशी सैनिकों पर हमला कर उसे जीत ना सकें। मगध राज्य के साथ संबंध बनाना प्रत्येक गणराज्य अपना सौभाग्य मानता है क्योंकि भविष्य में सभी प्रकार की सुरक्षा-सुविधाएं उसे विशाल राज्यों से ही प्राप्त होंगी। और फिर राजकुमारियों का जन्म तो इसीलिए होता है ताकि वे या तो सम्मानपूर्वक उन राजाओं से विवाह कर दी जाएं या फिर युद्ध के उपरांत की संधियों में अपमान का घूंट पीकर उन्हें भेंट में चढ़ा दी जाएं। राजकुमारी क्षेमा कुछ भाग्यशाली थी। वह किसी युद्ध संधि की भेंट नहीं चढ़ीं वरन् एक सम्मानित राजकन्या की तरह विवाह

करके मगध की रानी बनीं। अपनी शिक्षा-दीक्षा, अपनी शिष्टाचारिता, संस्कार नीतियां, साहस, सपने सबकुछ को तिलांजलि देकर वह मगध पहुंची। मगध में उसका भव्य स्वागत हुआ। बिम्बिसार की लगभग ५०० रानियां क्षेमावती के रूप को देखकर ईर्ष्या से जल उठीं। क्षेमावती के साथ उसकी ८० दासियां भी आई थीं। उन दासियों का रूप देखकर मगध वासी आश्चर्यचकित रह गए। बुद्धिमति दासियों ने आते ही गुप्तचरों की तरह कार्य करना आरंभ कर दिया। महाराजा की अनगिनत रानियां, राजनर्तकी के प्रति उनका अंधा प्रेम और अवैध संतान, राजकुमार अभय जिसे मरणासन्न अवस्था में राज्य की सीमा के बाहर वन में पाया था और गोदी में आने पर जैसे ही उस बालक की सांसें चलने लगीं तो उसका नामकरण जीवक रख दिया। ये सभी समाचार क्षेमावती की दासियों ने एकत्रित करके अपनी राजकुमारी तक पहुंचा दिया। यह समाचार भी छुपा नहीं रहा कि उनका एक पुत्र अजातशत्रु अतिशीघ्र राज सिंहासन प्राप्त करना चाहता है और उसके लिए वह नाना प्रकार के षड्यंत्र रच रहा है। प्रतिष्ठित राजकुमारियों की तरह क्षेमा ने भी अपने भाग्य को मौन रूप से स्वीकार कर लिया और अपने पति से प्रथम मिलन की रात की प्रतीक्षा करने लगी। उसकी दासियों ने उसे गंधार की परंपरा के अनुसार आभूषण और रेशम के परिधानों से सजाया। विशेष प्रकार से उसके लम्बे, सुनहरी केशों का विन्यास किया। पूरे शयन कक्ष को सुगंधित जूही के फूलों से सुसज्जित कर दिया। कक्ष के प्रत्येक कोने में स्वर्णदीपों से मद्धिम उजाला किया, जिसमें राजकुमारी क्षेमा का रूप किसी स्वर्णदेवी की तरह दमकने लगा। मानवकद के दर्पण के सामने क्षेमा स्वयं के इस अलौकिक रूप को देखकर अचंभित हो उठी। आतुरता के साथ महाराज के आने की प्रतीक्षा करने लगी। मगध सम्राट का यह प्रथम विवाह नहीं था और नारी के संपर्क में सदैव ही तो रहा है। उनके मन में क्षेमा के पास जाने की वासनामयी इच्छा तो थी किन्तु चरित्रवान पति जैसी संयमता नहीं थी। वो जैसे ही शयन कक्ष में पहुंचे- क्षेमा को इस अलौकिक रूप में देखकर अचंभित हो उठे। मानवकद के दर्पण के सामने क्षेमा के समकक्ष खड़े होकर उसका रूप निहारने लगे। उनकी धमनियों का रक्त प्रवाह तेज हो गया। अपने पर पूरा नियंत्रण खोने लगे किन्तु जैसे ही दर्पण में उस दिव्य सुंदरी तरुणी के साथ अपना प्रतिबिंब देखा तो सहम उठे। स्वर्ण मुकुट के नीचे झलकते, लटकते सफ़ेद केशों के रेशें, झुर्रियों से भरा चेहरा, ढलते-झुके कंधे इतने सुंदर रेशम के परिधान से बाहर निकलकर जैसे वृद्धावस्था के आगमन की चुगली कर रहे हैं।

अपना ही प्रौढ़ रूप देखकर नव यौवन पत्नी के समक्ष लज्जित हो उठे। क्षेमावती ने भी सम्राट की बुझी दृष्टि में जाते यौवन की पीड़ा को भांप लिया था। मगध सम्राट उसके सामने वासना का पुतला कितना घिनौना और असहनीय सा लगने लगा। वो विद्रुप हंसी के साथ बोली - "हे आर्यपुत्र, आपका स्वागत है। मैं बहुत दूर राज्य से यहां आई हूं। यहां के रीति-रिवाज, खानपान से पूर्ण रूप से अज्ञान हूं। मुझे कुछ समय दीजिए और ऐसे छोटे से महल में मेरा दम घुटता है। हे आर्यपुत्र, मैं तरुणी भला ऐसे कक्ष में बंद होकर कैसे जी सकती हूं। मेरी तृप्ति के लिए मेरे रहने का उचित प्रबंध करें।" सम्राट की धमनियों में बहता रक्त एकदम शीतल हो गया। वह चाहकर भी इस तरुणी को तृप्त नहीं कर पाएंगे, ऐसा बोध उनके पुरुषत्व को उसी क्षण हो गया था। उन्होंने शीघ्र ही प्रस्थान करने की सोची किंतु जाने से पहले क्षेमा को बोले, "प्रिये तुम रानी हो, विशेष रानी हो। तुम्हारे रहने का प्रबंध अतिशीघ्र एक विशाल राजमहल में किया जाएगा। वह महल हमारी राजधानी में ही वेणुवन की उत्तर दिशा में है। वहां आपके लिए अत्यंत सुंदर वाटिका भी बना दी जाएगी। आपको जिस शैली-परंपरा में रहना पसंद हो, आप वैसा ही जीवन यापन करें।" यह कह कर वे अति शीघ्र वापस लौट आए। सत्य में बुद्धिमति नारी कभी भी अपने शत्रु पर सीधा प्रहार नहीं करती है। वह तो उसके सबसे दुर्बल पक्ष पर विनम्रता से, अपरोक्ष रूप से प्रहार करती है ताकि शत्रु पूर्ण रूप से अपनी पराजय स्वीकार कर ले और यही हुआ। सम्राट स्वयं क्षेमा के सामने पराजित हो गए। पुरुष का अहंकार, उन्होंने उन्होंने क्षेमा के लिए सबसे सुंदर महल का चयन किया और वचन अनुसार वाटिका के निर्माण का आदेश दिया। राजकुमारी क्षेमावती अब रानी खेमा है। इस युद्ध में उसका नारीत्व भी पराजित हुआ है। उसकी सुंदर देह, पवित्र मन, नयनों में बसे सपनों व लालसाओं का कोई भी चाहने वाला नहीं है। अपने मस्तिष्क की तीक्ष्ण बुद्धि के तंतुओं के चारों ओर गर्व, अहंकार, कठोरता और उदासीनता की मेघनाथ प्राचीर बना ली है। उसका अतिक्रम कोई नहीं कर सकता है। अब वह केवल साज-श्रृंगार में व्यस्त रहती है ताकि मगध की सारी रानियाँ उसकी सुंदरता को देख-देख कर जलें। जिस अग्नि में उसका तन-मन, विवेक सब कुछ स्वाहा हो रहा है, उसी अग्नि के शोलों में सभी रानियों को जलना होगा। क्षेमा अब विलासितापूर्ण जीवन यापन कर रही है। एक दो बार राजा के कहने पर राज दरबार में विद्वानों के तर्क सम्मेलन भाग लिया। वहां पर वह मैत्रेयी और रोहिणी जैसी विदुषी नारियों को सुनकर अचंभित हो उठी। जब रोहिणी ने पाणिनी के

व्याकरण का सरल अनुवाद पाली में करके व्याख्या की तो क्षेमा भी उससे प्रभावित हुए बिना नहीं रह सकी। कैसे यह दोनों विदुषी नारियां स्वतंत्र होकर देश-विदेश भ्रमण करती हैं। शिक्षा का प्रचार-प्रसार करती हैं। वेदों के मंत्र उन्हें संपूर्ण कंठस्थ हैं। उसका भी मन चाहा कि वह इन सभाओं में उन विदुषियों के साथ संभाषण करे किंतु अहंकारी दर्पिता अपनी जीवनशैली के झूठ के चक्रव्यूह से बाहर ही नहीं आना चाहती है।

  महाराजा को क्षेमा की इस स्थिति पर अत्यंत क्षोभ भी होता है किंतु वे असहाय हैं। पुत्री- वयस्का अति सुंदर ललना को वह संतुष्ट करने में असमर्थ हैं। स्वयं सम्राट भी अब क्लांत हो चुके हैं। युद्ध करना उन्हें अब रास नहीं आता। उनके प्राणप्रिय पुत्र भी उन्हें अपना शत्रु मानते हैं। उनकी अपनी गुप्त प्रेमिका राजनर्तकी भी उनसे विमुख हो गई है। उनका अन्तर्मन अत्यंत दु:खी है। वह मन की शांति के लिए विभिन्न संप्रदायों के गुरुओं से भेंट करते हैं किंतु कोई उन्हें सही मार्ग दिखाने में सफल नहीं हो पा रहा है। राज्य के विस्तार की लालसा में उन्होंने अंग नरेश को हराकर अंग राज्य को अपने अधीन किया था। कौशल नरेश प्रसेनजीत की बहन से केवल इसलिए विवाह किया था ताकि काशी उन्हें मिल सके। कौशला देवी अति प्राणप्रिय रानी थी। किंतु अब फिर से वृद्धावस्था में वैशाली राजा चेतक की पुत्री चेल्लना से विवाह कर लिया। चेल्लना को अपने साथ ही रखते थे। चेल्लना भी अति समझदार है। उसे पता है वृद्धावस्था में लाई हुई पत्नी का कितना आदर होता है। वो राजा के साथ उनकी छाया बनकर रहती। चेल्लना जैन धर्म की अनुयायी थी। अधीर राजा को आजीवक धर्म में भी कोई शांति प्राप्त नहीं हुई। आजीवक धर्म के मूल प्रचारक गोशाल भी उन्हें मार्ग-दर्शन देने में असमर्थ रहे। तब चेल्लना रानी ने बहुत चतुराई से उन्हें अपने तर्क व ज्ञान से मोहित कर लिया और मगध सम्राट जैन धर्म के अनुयायी हो गए। यह रानी चेल्लना की सबसे बड़ी जीत थी। अब पूरे मगध पर एवं सम्राट के मन पर उसका ही आधिपत्य था। तभी मगध में समाचार आया कि तक्षशिला से होते हुए भगवान गौतम बुद्ध राजगृह आ रहे हैं। सम्राट बिम्बिसार सदैव धार्मिक गुरुओं के प्रति आकर्षित होते हैं। उन्होंने बिना विलंब किए उनके स्वागत की तैयारी आरंभ की। अति सेवा भाव लिए, विनम्रता से सभी भिक्षुओं के रहने का प्रबंध कराया। जैतवन में उनके लिए बिहार बनवाया गया। गौतम बुद्ध अपने शिष्यों के साथ आए और नगर में प्रवचन देने लगे। उनके प्रवचनों से सारी प्रजा सम्मोहित हो उठी। नारी

पुरुष सभी सहस्त्रों की संख्या में उनके दर्शन को पाने की इच्छा करने लगे। पूरा नगर ही बुद्ध की वाणी में खो गया। एक दिन राजा ने क्षेमा रानी से भी कहा कि "बुद्ध वेणुवन आ रहे हैं। आपके मन को शांति मिलेगी। उनके दर्शन अवश्य करो। अगर संभव हो तो भगवान बुद्ध की वाणी भी सुनो। ऐसा सौभाग्य हमें दोबारा प्राप्त नहीं होगा।" दर्पिता क्षेमा रानी ने तुरंत अस्वीकार कर दिया। धीरे-धीरे उसने अनुभव किया उसकी दासियां बुद्ध के प्रवचन श्रवण करने जाती हैं और

उनके स्वभाव में भी आश्चर्यचकित रूप से परिवर्तन हो रहा है। रानी क्षेमा की दासता करते हुए वह भी सभी अन्य नारियों को हेय दृष्टि से देखती थीं। व्यवहार-आचार में शालीनता समाप्त हो चुकी थी। घमंडी रानी की घमंडी दासियां, अचानक अब वह अति नम्रता के साथ सभी से व्यवहार करती हैं। मुख मंडल पर विशेष प्रकार की शांति और स्निग्धता झलकती है। रानी क्षेमा भी एक वस्त्र से अपने मुखमंडल को ढक कर, पैदल ही अपने महल से चलकर वेणुवन में पहुंचती है। चारों ओर अति शांतिमय वातावरण है। सहस्त्रों की संख्या में नागरिक मुग्ध होकर बुद्ध के सामने विनय मुद्रा में बैठे हैं। क्षेमा भी चुपचाप सबसे पिछली पंक्ति में जाकर अपना स्थान ग्रहण करती है और बुद्ध के वचन सुनने लगती है। बुद्ध की सीधी निर्मल दृष्टि रानी क्षेमा पर पड़ती है। वह जैसे सम्मोहित हो जाती है। उसे लगता है कि सारा ब्रह्मांड घूम रहा है - उसकी नयनों के सामने उसका वर्तमान, अतीत, भविष्य सभी कुछ जैसे प्रवाहित होने लगा है। जिस रूप पर वह इतना गर्व करती है, वह तो क्षणिक है। वह देखती है कि कैसे एक सुंदर बालिका किशोरावस्था में कितनी लुभावनी लगती है। तरुण अवस्था उस पर पूरा यौवन आता है तो अति सुंदर अप्सरा जैसी रूपसी हो जाती है। फिर कुछ वर्षों पश्चात उसके शरीर में भारीपन आ जाता है। सुंदरता तो रहती है किंतु आकर्षण घटने लगता है। धीरे-धीरे वह सुंदरता भी मिटने लगती है। अब उसका शरीर थुलथुला सा हो गया है। सारे केश कपास की तरह श्वेत रेशों में इधर-उधर बिखरने लगते हैं। सदाबहार श्वेत त्वचा ढीली होकर लटकने लगी है। फिर मुखमंडल की सारी कांति पर जैसे मिट्टी लेप दी गई है। चेहरा झुर्रियोंदार हो गया है। तन कर चलने वाली ललना की कमर अब झुकने लगी है। मुंह के सारे दांत टूट चुके हैं। अपना खोखला मुंह, धंसी हुई आंखें, झुर्रीदार लटका भयानक कुरूप चेहरा लिए वो कुबड़ी होकर, कमर झुकाकर, कांपते पैरों से चलते हुए अचानक गिर कर मिट्टी में मिल गई है। मिट्टी में मिलते ही, निष्प्राण होते ही, छोटे-छोटे कीड़े मकोड़े

वसुधा के अंदर से निकलकर पंक्तिबद्ध होकर हजारों की संख्या में आगे बढ़ते चले आ रहे हैं और उसकी त्वचा को अति शीघ्रता से खाने लगे हैं। चारों ओर उसकी दुर्गंध फैल गई है। उसे कोई हाथ भी नहीं लगा रहा। इतना भयानक रूप देखकर रानी क्षेमा का मस्तिष्क चकराने लगा। वह वहीं मूर्छित होकर गिर पड़ी। भिक्षुओं ने उनकी दासी को समाचार दिया और वह आकर उन्हें राजमहल में ले गईं। जैसे ही रानी क्षेमा की चेतना लौटी वह अस्थिर हो उठी, दौड़कर उस विशाल दर्पण के सामने जा खड़ी हुई एवं अपना सपना फिर से स्मरण करने लगी। उस दर्पण में कोई अप्सरा नहीं वरन् उसे अपना ही प्रतिबिंब दिखाई दिया। धीरे-धीरे वो सब उसके अपने प्रतिबिंब के साथ घटने लगा जो कि गौतम बुद्ध की सभा में अवचेतन मन में उसने देखा था। "तो क्या यही उसका भविष्य है?" अपनी दासी की ओर प्रश्नवाची दृष्टि से देखा। दासी अपनी स्वामिनी के मनोभावों को समझ गई। एक नारी ही दूसरी नारी के मन की पीड़ा को बिना कुछ कहे समझ सकती है। उसने भी कहा - "हां, स्वामिनी,

यही सत्य है। हमारा यह रूप क्षणिक है। हम बार-बार जन्म लेते हैं और मर जाते हैं। जीवन-मरण के इस चक्र से मुक्ति पाने के लिए हमें ही साधना के मार्ग पर जाना होगा।"

क्षेमा रानी तुरंत महल को त्याग कर बुद्ध के पास जाती है। "हे भंते, मुझे मार्ग दिखाएं। मेरा ये जीवन क्या यूं ही व्यर्थ चला जाएगा। समाज के कल्याण के लिए, मानवता के कल्याण के लिए, मुझे मार्ग दिखाएं। मैं उसका पूर्ण रूप से अनुसरण करूंगी। मुझे मोक्ष चाहिए। भंते, मुझे मोक्ष चाहिए। मैं अपनी सभी गलतियों की, अपराधों की क्षमा चाहती हूं, मैं सुधरना चाहती हूं, पश्चाताप करना चाहती हूं। हे - भंते, मेरी विनय स्वीकार करें। मुझे क्षमा ध्यान दें, धैर्य दें, शांति दें, मुक्ति का मार्गदर्शन दें।" भगवान बुद्ध ने कहा, "क्षेमा तुम अपने को दोषी मत मानो। समाज-मानव कल्याण की सेवा में लगो। वहीं से तुम्हें मुक्ति मिलेगी।"

महाप्रजापति गौतमी के अनुनय से भिक्षुणी संघ की स्थापना हुई थी। कालांतर में राजनर्तकी से लेकर राजकृपा पात्री विशाखा, नगरवधुएं और विदुषी रोहिणी, विमलाकृति, दासी, नंदूत्तरा, कुंडलकेसी सभी भिक्षुणी बन गई थीं। तथागत को खीर खिलाने वाली भी जीवन के उत्तरार्ध में घर-परिवार त्याग कर तपस्विनी बन गई थी। रानी क्षेमा भी संघ की सबसे प्रतिष्ठित शिक्षिका बनी। उसने देश-विदेश में बुद्ध धर्म की शिक्षा का प्रचार किया। कई स्थलों पर जाकर भिक्षुणी विहारों का निर्माण किया। भिक्षुणी संघ को सुचारू रूप से

संचालन करने की विधि स्थापित की। जीवन के शेष समय तक वह बौद्ध धर्म की सेवा करती रही और निर्वाण की प्राप्ति की। कौशल नरेश कभी जैन धर्म का अनुयायी हुआ करता था किंतु अपनी लगातार तीन पराजयों के पश्चात वह मानसिक रूप से अति दुर्बल हो गया और उसका मन शांति के लिए चारों ओर भटकने लगा। भगवान बुद्ध के शरण में भी गया किंतु उसके मस्तिष्क में उड़ते प्रश्न जिज्ञासाएं उसे रह-रहकर उद्वेलित करती रहीं। तब तीक्ष्ण बुद्धि का परिचय देते हुए भिक्षुणी क्षेमावती अति सरल भाषा में दार्शनिकता का प्रदर्शन करते हुए उसकी प्रत्येक जिज्ञासा को शांत करती हैं और क्षेमावती के उत्तरों से ही संतुष्ट होकर प्रतापी राजा प्रसेनजीत बुद्ध का अनुयाई बनता है।

प्रसेनजीत प्रश्न करता है, "तथागत समृद्ध बोधिसत्व प्राप्त कर चुके तो उनका अनुभव कैसा होगा, जो तब तक जीवित है या उनके बाद भी वह बोधिसत्व रहेंगे?" क्षेमावती अति सरलता से पूछती है, "राजा अब बताओ बहती हुई नदी के नीचे कितनी संख्या में बालू के कण हैं, आप तो गणित के पंडित हो गिन कर बताइये अथवा महासागर में जल की बूंदों का हिसाब बता दीजिए।" तब प्रसेनजीत ने उत्तर दिया था, "नदी प्रवाहित होती रहती है, भला उसके साथ रहते बालू कणों की गिनती कौन कर सकता है, और अथाह सागर असीमित है। उसकी बूंदों की गणना करना, उसके भीतर की गहराई को मापना असंभव है।" तब क्षेमावती ने उन्हें समझाया था- "आहट की गणना करना उसे जीवन मृत्यु के चक्र में मापना अथवा उनसे पहले कहां थे, मृत्यु के पश्चात कहां जाएंगे यह सब जानना आवश्यक नहीं है। उनके अस्तित्व को अनुभव करना होगा। उसका आरंभ और शेष के बारे में नहीं सोचना वही आरंभ है और वही अंत इनका छोर आप कैसे पा सकते हैं?" प्रसेनजीत को तब आभास हुआ कि भगवान की शरण में जाकर ही उन्हें निर्वाण की प्राप्ति हो सकती है। क्षेमावती केवल एक भिक्षुणी ही नहीं वरन् उच्च कोटि की दार्शनिक शिक्षिका व संचालिका थी। क्षेमावती एकमात्र ऐसी रानी है जिसे स्वयं बुद्ध ने राजगृह में दीक्षा दी और क्षेमावती के साथ राज्य की समस्त नारियां बौद्ध मतावलंबी बन गईं। क्षेमा नें अपनी प्रजा के बल पर लोक कल्याण में अपना शेष जीवन बिताया। भगवान बुद्ध ने उसकी धर्मनिष्ठा को देखकर उसे "महाप्रजापति" के पद से विभूषित किया।

■

कुण्डलकेशी

नारी का मन भावनाओं से परिपूर्ण होता है। उसके अंत:करण में क्या चलता रहता है इसकी भनक वो किसी को लगने नहीं देती है। कभी तो स्वभाव से वो सरल और सहज रहती है तो कभी विपरीत परिस्थितियों का सामना करती हुए कर्कशा और पाषाण ह्दय बन जाती है। कभी वो अपनी संस्कृति और परम्पराओं में बंध कर सारा जीवन आनंद से व्यतीत कर देती है तो कभी उन सामाजिक मान्यताओं के बीच चल कर उन्हें चुनौती दे देती है। यह कहानी ऐसी ही एक कन्या की है जो बाल्य काल से अति बुद्धिमती होने के बाद अपने जीवन के समस्त निर्णय ह्दय की प्रगाढ़ भावनाओं में बह कर लेती है।

मगध साम्राज्य की राजधानी है राजगृह, जहां राजा के विशाल महल में वैभवशाली अट्टालिकाएं प्रशस्त्र राजपथ, अति सुंदर उद्यान और राज कर्मचारियों के विशाल भवन हैं। यह सब कुछ राजभवन के परिसर में है। वहीं के निवासी शुल्कादिपति अधिकारी की एक मात्र कन्या है भद्रा। वो अति सुंदर तो है ही अपनी तार्किक बुद्धि के कारण प्रत्येक घटना के कारण को जानने के लिए उसके मूल तक जाती है। तर्क विद्या में उसे कोई पराजित नहीं कर सकता है। अपने निर्णय वह स्वयं लेती है। कुछ सीमा तक वो उद्दंडी और हठी तरुणी है। सामाजिक संरचना में चल रही परम्पराओं की अवहेलना करना उसे बहुत भाता है। ह्दय व मस्तिष्क से एकदम निराली और

स्वतंत्र विचारों की कन्या है। माता-पिता उसके इसी स्वभाव से अति चिंतित रहते हैं। क्योंकि उन्हें अनुमान है कि विवाहित जीवन में इस तरह के विचार रखने वाली नारियां प्राय: दुखी रहती हैं। तरुणी के विवाह को लेकर वो कुछ आशंकित रहते हैं कि कहीं वो अपने मन की भावनाओं में बह कर कोई अप्रिय कदम ना उठा ले। इसीलिए वो उसे अधिकतर गृह में ही रखते हैं और बाहर जाने की अनुमति नहीं देते हैं। उसे लेकर यात्रा या भ्रमण की कल्पना भी नहीं करते हैं। भद्रा को प्रकृति से बहुत प्यार है। प्राकृतिक सौंदर्य उसका मन मोह लेता है। उसी प्राकृतिक सौंदर्य में खोई हुई भद्रा अपने जीवन में आने वाले प्रथम पुरुष के बारे में कल्पना करती रहती है।

एक बार वो स्नान करके अपने सुंदर लंबे केशों को सुखाने के लिए अपने भवन की छत पर खड़ी थी तो उसकी दृष्टि राजमहल को जाते हुए मार्ग पर पड़ी। उसने देखा राजा के कुछ सैनिक एक सुंदर बलिष्ठ पुरुष के हाथ बांधकर राजमहल की सभा की ओर ले जा रहे हैं। प्रथम दृष्टि में ही भद्रा उस युवक की स्वाभिमानी चाल. तन कर चलने की क्रिया और बलिष्ठ काया पर मोहित हो गई। उसे अनुभव हुआ कि यह युवक अति बलशाली होने के साथ साहसी औऱ संवेदनशील भी है। संवेदनाएं सभी के पास नहीं होतीं। भद्रा को संवेदनहीन मनुष्य मृतक के समान लगता है। किंतु संवेदनाओं की अभिव्यक्ति कई लोग अति चतुराई से करते हैं और कई उन संवेदनाओं को छिपाने में सिद्धहस्त भी होते हैं। भद्रा जैसी सरल प्रकृति की नारी मनुष्य़ संवेदनाओं के बुने जाल में स्वयं ही लिपट जाती है। संवेदनाहीन होना कदापि उचित नहीं किंतु बिना विचार किए उनमें प्रवाहित होना घोर मूर्खता के लक्षण हैं। भद्रा भी हृदय में उठती भावनाओं के आवेग में बहती काल्पनिक संसार में विचरण करती हुई, सभी पर सरलता से विश्वास करने वाली अबोध प्रेममयी उस युवक से प्रथम दृष्टि में प्रेम कर बैठती है। यथार्थ के कठोर धऱातल का सामना अभी तक नहीं हुआ है। वो अपने माता-पिता की अति दुलारी, उसने जीवन के विभिन्न रुप, काल, ऋतु का अनुभव नहीं किया है। अपने अदृश्य भविष्य के परिणामों से भद्रा अनभिज्ञ है। युवक सिद्ध चोर है, किंतु उसमें मनोबल कूट-कूट कर भरा है। जहां साधारण व्यक्ति सैनिकों को देख कर भय से कांपने लगते हैं। ये चोर कितने ही आत्मविश्वास के साथ चला जा रहा है। भद्रा के मन को यह निर्भीक पुरुष भा गया। युवक ने भी जाते हुए चारों ओर दृष्टि दौड़ाई और हठात उसने शुल्कादिपति के भवन की छत पर लहराते भीगे केशों को सुखाती हुई उस अल्हड़ किशोरी को देखा। प्रेम को प्रकाशित करने

के लिए किसी संवाद अथवा भाषा के माध्यम की आवश्यकता नहीं होती है। प्रेम की संवेदनाओं का आदान-प्रदान नयनों के माध्यम से हो जाता है। प्रात: काल की उस शुभ घड़ी में प्रथम प्रेम की प्रथम दृष्टि। राजमहल के परिसर में ही राज दरबारियों एवं राजतंत्र के अधिकारियों के गृह निवास होते हैं। भद्रा के पिता अतिशिक्षित सभ्रांत एवं मृदुभाषी शुल्कादिपति अधिकारी हैं। राज्य के लिए राजस्व एकत्रित करना उसका प्रथम कार्य है। अति धनी और सम्मानित होने के कारण राजमहल में घटित अन्य क्रिया कलाओं में उनका सीधा हस्तक्षेप रहता है। भद्रा की माता स्वभाव से अति सरल हैं किंतु अपनी कन्या के मन पर कोई नियंत्रण नहीं है। भद्रा ने मन ही मन ठान लिया कि वो उसी युवक से परिणय करेगी। विवश माता-पिता ने उसे बहुत समझाया, थोड़ा धमकाया भी और अंत में रो-रो कर अपने मान प्रतिष्ठा का वास्ता दिया। किंतु हठी भद्रा को अन्य कुछ स्वीकार नहीं।

यह प्रकृति का नियम है जो व्यक्ति पूरे विश्व में राज करता है वो अंत में अपनी ही संतान से पराजित हो जाता है। शुल्कादिपति अपनी एकमात्र दुलारी कन्या के सामने असहाय है। युवक पर चोरी का आरोप है। अभी दंड नहीं दिया गया है। राजसभा में दोनों पक्षों का विचार करने के बाद ही उसे दंड दिया जाएगा। अंतत उसके निर्दोष होने की संभावना भी है। यही मानकर शुल्कादिपति ने राजा से प्रार्थना की। युवक एक ब्राह्मण का पुत्र है। चोरी जैसे कुकर्म से जीविका यापन कर रहा है। समाज में वैसे भी ब्राह्मणों को सम्मान की दृष्टि से देखा जाता है। उनके सौ दोष भी क्षमा कर दिए जाते हैं अथवा अनदेखे किए जाते हैं। वह युवक जन्म से ब्राह्मण होने के कारण नीचकर्म, चोरी करते हुए भी क्षमा पा जाता है और उस कन्या से विवाह करने के प्रस्ताव को सहर्स स्वीकार कर लेता है ताकि वह भविष्य में राजदंड से चोरी के अपराध में मुक्त हो सके। अति दुखी मन से दंपती अपनी इकलौती कन्या का विवाह उस ब्राह्मण युवक से कर देते हैं। रथ वाहन, हीरे-माणिक के आभूषण और रेशम पाठ के वस्त्रों से सुसज्जित भद्रा अपने स्वामी के हृदय में प्रवेश करती है। कल्पना लोक में विचरण करने वाली मन की भावनाओं में डूबी रहने वाली तरुणी अब गृहस्थ आश्रम में गृह की स्वामिनी बन गई है। प्रथम दृष्टि के प्रथम प्रेम को अपनाने वाली कन्या अपने पति का अंधविश्वास करती है। उसे वो विश्व का सबसे निराला, सुंदर, संवेदनशील पुरुष लगता है। पति भी केवल जन्म से ही ब्राह्मण है किंतु कर्म से धूर्त, लुटेरा और विश्वासघाती है। उसे अपनी पत्नी से प्रेम तो है किंतु उससे कहीं

अधिक प्रेम उसके आभूषण और धन को करता है।

दांपत्य जीवन के प्रथम वर्ष लोभी पति ने अपनी सुंदर किशोरी पत्नी का उपभोग किया। जब उसकी तृष्णा पत्नी के आकर्षण से विरक्त होने लगी तब आभूषणों के प्रति आसक्ति हुई। वो मन ही मन अब शीघ्रता पूर्वक अपनी पत्नी से छुटकारा पाने की योजना बनाने लगा। उसे ज्ञात है कि अगर वो अपनी पत्नी का परित्याग करेगा तो उसके श्वसुर उसे राजदंड दिलाएंगे। इसीलिए वो सदा के लिए अपनी पत्नी के प्राण लेने की योजनाएं बनाने लगा ताकि उसे सारे आभूषण मिल जाएं एवं गृहस्थ जीवन से मुक्ति भी। एक रात्रि शयनकक्ष में अपनी पत्नी के पास लेटे हुए वह अति स्नेह से बोला, "प्रिये तुम मेरे जीवन में कितनी सुख-संतुष्टि को लाई हो। हम सर्वदा ऐसे ही जीवन यापन करेंगे और अपनी भावी संतान के लिए कुछ पुण्य कार्य करेंगे। किंतु मैं अभी भी राजदंड मुक्त से नहीं हुआ हूं। इसीलिए मैंने नीलगिरी देवी मां से मन्नत मांगी है कि मैं एक स्वर्ण की मूर्ति बना कर स्थापना करुंगा। कल रात को पर्वत देवी ने स्वप्न में आकर मुझे आशीर्वाद भी दिया है। प्रिये तुम अपने सारे आभूषण और धन मुझे दे दो ताकि उसे बेच कर स्वर्णकार से स्वर्णमूर्ति बनाकर पर्वत पर उसकी स्थापना करूं और दंड से मुक्ति का आशीर्वाद प्राप्त कर सकूं। हम दोनों अगले सप्ताह अक्षय तृतीया की शुभ तिथि पर उस चोटी पर जाएंगे और विधिपूर्वक इस कार्य को संपन करेंगे। पर्वत देवी तुम्हारी सभी मनोकामनाएं पूरी करेंगी।"

भोली, तृप्त, अंकशयनी पत्नी ने तुरंत अपने सारे आभूषण पति को सौंप दिए। एक नारी पति को ही अपना सच्चा आभूषण मानती है। हीरे-माणिक स्वर्णरुपा से पति के प्रेम की तुलना नहीं करती। य़था योजना अनुसार दोनों ने अक्षय तृतीया से एक सप्ताह पूर्व यात्रा आरंभ की। पत्नी अपनी पालकी में जाना चाहती है। उसके पिता के पास घोड़ों की भी व्यवस्था है किंतु धूर्त पति अति रहस्यमय तरीके से अपनी पत्नी को पर्वतमाला पर ले जाना चाहता है। घोड़े अथवा पालकी से जाने पर दास-दासियों को भी साथ लेना पड़ेगा। उसके मन में एक भयंकर योजना चक्र चल रहा है। वो अपने साथ यात्रा में किसी को लेना नहीं चाहता। "प्रिये मनोकामना की पूर्ति के लिए हमें स्वयं यात्रा करनी होगी एवं पर्वतदेवी के दर्शन करके आशीर्वाद प्राप्त करना होगा।" ऐसे मिथ्या वचन कहकर उसने अपनी पत्नी को यात्रा में अकेले जाने के लिए मना लिया। पत्नी भी अति प्रफुल्लित है। वह अपने विवाह के एक वर्ष के

पश्चात अपने जीवन साथी के साथ देशाटन के लिए तीर्थ पर जा रही है। युगल दंपती मार्ग के लिए कुछ सामग्री और समस्त आभूषणों को एक संदूक में लेकर राजमार्ग को पार करते हुए उपकुल अंचलों के टेढ़े-मेढ़े रास्तों को पार करते हुए जंगल पहुंचे। यह यात्रा भद्रा के लिए अति मधुर है। अपने प्रेम रूपी पति के साथ एकांत वास और उज्जवल भविष्य की कल्पना उसकी यात्रा को अति मनोरम बना रही है। रात को उन्होंने पर्वत की एक गुफा में अपना डेरा डाला। प्रात: होते ही पति ने कहा "सभी आभूषण मुझे दे दो। हम इसे देवी को अर्पित करेंगे फिर नगर में जाकर स्वर्णकार से इसकी मूर्ति बनवाएंगे और स्थापना करेंगे।" भद्रा ने अति भक्ति और आदर के साथ अपने सारे आभूषण पति को सौंप दिए। पति का हाथ थामकर वो पर्वत के उपर चढ़ने लगी। एक हाथ में आभूषणों से भरा संदूक और दूसरे हांथ में पत्नी का हाथ पकड़े हुए पति धीरे-धीरे चट्टान के उपर चढ़ने लगा। जैसे ही वो भद्रा को धकेलने लगा, उसी क्षण भद्रा की दृष्टि उस पर पड़ गई। हड़बड़ी में अपने प्राणों की रक्षा के लिए झट से पीछे हट गई। अप्रत्याशित रुप से एक ही क्षण में पति का संतुलन बिगड़ गया। क्योंकि एक हाथ में आभूषणों का पिटारा था। वो स्वयं ही उस संदूक के साथ चट्टान के दूसरी ओर गहरी खाई में जा गिरा। तत्क्षण मृत्यु की देवी उसे अपनी शरण में ले लेती हैं। एक पत्नी के लिए इससे बड़े दुख की बात और क्या हो सकती है कि जिससे वो अपने प्राणों से भी अधिक प्रेम और विश्वास करती हो वही पति उससे इतना भयंकर विश्वासघात करेगा। उसके मन को इतना आघात लगता है कि उसे अपने पति की मृत्यु होने का शोक नहीं है। वरन इस बात का दुख है कि उसके प्रेमी पति ने कुछ आभूषणों के लिए प्राण लेने की चेष्टा की। वो लोभी पति अगर उससे अनुरोध करके सब आभूषण मांग भी लेता तो वो सहजता से अपनी सारी संपत्ति और आभूषण दे देती। अगर पत्नी की देह की तृष्णा से उसका मन ऊब चुका था तो वो स्पष्ट कह देता, भद्रा स्वयं ही उसके मार्ग से हट जाती और उसका परित्याग कर देती। किंतु लोभ और वितृष्णा से लिप्त इतना भयंकर षड़यंत्र देख कर वो समान्य नहीं हो पा रही है। वहीं पर्वत पर पागलों की तरह विचरण करती रही, आत्म विवेचन करती रही। भीतर कहीं उसके हृदय में बसी सारी संवेदनाएं अब सूख चुकी हैं। वो अपने इस निरर्थक जीवन के लक्ष्य को प्राप्त करने के लिए विचलित होकर इधर-उधर भटकने लगी। पुन: नगर में लौट कर अपने माता-पिता की शरण में नहीं गई। उसे सांसारिक जीवन से भी घृणा हो गई है। गृहस्थ जीवन उसे पाप लगने लगा है।

उस समय शास्वत मुनि धर्म का प्रचार करते थे। अहिंसा के पुजारी, जीवन और मृत्यु के चक्र से मुक्ति पाने का मार्ग दिखलाने वाले जैन धर्म के प्रवर्तक जाति-वाद, वर्ण-वाद में विश्वास नहीं रखते थे। उनके अनुयाई स्त्री-पुरुष सभी थे। भद्रा भटकती हुई पावापुरी में पहुंच गयी। तीर्थंकर के आश्रम में शरण ली और उनकी वाणी से प्रभावित होकर जैन धर्म की दीक्षा ली। जैन धर्म में स्त्रियों को आश्रम में रहने की अनुमति है। उन्हें श्वेत वस्त्र धारण करने पड़ते हैं। शाकाहारी भोजन सूर्यास्त से पहले केवल दो बार ग्रहण करना है। वो गृहस्थ आश्रम के सभी नियमों का परित्याग करेगी। सदा धर्म की रक्षा में ही सारा जीवन बिताएगी तभी वो साध्वी बनेगी। अब वो नारी साध्वी बन गई। अपने काले केश का विच्छेदन किया। जैन परम्परा के अनुसार एक-एक केश को जड़ से उखाड़ कर विच्छेद किया जाता है। यह क्रिया भयंकर पीड़ादायक है ताकि फिर से केश ना उग सकें, जड़ मूल से ही उखाड़ दिया जाता है। इस प्रक्रिया में सारा मस्तिष्क लहूलुहान हो जाता है, किंतु साध्वी यह कष्ट निर्वहन करना सहर्ष स्वीकार करती है। कुछ समय तक आश्रम में साध्वी बन कर वास किया, धर्म, वेद, पुराण, शास्त्रों का अध्ययन करती रही। धर्म की सभाओं में भाग लेती, विवेचना करती, किंतु मन को कहीं शांति नहीं मिलती। समय के साथ उसके सिर पर फिर से सुंदर बाल उगने लगे। घुंघराले घने काले बाल कुण्डलित होकर बढ़ने लगे। अब साध्वी को सभी कुण्डलकेशी के नाम से पुकारने लगे। कुण्डलकेशी जैन धर्म के गुरुओं के साथ निर्भीक होकर धर्म पर तर्क करती और अपने प्रश्नों का उत्तर नहीं मिलने पर अधीर मन से भटकने लगती। एक दिन उसने निर्णय लिया और जैन धर्म को त्याग कर नगर-नगर घूम कर धर्म सभाओं में भाग लेने लगी। रुपवती कुण्डलकेशी को पराजित करने की क्षमता किसी शास्त्र गुरु, पंडित, साधू, विवेचक में नहीं है। सभी उससे पराजित हो जाते हैं और कुछ तो तर्क भी नहीं करना चाहते क्योंकि एक नारी से पराजित होना अत्यंत लज्जा की स्थिति बन जाती है।

कुण्डलकेशी अब विजेता है, कोई भी तर्क में उसे पराजित करने का साहस नहीं दिखाता है। उसके हृदय को पुरुष समाज की इस पराजय में अति आनंद मिलता है। किंतु सत्य का मार्ग फिर भी उसे नहीं मिला। वो एकांत में कई बार अपने मन से पूछती क्या मेरा जीवन सत्य को जानने से पहले ही समाप्त हो जाएगा। मेरी विद्या, मेरा ज्ञान सब कुछ व्यर्थ हो जाएगा। क्या मुझे कभी मोक्ष की प्राप्ति नहीं होगी ? उसने एक दिन नगर के बाहर रेत के टीले में एक जाम्बाफल का पौधा रोपा और

कहा कि जिसमें मुझसे आलोचना या तर्क करने का साहस है वो यहां पर आकर इस वृक्ष की टहनी को तोड़ कर निमंत्रण दे सकता है। विभिन्न धर्मों के पंडित, विद्वान नीरवता से उस पौधे को वृक्ष में परिवर्तित होते देखने लगे। एक दिन भिक्षु सौरीपुत्र वहां आए। सभी विद्वानों ने उनसे अनुरोध किया कि आप ही कुण्डलकेशी को पराजित कर सकते हैं। सौरीपुत्र स्वयं विद्वान हैं। भगवान तथागत के अति प्रिय शिष्य, अति सौम्य और किसी को भी पराजित करने की इच्छा नहीं रखते। वो स्वयं तृष्णा से मुक्त हैं। उन्हें किसी प्रकार के पुरुस्कार, पदवी अथवा जय की अभिलाषा नहीं है। वो एक विदुषी नारी को तर्क में पराजित करके अपमानित नहीं करना चाहते। तब कुण्डलकेशी कहती है, "हे भिक्षु तुम स्वयं भिक्षा पात्र लेकर नगर-नगर भटकते हो, तुम भला मेरे प्रश्नों का उतर कैसे दे सकते हो" ? "यह सुनकर सौरीपुत्र विनम्रता से कहते हैं- देवी पूछो क्या पूछना चाहती हो ?" कुण्डलकेशी अपने जीवन में अर्जित समस्त ज्ञान को उसके सामने उडेल देती है, एक-एक विषय पर प्रश्न करती है। अति धैर्य और विनम्रता से सौरीपुत्र उत्तर देते जाते हैं। सारे नगर वासी धीरे-धीरे करके सभा में एकत्रित होने लगते हैं। इन दोनों की धर्म की व्याख्या, तर्क को सभी मंत्र-मुग्ध हो सुनने लगते हैं। क्रमश: दिन के प्रहर आगे बढ़ने लगे हैं। अंत में कुण्डलकेशी के पास पूछने के लिए और कोई प्रश्न नहीं रह जाता। तब सौरीपुत्र से वो कहती है "अब आप मुझसे प्रश्नोत्तर करें। सौरीपुत्र उत्तर देते हैं, देवी जीवन का रहस्य कभी प्रश्न-उत्तर में नहीं मिलता है। कठिन साधना मार्ग पर चल कर ही आप इसे प्राप्त कर सकती हैं। फिर भी कुण्डलकेशी ने अहंकार से कहा, "एक प्रश्न तो पूछो भिक्षु ? भिक्षु ने पूछा, "वो कौन एक है जिस पर पूरी जीवन शक्ति निर्धारित है।" अब इस सरल और सीधे प्रश्न का उत्तर सृष्टि कर्ता अथवा भगवान तो नहीं हो सकता है। कुण्डलकेशी ने अपने समस्त ज्ञान को स्मरण किया किंतु निरुत्तर, संध्या की बेला बीत रही है। सभी नगर वासी अपना काम भूलकर कुण्डलकेशी से प्रश्न के उत्तर की प्रतीक्षा कर रहे हैं। सौरीपुत्र ने कहा, "वो अन्न है," जो हमारे जीवन को जीवंत रखने की शक्ति प्रदान करता है। शरीर में शक्ति आढ़े से मन को शक्ति मिलती है और मन हमारे जीवन की समस्त विचारधारा में सबसे प्रधान है। उसका उत्तर सुनकर कुण्डलकेशी को ज्ञात होता है कि जिस शिक्षक, गुरु के लिए वो जीवन-पर्यन्त भटक रही थी, वही ये गुरु हैं। वह अपनी पराजय स्वीकार करती है। उसका दर्प चूर्ण हो चुका है। सौरीपुत्र के चरणों के सामने नतमस्तक होकर उनसे अनुरोध करती है।

"हे भिक्षु, मुझे अपनी शरण में लो, शिष्य़ बना लो, दीक्षा प्रदान करो।" सौरीपुत्र मृदु एवम् मितभाषी हैं। वो केवल यही उत्तर देते हैं, "हे नारी, मेरे व समस्त संसार के मार्गदर्शी मेरे गुरु भगवान बुद्ध हैं। आप उनकी शरण में जाओ।" कुण्डलकेशी सौरीपुत्र का अनुसरण करती है। जैतवन विहार में पहुंचती है। वहां पर इतना निर्मल और शांत वातावरण देखकर उसका चित्त शांत हो जाता है। सैकड़ों भिक्षुणियां सूत्त पाठ कर रही हैं। उसका सारा अहंकार, अभिमान, गर्व सब कुछ मिट्टी में समाहित हो जाता है। वो उन सबके समक्ष अपने को अंतहीन, तुच्छ सी समझती है। तभी बुद्ध आते हुए दिखाई पड़ते हैं। उपस्थित सभी लोग वहां भव-बंधन मुक्त करने वाली अमृत वर्षा में डूबे थे। भगवान बुद्ध एक वृक्ष के नीचे बैठे धम्म-देसना कर रहे थे। उनके शांत, सुंदर और प्रभावपूर्ण मुखमंडल को देखकर कुण्डलकेशी अत्यन्त प्रभावित हुई। ऐसा अद्वितीय स्वरुप तो उसने इससे पहले कभी नहीं देखा था। कुण्डलकेशी को शास्त्रों का अच्छा ज्ञान है। उसने महामुनि बुद्ध का तृणमूल का बना आसन देखा। बुद्ध के पद्चिन्हों को देख कर वह चकित हो गई। वह शरीर-लक्षण शास्त्र की भी पूर्ण ज्ञाता है। उसने देखा भंते के पैर पधांकित है। ऐसा मनुष्य संसारिक मोह माया से सर्वथा विमुक्त होता है। वो राग-द्वेष और मोहजाल के बंधन से मुक्त होता है। वो महापुरुष होता है। सम्यक सम्मबुद्ध के कल्याणकारी प्रवचन सुनकर कुण्डलकेशी का मन शांत हो गया। बोधिसत्व के साक्षात दर्शन, शांति के प्रतिरुप स्थित प्रज्ञ, उसी क्षण उसकी चेतना को ज्ञात होता है। वो सत्य का अनुभव करती है। अपने जीवन के समस्त कुठाराघातों को त्याग देती है। अब किसी के प्रति विद्वेष भाव नहीं है। किसी जय-पराजय की क्रिया में जाने की आशा नहीं है। कुछ पाने की तृष्णा नहीं रही, केवल सत्य के मार्ग पर चलना है, अर्हत होना है। निर्वाण की प्राप्ति करनी है। भगवान बुद्ध की शरण में कुण्डलकेशी की जीवन यात्रा को विराम मिलता है। अपने शेष बचे जीवन काल में कुण्डलकेशी प्रख्यात अग्रसेविका के रुप मे प्रसिद्ध लाभ करती है। भिक्षुणी संघ की एक श्रेष्ठतम् शिक्षिका के रुप में कार्य निर्वाह करती हुई निर्वाण की प्राप्ति करती है।

■

आम्रपाली

राजनर्तकी का चयन होना एक सामाजिक और राजकीय उत्सव है! यह अनुष्ठान प्रत्येक वर्ष नहीं मनाया जाता बल्कि जिस वर्ष में एक आषाढ़ मास अधिक होता है, उसी वर्ष वैशाली नगरी को एक दुल्हन की तरह सजाया जाता है बसंतोत्सव में सभी नगर वासी राजमहल के बाहरी उद्यान में एकत्रित होते हैं और वैशाली नगरी में राजा उस वर्ष नई राजनर्तकी की घोषणा करता है उसी दिन समस्त प्रजा के सामने उसे राजनर्तकी की उपाधि दी जाती है और वह राज्य के सबसे उच्च आसन में विराजित होती है। साधारण प्रजा की बात तो दूर राज परिवार के बंधु परिजन, शासक, सेनापति इत्यादि भी उससे भेंट पाने में असमर्थ होते हैं। राजनर्तकी को रहने के लिए एक विशेष महल दिया जाता है। जब तक दूसरी राजनर्तकी का चयन नहीं होता वह अकेली ही राज करती है। राज्य की तरफ सारी विशेष सुविधाएं जो कि एक रानी को दी जाती हैं, उसकी वह अधिकारी बनती है। उसकी सेवा में १२० गणिकाएं, नर्तकियां, सेनेद्रियां और रूप सज्जा के लिए १०० दासियां नियुक्त की जाती हैं। कौशांबी पाटलिपुत्र, अवंतपुरी जैसे विशाल उन्नत नगरों से तरुण कन्याएं राजनर्तकी बनने के लिए कठोर परिश्रम और तपस्या करती हैं। भला इतना ऐश्वर्य और सम्मान कौन नारी नहीं पाना चाहेगी किंतु यह सम्मान पाने की प्रक्रिया भी उतनी ही जटिल और कठिन होती है जितना राजनर्तकी का जीवन। आश्विन मास के आरंभ होते ही

प्रत्येक गांव और नगर में भावी राजनर्तकी की खोज आरंभ हो जाती है। प्रथम नियम कन्या रजस्वला: नहीं होनी चाहिए अर्थात ११ वर्ष से कम आयु की। वह अत्यंत सुंदर मृदुभाषी संगीत और नृत्य में पारंगत होनी चाहिए उच्च वर्ण की कन्या को प्राथमिकता दी जाती है। उनका चयन स्वयं राजा, उनके विशेष परामर्शदाता और पूर्वोत्तर राजनर्तकी करते हैं। उनका निर्णय अंतिम होता है। कभी-कभी यह अंतराल ८ वर्ष का और कभी १२ वर्ष अथवा १६ वर्ष का होता है। एक आषाढ़ अधिक मास १० वर्ष में आता है। उसी वर्ष के वसंत पंचमी के वातावरण में नए खिलते फूलों के साथ राजनर्तकी की घोषणा की जाती है।

लिच्छवी प्रदेश के एक अनसूया गांव में तृप्त देव के यहां कन्या का जन्म हुआ। ग्रीष्म ऋतु में उनकी पत्नी ने आम के वन में जाकर उस कन्या को जन्म दिया था। मां पूजा अर्चना में बहुत विश्वास रखती थीं, स्वभाव की अत्यंत दयालु और करुणा से भरी हुई थी। जब उस कन्या ने जन्म लिया तब आम मीठे होकर पकने लगे थे, कोयल अंबू वन में कुहू-कुहू कर रही थी। चारों ओर संगीतमय वातावरण था। कोयल की कूक से मां अपनी प्रसव पीड़ा को कम महसूस कर रही थी। सुंदर कन्या ने जब जन्म लिया तो उसके पिता ने उसका नाम रखा आम्रपाली रखा और प्यार से उसे अंबा या अंबपाली बुलाने लगे। वह अपनी माता की तरह दयालु मिष्ठ भाषी और अति सुंदर थी। ११ वर्ष की आयु में ही शास्त्रीय संगीत और नृत्य की शिक्षा अपने ही ग्राम देवता के पुजारी से ग्रहण कर रही थी। परम्परा के अनुसार उसका चयन हुआ और अपने माता पिता को छोड़ कर उसे वैशाली आना पड़ा। वहां पर लगभग १००० सुंदर कन्याओं से प्रतिस्पर्धा में जीतने के बाद वह राजनर्तकी घोषित कर दी गई। राजा बिंबिसार ने स्वयं जब उसे पहली बार देखा तो मन ही मन उससे प्रेम कर बैठे। इतने पराक्रमी और कई कई रानियां होते हुए भी राजा का मन आम्रपाली को देखकर जैसे फिर से यौवन की ओर बढ़ने लगा। उनके कई पुत्र तब तक तरुण अवस्था को पार कर चुके थे और कुछ तो विवाहित भी थे, किंतु पुरुष की कामुकता और वासना पर उसका स्वयं का नियंत्रण नहीं होता। सामंत ने जब अपनी कन्या को राज्य को समर्पित किया था तब कई छोटे-बड़े गण राज्यों के राजकुमार उसे पाने के लिए युद्ध तक करने को तैयार हो गए थे, भला ऐसी अपूर्व सुंदरी को कौन नहीं पाना चाहेगा। उसे विशेष उपाधि देने का मतलब उसका सम्मान करना नहीं वरन यह शिकारी का वह महीन लचीला मजबूत बना हुआ जाल था जिसमें शिकार सदैव के

लिए फंस कर रह जाता है और जीवित अवस्था में कभी भी स्वतंत्र नहीं हो सकता है। आम्रपाली को रहने के लिए विशेष राज्य प्रसाद दिया गया, उसके सामने बहुत ही सुंदर उद्यान था। राजा ने अकेले में आम्रपाली से पूछा यहां कैसा लग रहा है। आम्रपाली ने विनम्रता से कहा, यहां भरपूर ऐश्वर्य है मेरी संगीत और नृत्य की साधना की विशेष व्यवस्था भी है किंतु मुझे अपने गांव का वो आमों का वन चाहिए। आप अगर उसकी व्यवस्था कर दें तो सदैव कृपा पात्री रहूंगी। बिंबिसार मन ही मन पुलकित हो उठे, सादगी में डूबी हुई यह कितनी भोली तरुणी है। राजा ने तुरंत वैशाली नगरी के फूलों के वन को आम्र वन में परिवर्तित करने का आदेश दिया। आदेश पाते ही राज्य के माली एक सुंदर व विशाल आम्र वन बनाने में जुट गए। लेकिन प्रकृति तो अपने समय से चलती है। आम्र वन को पूरा खिलने में ५ वर्ष लगे, उन ५ वर्षों में आम्रपाली भी एक सुंदर सुशील नृत्यांगना के रूप में खिलती गई। उसके रूप के चर्चे चारों ओर होने लगे, धनी से धनी व्यक्ति उस पर अपना सब कुछ निछावर करने पर आतुर हो उठे, वो सीधी साधी आम्रपाली अब अपने रूप सौंदर्य और पदवी के दर्प में चूर हो चुकी थी। उसे ज्ञान था कि यह जीवन स्थाई नहीं है, अगले कुछ ही वर्षों में नई राजनर्तकी का चुनाव होगा किंतु कहीं ना कहीं उसके मन में यह धारणा बैठ चुकी थी कि उसकी जगह कोई नहीं ले सकता और वह जैसा चाहेगी वैसा ही राजतंत्र से काम कराएगी। अगर संभव हुआ तो वह राजनर्तकी के चुनाव की प्रक्रिया को सदैव के लिए रोक देगी और राजनर्तकी के रूप में ही सारा जीवन व्यतीत करेगी। तष्णा और माया का विचित्र खेल शुरू हुआ। शिकार स्वयं सोचने लगता है कि उसने शिकारी को अपने जाल में फंसा लिया है और वह उसका आधिपत्य स्वीकार करने को बाध्य है। सामंतों के राज्य में स्त्री केवल उपभोग की सामग्री ही होती थी और उसी उपभोग प्राणि को जब इतना सम्मान मिल जाए तो उसका मानसिक संतुलन थोड़ा सा तो गड़बड़ाएगा। आम्रपाली अपनी दसियों के साथ विलासिता पूर्ण ढंग से रहने लगी। अपने राज्य की अन्य नगरवधुओं को हीन दृष्टि से देखती जबकि समाज में वेश्यावृत्ति की भी स्वीकृति थी। नगर में उनके लिए विशेष प्रबंध रहता था किंतु उनके पास वासना से भरे लोग केवल अपने शारीरिक भूख मिटाने को ही जाते थे। आम्रपाली के पास पहुंचने की कल्पना तो वे सपने में भी नहीं कर सकते थे। कई राजकुमार धनी सेठ उसके महल के बाहर छावनी में डेरा डालकर बैठे रहते कि शायद कभी उसके दर्शन हो जाएं। जिनके पास अपार धन दौलत लुटाने की क्षमता होती केवल वही

उसके संगीत और नृत्य की चर्चा करते हुए उसके पास पहुंच सकते थे। यहां तक कि राजा बिंबिसार के अति प्रिय हठी पुत्र अजातशत्रु की नजर भी आम्रपाली पर पड़ चुकी थी। वह भी उसे पाने के लिए कई तरह की चेष्टाओ में लगा हुआ था। आम्रपाली में कुछ मानवीय गुण दरिद्रों को दान देना, सन्यासियों का सम्मान करने की भावना थी किंतु अपने रूप और राज पदवी के दर्प में वो भावनाएं कहीं दब चुकी थीं। जीवन के इस चक्र में वह अवसर भी आए जब उसे महाबलियों की अंकशयिनी भी बनना पड़ा, जब राजा स्वयं चलकर रात को उसके शयन कक्ष में आए थे तो कुछ क्षण की अनाथ खुशी में वह झूम उठी थी। उसे लगा की वो वैशाली की रानी है, प्रौढ़ राजा अपने पुरुषत्व का जोर दिखाने में एकदम चूक नहीं करना चाहते थे और ऊपर से आम्रपाली के रूप का नशा। वो एक सप्ताह तक उसके महल में ही रहे और एक प्यासे भंवरे की तरह पूरी तरह उस का रसपान करते रहे। उड़ते-उड़ते यह समाचार राजकुमार अजातशत्रु तक भी पहुंचा, उसने भी मन ही मन ठान लिया कि एक दिन वह भी आम्रपाली को अपनी अंकशयिनी बनाएगा। राजा के वापस जाने के बाद आम्रपाली के स्वभाव में कुछ परिवर्तन होने लगा, अब वह एक अहंकारी रानी की तरह बर्ताव करने लगी। पहले कभी कभी वो विमलाकृति पद्मावती नगर वधुओं से मिल लिया करती थी किंतु अब वो उसे अति निम्न प्रकृति की नारियां लगने लगीं। ऋतुएं बदलीं और आम्रपाली के गर्भ में पुरुषों की कामुकता के बीज पनपने लगे। परम्परा के अनुसार नगर वधुओं, राजनर्तकीयों को संतान जन्म देने का अधिकार नहीं होता है फिर उनकी संतान के पिता का परिचय भी कोई नहीं देता है। पितृसत्ता की नीतियों से जकड़ा हुआ निष्ठुर समाज किसी भी कीमत पर बिना विवाह के संपर्क से पैदा हुई संतानों को स्वीकार नहीं करता। आम्रपाली भी कोई विशेष नहीं थी, राजा उसे पा चुके थे और अन्य सबकी अंकशायिनी बनना उसके भाग्य में लिखा था। एक साधारण सी वेश्या ने उसे उसकी औकात बता दी जब वह अपने गर्भ को छुपाते हुए उद्यान में टहल रही थी। आम्रपाली तुम मे और मेरे में कोई समानता नहीं है तुम इस अजन्मी संतान को कभी भी पिता का नाम ना दे पाओगी हम दोनों इस देह व्यापार के बाजार में बिकाऊ हैं। हमारी स्थिति देखकर हमारा मूल्यांकन होता है किंतु तुम कभी भी मातृत्व का सुख नहीं पा सकोगी और ऐसा भी नहीं है कि पृथ्वी में सभी पुरुष तुम्हारे सौंदर्य के पागल होंगे। कुछ ऐसे भी होंगे जिन पर तुम्हारे रूप की माया नहीं चढ़ सकेगी। वह चली गई और आम्रपाली जैसे स्वप्नलोक से धरातल पर आ गिरी।

वही हुआ, राजनर्तकी की उपाधि का त्याग करने का साहस नहीं जुटा पाई, उसके मन, दिमाग व चेतना को ऐश्वर्यता ने इतना जकड़ कर विवेकहीन कर दिया था कि मातृत्व के सुख को उसने बलिदान कर दिया। दासियों ने रात के अंधेरे में उसकी प्रथम संतान को एक रेशम के कपड़े में लपेटकर वीरान रास्ते के किनारे छोड़ दिया। उसकी छाती से बहता दूध गांठ बनकर उसे शारीरिक के साथ मानसिक पीड़ा भी देने लगा और राजकुमारों की मीठी बातें सुहाने सपने लुभावने पुरस्कार कुछ भी नहीं भाते किंतु उसने स्वयं इस प्रकार का जीवन चाहा था। हमें जीवन में वही मिलता है जिस प्रकार की हम अपने चेतन अवचेतन मन में चाहत करते हैं। कुछ दासियां उसकी इस दशा पर सहानुभूति दिखाती हैं और कुछ उसकी पीठ के पीछे विद्रूप मुस्कुराहट बिखेरते हैं। दोनों ही परिस्थितियां उससे छिपी नहीं रहती हैं। वह लाचार है, अत्यंत पीड़ा में है, इसी लाचारी ने उसे क्रोधित और हठी बना दिया है अब वह अपने इशारों पर अपने प्रेमियों को नचाती है, उनके मन से खेलती है, पुचकारती है, दुत्कारती है। उसके यौवन के दीवाने प्रेमी पालतू कुत्तों की तरह उसकी स्वीकृति की प्रतीक्षा करते हैं। इस बार भी बसंत के आगमन की तैयारी में पूरी वैशाली जुटी हुई थी, बसंत का आगमन सभी के मन में एक अद्भुत आनंद की छटा खिला रहा था, प्रकृति में भी यौवन फिर से खिल उठा था। शीत ऋतु में दबे बुझे ठिठुरते पौधों पर कोपलें अब धीरे-धीरे खिलने लगी थीं। पशु-पक्षी सभी आनंद से बसंत का स्वागत कर रहे थे, नगर के बाहर बहती सुमेरा नदी अपने उफान पर है। पहाड़ की तराई के इलाकों में प्राकृतिक सौंदर्य बसंत के आगमन से अपने यौवन पर होता है, बसंत उत्सव एक दिन नहीं बल्कि पूरे सप्ताह पालन किया जाता है परंपरागत घराने में बास करने वाली नगरवधुएं भी अपनी कार्यशाला को सुंदर तरीके से सजाती हैं। वह कभी किसी परिवारिक बंधन में नहीं बंध सकतीं और ना ही विवाह कर सकती हैं लेकिन उनके बंधु जन और दास दसियों के रहने की व्यवस्था भी प्रत्येक नगर के बाहर विशेष रूप से की जाती है। जब कभी कोई संगीत या नृत्य उत्सव होता है तो उसका शुभारंभ राजनर्तकी ही करती है। यह प्रतिष्ठा और दैवीय सम्मान केवल राजनर्तकी को ही मिला है। सभी शास्त्रीय संगीत के गुरु अपने प्रत्येक कार्यक्रम का शुभारंभ राजनर्तकी से ही कराना चाहते हैं इसलिए बसंत ऋतु के आगमन मात्र से आम्रपाली बहुत व्यस्त हो जाती है। ऊंचा कद, घुंघराले लंबे काले बाल, मृगनयनी सितार पर बजने वाली पतली लंबी अंगुलियां, सुराही दार कृपा श्वेतपद्मा शरीर का रंग और आत्मविश्वास से

दमकता चेहरा। सभी संगीत प्रेमी, मनोरंजन प्रेमी इस ऋतु में प्रत्येक वर्ष सार्वजनिक रूप से उसके दर्शन कर पाते हैं। चारों तरफ आनंद की लहर है, आम्रपाली का नृत्य देखने के लिए कोसों दूर अवंतिका पुरी पावा, श्री रामपुरी से राजकुमार और धनी वर्ग के लोग आकर वैशाली पहुंच रहे हैं। उनकी पत्नियां भी आम्रपाली से मन ही मन कोई ईर्ष्या नहीं रखतीं क्योंकि उन्हें ज्ञात है उनके पति मनोरंजन के लिए ही जाते हैं, कोई आम्रपाली का वर्णन करके उसे गृहस्थी में पत्नी का स्थान नहीं दे सकता। तभी महाराज को समाचार मिला कि भगवान बुद्ध स्वयं अपने भिक्षुओं साथ वैशाली नगरी में पधार रहे हैं, वे एक सप्ताह तक नगर के बाहर स्थित पहाड़ी पर विश्राम करेंगे एवं अपने अनुयायियों को प्रवचन देंगे। इच्छुक नगर वासियों को भिक्षु बनाएंगे अब तो क्षण भर में आडंबर से भरपूर बसंती वातावरण एकदम भक्तिमय हो उठा। राजा ने आदेश दिया प्रत्येक नागरिक भगवान बुद्ध के स्वागत में जुट जाए, राजा स्वयं जैन धर्म के अनुयाई हैं, आजीवन धर्म में भी कुछ दिन विचरण किए किंतु उनके मन को कहीं भी पूर्ण शांति नहीं मिली। भगवान बुध से वह कब से भेंट करना चाहते थे, यह उनका सौभाग्य है कि इस वर्ष स्वयं भंते उनके राज्य में पधार रहे हैं। पूरे राज्य में जो पंडाल मनोरंजन के लिए बनाए गए थे, उनको अब फूलों से सजाया गया। भिक्षुओं के बैठने का उसमें प्रबंध होने लगा, सारे वाद्य यंत्रों को हटाकर केवल सुंदर सादगी भरी बैठक का प्रबंध होने लगा। सारी नगरी भक्तिमय हो गई, बुद्ध को निमंत्रण देने राजकुमारों में जैसे होड़ सी लग गई किंतु बुद्ध के सबसे प्रिय शिष्य आनंद से पहले अनुमति लेनी पड़ेगी। आम्रपाली भी सोचने लगी यह कैसा जीवन है जो मेरी एक झलक पाने को तरस रहे थे, अचानक मुंह मोड़कर भगवान बुद्ध की शरण में जा रहे हैं। मुझे भी उनकी शरण में जाना होगा इस जीवन चक्र में क्या रखा है। वह भी रथ को तैयार करके अपने सारथी के साथ नगर के बाहर पहाड़ी पर चल पड़ी। जो राजकुमार उसे पाने के लिए परिवार से विद्रोह करते थे वह आज उसके साथ रथ की दौड़ में भगवान बुद्ध के पास पहले पहुंच जाना चाहते हैं।

आम्रपाली विश्राम स्थली पहुंची तो देखा हजारों की संख्या में लोग सिर झुकाकर भगवान बुद्ध को नमन कर रहे हैं। उसके ह्रदय के सारे दबे हुए मानवीय भाग अचानक जागृत हो गए। सीधे बुद्ध के चरणों में गिर कर रोने लगी, उन्हें अपने घर पर भोजन ग्रहण करने का अनुरोध करने लगी। भगवान बुद्ध ने शांति से उत्तर दिया, अवश्य मैं अवश्य तुम्हारे घर भिक्षा लेने आऊंगा। सभी अचंभित थे कि एक

राजनर्तकी के घर भगवान बुद्ध जाएंगे। राजकुमारों ने भी विनम्र अनुरोध किया भंते आप हमारे राज महल में पधारें, हमें आशीर्वाद दें। भगवान बुद्ध बोले, हम भिक्षु हैं हमने आम्रपाली को वचन दिया है, कल सुबह दोपहर से पहले का भोजन हम वहां करेंगे, आप उससे अनुरोध करो। राजकुमार ने कहा आम्रपाली आधी वैशाली तुम्हें दे दी जाएगी, कल के भोजन के लिए हमें स्वीकृति दो। आम्रपाली के मन से ऐश्वर्याता का लोभ उतर चुका था वह तो स्वयं अपना अस्तित्व पाने के लिए यहां आई थी। उसने उत्तर दिया, आधी क्या पूरी वैशाली भी दोगे तो भी मुझे स्वीकार नहीं। भगवान बुद्ध की सेवा तो मै ही करूंगी।

.... उसकी इतनी दृढ़ संकल्प शक्ति देख कर बोधिसत्व मौन रहे। जब वह उसके यहां भोजन पर गए तब आम्रपाली ने अपनी भू संपत्ति उनको भिक्षा में देते हुए कहा कि भगवान यह आपकी सेवा में दान करती हूं। आप यहां संघ की स्थापना कर सकते हैं। बुद्ध भिक्षु दान में प्राप्त प्रत्येक वस्तु ग्रहण करते हैं, उनके शिष्य आनंद ने पूछा भंते, एक राजनर्तकी बार-बार इस संघ में दान करके आना चाहती है। बुद्ध मौन रहे, सभी को ज्ञात है कि बुद्ध से भेंट करने के लिए आनंद से ही अनुमति लेनी पड़ती है। आनंद ने पूछा, भंते वह बार-बार मेरे पास आती है, आपसे मिलने का अनुरोध करती है, मैं क्या करूं। भंते ने कहा, तुम उसका उत्तर मत देना, उसको देखना भी नहीं। भगवान बुद्ध को पता था आनंद उनका अति प्रिय शिष्य है।

अभी तक उसे अर्हरत की प्राप्ति नहीं हुई है। कहीं आम्रपाली के सौंदर्य में वह भटक ना जाए। आनंद ने भी अपने भगवान बुद्ध का अनुसरण किया। आम्रपाली संघ में प्रवेश करने और उससे बात करने जितनी भी चेष्टा करती, वह उतनी ही कठोरता से मुंह फेर कर चुपचाप चला जाता, कभी एक दृष्टि भर भी उसकी ओर नहीं देखता। भगवान बुद्ध के वापस जाने का समय हो चला था, अपने अनुयाइयों को आशीर्वाद देकर, कुछ युवकों को चीवर दान देकर अपने साथ ले कर जाने वाले हैं। आनंद निर्विकार होकर उनके प्रत्येक आदेश का पालन कर रहा है। जब नारी हर जगह से हार जाती है तब अपना विशेष चरित्र दिखाती है, आम्रपाली भगवान बुद्ध के चरणों में अचेत होकर गिर पड़ी भगवान बुद्ध ने स्नेह से उसके माथे पर हाथ फेरा और आगे निकल पड़े। उसने आतुर दृष्टि से आनंद की ओर देखा जो छाया की तरह भगवान बुद्ध के साथ रहता है किंतु उसे बोधि प्राप्त नहीं हुआ। एक साधारण सा व्यक्ति वह भी उसकी तरफ आंख उठाकर नहीं देख रहा है। भगवान बुद्ध से उसने

पूछा था कि धर्म के मार्ग में अगर कोई सामने आ जाए तो मैं क्या करूं। भंते ने कहा तुम धर्म के मार्ग पर संयत होकर चलो, यदि सृष्टि कोई बाधा करे तो कभी प्रतिरोध मत करना, कोई उत्तर मत देना, अपनी दिशा की ओर आगे बढ़ना। प्रथम अग्रसर सेवक केवल अपने गुरु की बातों का पालन कर रहा है, लोगों की भीड़ उनके पीछे चलते जा रही है, प्रशस्त राजमार्ग भक्तों का जन समुद्र सा दिखाई दे रहा है। चारों तरफ भगवान बुद्ध की जय जय कार हो रही है। आम्रपाली अपने महल से निकल बुद्ध के पीछे जाने लगी है। आम्रपाली को अपने सौंदर्य कला कौशल पर अति गर्व है, ना जाने कितने महान शासक राजकुमार उसकी एक झलक पाने को तरसते हैं। उसके नयनों के संकेत मात्र से राजा बिंबिसार किसी से भी युद्ध करने को तैयार हैं। जब आम्रपाली ने भगवान बुद्ध से मिलने के लिए अनुमति मांगी तो उसे बताया गया कि आनंद ही उनका प्रमुख निष्ठावान सेवक है और उनकी स्वीकृति के बिना कुछ भी नहीं हो सकता। बुद्ध ने स्वयं आम्रपाली के मानवीय गुणों की प्रशंसा की है तो आनंद तो केवल एक सेवक ही है। भला वो कैसे अनुमति नहीं देंगे। इसी भ्रम में आम्रपाली आनंद से मिलने पहुंची किंतु आनंद ने अपने गुरु के दिए हुए वचनों का ही पालन किया। आम्रपाली जब उसके समक्ष उपस्थित हुई तो आनंद ने अपना मुंह घुमा लिया, एक बार भी उस पर दृष्टि नहीं डाली। आम्रपाली अपने प्रस्ताव को बोलती गई किंतु उसका मधुर कंठ स्वर सुनकर भी आनंद ने उसके किसी संवाद का उत्तर नहीं दिया। शांति से तटस्थ खड़े रहे। इतना बड़ा अपमान आम्रपाली को अपने जीवन में कभी नहीं मिला था, पराजित सी अंतर्मन में आहत होकर वह अपने राजभवन को लौट आई। अपने कक्ष के झरोखे से बाहर ताकने लगी, कई सेठ और युवराज अपनी छावनियों में बैठ उसको पाने की प्रतीक्षा कर रहे हैं। वैशाली नगरी की राजसभा में वह सबसे प्रतिष्ठित और प्रभावशाली नारी है किंतु एक भिक्षु तक पर इसका कोई प्रभाव नहीं पड़ा। उसके सौंदर्य का वर्णन तो निश्चय ही सुना होगा किंतु उसके मन में क्या एक बार भी तृष्णा नहीं जागी कि एक क्षण के लिए भी वह दर्शन कर ले। यही बात आम्रपाली को प्रत्येक क्षण पर मन में आघात करती रही, वह रूप गर्विता स्वयं से बातें करने लगी। उसे अपना रूप व कला प्रतिभा सब कुछ निरर्थक लगने लगा। जिस बंदे का सेवक इतना नियंत्रित और निष्ठावान है, तो उसके गुरु कितने ज्ञानी समृद्ध होंगे। वही केवल उसके इस निरर्थक स्वार्थी जीवन में सत्य की खोज करा उसके पथ प्रदर्शक बन सकते हैं। आनंद का तिरस्कार उसके प्रति उदासीन भाव

उसे अपनी ही आत्मा के भीतर झांकने को विवश कर देता है। वह आनंद से कई तरह की चर्चाएं अलग से करना चाहती है किंतु आनंद पर उसका कोई प्रभाव नहीं पड़ता। अपने को प्रत्येक क्षेत्र में पराजित होते देख आम्रपाली हताश हो उठती है, उसे अब यह धन, ऐश्वर्य, प्रशंसा के मानपत्र, राजनर्तकी की पदवी, कुछ भी रुचिकर नहीं लगता। जो सुंदर नारी देह एक चीवर धारण किए एक साधारण से सेवक को आकर्षित कर पाने में असमर्थ है, वह ऐसी नश्वर देह की सुंदरता पर कैसे गर्विता हो सकती है। यह वही आनंद है जिसने कपिलवस्तु में महा प्रजापति गौतमी के पक्ष में रहकर भंते संघ में नारियों के प्रवेश के लिए प्रस्ताव रखा। यही वह सेवक है जो नारी के सम्मान अधिकार में विश्वास रखता है, प्रचेष्टा करता है कि इच्छुक नारी समाज भी प्रवजया प्राप्त करे। किंतु मेरे मुख को देखने से मना करता है, मेरे से वार्तालाप तक नहीं करता। क्या उसे मेरी प्रभुता का ज्ञान नहीं है। आम्रपाली कितनी विशिष्ट नारी है क्या इसको ज्ञात नहीं है। यही प्रश्न बार-बार उसकी आत्मा को कचोटाता है। एक सेवक के ऊपर उसके रूप का जादू नहीं चला उसकी प्रतिभा सौंदर्य के सारे प्रेमी उसे छोड़कर बुद्ध की शरण में जा रहे हैं, भीड़ उसके धक्का देते हुए आगे बढ़ रही है। उसका दर्द सुंदरता सब कुछ धूल में मिलता जा रहा है। भक्तों के सामने वह कितनी ही तुच्छ हो गई है। नारी पुरुष एक-दूसरे के पूरक होते हैं नई संतान की उत्पत्ति करते हैं तो क्या वह सब मिथ्या है। रूप सौंदर्य व आकर्षण सब मिट्टी में मिल जाएगा। तो फिर सत्य क्या है, आम्रपाली को अपने ऊपर ग्लानि होने लगती है। वह प्रशस्त राजमार्ग पर गिरी पड़ी है लोग उसके पास से होते हुए उसे बिना देखे आगे बढ़ रहे हैं। भगवान बुद्ध के पीछे पीछे चल रहे हैं उसी क्षण आम्रपाली की अंतरात्मा पुकार उठी, अंबा यही सत्य है जीवन मरण के चक्र से मुक्ति पाने का मार्ग तुम्हें स्वयं अपनाना होगा। यह मोह माया ऐश्वर्य सुंदर देह का आकर्षण एवं प्रतिभा, सब कुछ क्षणिक है, मिथ्या है। इस मिथ्या स्वप्न की बेड़ियों को तोड़ने और सत्य की खोज में चलो। आम्रपाली धीरे-धीरे उठती है, अब उसके मन में किसी के लिए कोई क्रोध संदेह मोह लालसा नहीं है। उसका चित्त स्थिर हो गया है, वह भी भगवान बुद्ध की ओर शांत मन से कदम बढ़ाने लगती है। आम्रपाली अपने केश मुंडवा कर भिक्षुणी बन गई। आम्रवन में प्रथम भिक्षुणी संघ की स्थापना हुई, उसका भिक्षुणी संघ बनाना एक ऐतिहासिक घटना है। समाज में इसका बहुत विद्रोह भी हुआ किंतु क्रांतिकारी निर्णय था। उसके बाद विमला कृति पद्मावती मैत्री और कई नगरवधुओं ने भी बौद्ध धर्म में शरण ली

और भिक्षुणी संघ में रहीं। काली नदी के तट पर स्थित एक ग्राम में बुद्ध ने अपने सबसे प्रिय शिष्य आनंद के कहने पर प्रवास किया। संकाश सत्संग में भी स्त्रियों की प्रज्ञा पर प्रतिबंध था, उन्होंने उस रोक को उठाया और अल्प स्वर्णा को दीक्षा देकर बौद्ध धर्म के द्वार वहां पर स्त्रियों के लिए खोल दिए। पहले भिक्षुणी नगर में दूर पृथक कुटिया में वास किया करती थीं किंतु समाज में असामाजिक तत्वों के कारण उन्हें नगर के पास ही पृथक संघ में रहने की व्यवस्था की गई। बुध के अमृत वचन सदैव स्मरण रहते हैं, सभी प्राणियों के प्रति मैत्री भाव, दुखियों के प्रति करुणा भाव, संसार के सभी प्राणियों के प्रति सम्मान भाव रखना चाहिए। काया वचन मन से जीवन पवित्र रखना ही धर्म है, इसी धर्म उपदेश के बाद ही आम्रपाली के मन में धर्म का अंकुर विकसित हुआ था। आम्रपाली ने भिक्षुणी के रूप में साधना द्वारा अपने अंतर्मन में जीवन की अनित्यता की सत्यता को पहचान लिया है।

मल्लिका

युद्ध, उत्सव, प्रार्थना, सुख काल अथवा दु:ख के समय मानव सदैव गीत का उपयोग करता है। गीत, स्वर और लय तालबद्ध शब्दों की सुंदर रचना करते हैं। गायन ऐसी कला है जिसे प्रत्येक मनुष्य पसंद करता है किंतु गीत - गायन सभी नहीं कर सकते। कुछ शिल्पी कठोर परिश्रम करके सुंदर गीत गा पाते हैं तो किन्हीं सौभाग्यवान मानव पर प्रकृति की असीम कृपा होती है। उनके कंठ में जैसे कोयल का वास होता है। मीठे कंठ स्वर का आशीर्वाद किसी जाति, धर्म, वर्ग, वर्ण, आयु को नहीं देखता। विरले व्यक्ति ही प्रभु के ऐसे आशीर्वाद से सम्पन्न होते हैं।

राज्य के अग्रसेवक की एकमात्र कन्या है मल्लिका। पिता की अति दुलारी। कंठ स्वर में इतनी मिठास है कि जैसे ईख के रस को निचोड़ कर उसके कंठ को तर कर दिया हो। वह जितना मधुर गाती है उतना ही मधुर उसका स्वभाव है। अत्यंत करुणामयी, दयालु और मृदुभाषी। एकबार मल्लिका अपनी टोकरी में अन्न और फल भरकर अपनी सखियों के साथ उद्यान में भ्रमण करने जाती है। वो सभी स्वतंत्र तितलियों की तरह इधर-उधर खेलती हुई, एक दूसरे से अठखेलियाँ करती, दिन के दोनों प्रहर उद्यान में बिता देती है। जैसे ही भोजन करने के लिए बैठती हैं तो मल्लिका की दृष्टि उद्यान के बाहर मार्ग पर भिक्षापात्र लिए कुछ भिक्षुओं पर पड़ती है, उसे ज्ञात होता है कि इन्हें भी अन्नदान देना चाहिए। बिना क्षण भर का विलंब किए वो अपनी

टोकरी लेकर उन भिक्षुओं के पास पहुंच कर अपने पास का सारा भोजन भिक्षु प्रमुख के पात्र में डालकर सभी भिक्षुओं को प्रणाम करते हुए पुन: अपनी सखियों के पास लौट जाती है। भिक्षु प्रमुख धीरे से मुस्कुरा देते हैं। उनके शिष्य भंते की मुस्कान का रहस्य जानना चाहते हैं कयोंकि भंते बिना कारण नहीं मुस्कुराते। अपने शिष्यों की तरफ देख कर वे कहते हैं - "यह कन्या एक दिन इस राज्य की महारानी बनेगी।" उनका आशीर्वाद उस कन्या के लिए ही है। शिष्य उपाली पूछते हैं - "हे भंते, ऐसा कैसे संभव होगा। ये कन्या अति साधारण परिवार की है। जाति में क्षत्रिय भी नहीं है। राज- परिवारों में विवाह जाति प्रथा एवं राज्य संबंधियों में ही होते हैं। इस करुणामयी नारी का सौंदर्य भी कुछ इतना अपूर्व अथवा आकर्षक नहीं है कि राजा इसे ग्रहण करें। यह कैसे संभव होगा ?" - भंते मौन रहते हैं और मुस्कुराते हुए भिक्षा पात्र का दान ग्रहण करने लगते हैं। शिष्य जानते हैं कि उनके गुरु का आशीर्वाद सत्यवचन होता है। सभी भोजन ग्रहण करके आगे अपने विहार की ओर बढ़ जाते हैं। मल्लिका ने अति आनंद से अपनी समस्त खाद्य सामग्री दान कर दी है। सखियों से केवल नाम मात्र के फल लेकर अल्पाहार में ही वो संतुष्ट है। धीरे-धीरे वो गीत गुनगुनाने लगती है। संध्या होने से पूर्व सारी सखियों के साथ वो अपने निवास स्थान को चली जाती हैं। उसके छोटे से गृह में वो अपने पिता के साथ संतुष्टि से रहती है।

छठी ई०पू० मध्य कालीन युग में चार बड़े गणराज्य वत्स, मगध, अवन्ति और कौशल हैं। इनके राजाओं में परस्पर अपनी शक्ति और सामर्थ्य की बुद्धि के लिए युद्ध होता रहता है। सभी राजा एक दूसरे से युद्ध कर उनके राज्य को हराकर अपने साम्राज्य की वृद्धि करने में ही व्यस्त रहते हैं। महाराजा प्रसेनजीत कौशल राज्य के प्रतापी और पराक्रमी राजा है। उन्होंने अंग नरेश से युद्ध किया और परास्त हुए। बाद में मगध नरेश से युद्ध के पश्चात अपनी बहन कौशला देवी का विवाह मगध राज बिम्बसार के साथ करना पड़ा और दहेज में एक लाख स्वर्ण मुद्राओं के साथ "काशी" नगरी को भी देना पड़ा किंतु संधि के अनुसार मगध राज की बहन से विवाह कर अपने अधिकारों को बचा लिया। कौशला देवी ने अजातशत्रु को जन्म दिया। प्रसेनजीत ने फिर से युद्ध की तैयारी करके वत्सराज पर चढ़ाई की और परास्त हो गए। वो अति दु:खी होकर अपनी सेना के साथ जब अपनी राजधानी लौट रहे थे, तब अकेले ही एक उद्यान की ओर चलने लगे। उनका मन अति विचलित है। वो कहीं भी स्थिर होकर रह नहीं पा रहे हैं। तभी उनके कानों में अति मधुर गीत के स्वर सुनाई

पड़ते हैं। एक कन्या अपनी ही धुन में मगन अति सुंदर गीत गा रही है। उसके स्वर इतने स्पष्ट और बोल इतने मीठे हैं कि प्रसेनजीत अपनी समस्त मानसिक यातनाएं भूलकर मंत्रमुग्ध होकर उसे सुनने लगते हैं जैसे ही गीत समाप्त होता है वो उस कन्या के सामने अपना घोड़ा लेकर खड़े हो जाते हैं। साहसी कन्या भी बिना भय के घोड़े की लगाम को पकड़कर राजा से उसका परिचय पूछती है। राजा उसे अपना परिचय देते हैं और अपनी पराजय की व्यथा सुनात-सुनाते रोने लगते हैं। मृदुभाषी कन्या अति संवेदनशीलता के साथ उनकी पूरी बात सुनती है और धीरे-धीरे उनके अश्रु पोंछती हुई उन्हें सांत्वना देती है। पुरुष कितना भी पराक्रमी क्यों ना हो किंतु पराजय के बाद वो भीतर से जब टूट जाता है तो नारी के आंचल में ही जाकर समर्पण करता है। राजा पूर्णरुप से कन्या पर समर्पित हो जाते हैं। उन्हें अपने राजपाट में ऐसी ही नारी की आवश्यकता है जिसे वो अपने मन के दु:ख बांट सकें। वैसे तो प्रसेनजीत की कई रानियां हैं, किंतु सभी राज्य के वैभव-ऐश्वर्य में ही व्यस्त रहती हैं। तत्क्षण वो कन्या को विवाह का प्रस्ताव देते हैं। कन्या को भी कोई आपत्ति नहीं है किंतु वो राजा से अनुरोध करती है कि उसके पिता से स्वीकृति ली जाए। परंपरानुसार राजा उसके पिता के घर परिणय निवेदन लेकर जाते हैं और मल्लिका को पत्नी रुप ग्रहण कर उसे कौशलराज की पटरानी बनाते हैं। राज महल में रहकर भी मल्लिका बुद्ध शिक्षा का ही अनुसरण करती है। अपने चारों ओर अति सुंदर रानियों, नृत्यांगनाओं, नगर वधुओं और दासियों की ओर जब देखती है तो उसके मन में यह प्रश्न आता है कि क्यों सभी के भाग्य, स्थिति भिन्न-भिन्न है। वो स्वयं बुद्ध के विहार में उपस्थित होकर एक दिन बुद्ध से प्रश्न करती है - "भगवान, कोई स्त्री अति गुणवान और रुपवती है तो कोई केवल गुणवान और धनी है तो कोई साधारण परिवार की किंतु अत्यंत गुणवती है, तो कोई नारी ना गुणवती है, ना ही रूपवती और ना ही धनी किंतु एक दूसरे से भिन्न स्थितियों में रहती है। कोई शासिका है तो कोई दासी, ऐसा क्यों होता है? बुद्ध दयामयी भोली मल्लिका के मन में उठने वाली इस शंका का समाधान करते हुए कहते हैं - मनुष्य अपने कर्मों के अधीन है, वो अपने को सुखी रखने के लिए प्रतिक्षण पाप करता रहता है जैसे कि दैहिकपाप, हत्या करना, चोरी करना, व्यभिचार में लिप्त रहना। दूसरे प्रकार का पाप होता है वाचिक पाप जैसे मिथ्या वचन बोलना, पर निंदा में लिप्त रहना, कठोर वचन सुनाना अथवा व्यर्थ बोलना और अपनी सात्विक शक्ति को नष्ट करना। इसके अतिरिक्त एक और पाप होता है जो कि

सबसे भयंकर होता है और हमें उसका दास बना देता है, वो मानसिक पाप, लोभ करना अर्थात अपने को जो प्राप्त है उसमें संतुष्ट ना होकर लोभ - लालच में कर्म करना, घृणा करना, ईर्ष्या करना अर्थात सदैव अपनी स्थिति की तुलना दूसरे से करके अपने से अधिक क्षमताशाली से ईर्ष्या करना और तत्व ज्ञान में त्रुटि ढूंढना"। उनका ये प्रवचन मल्लिका के हृदय में जाकर बस गया। मल्लिका सभी रानियों से लेकर दासियों तक सम्मानपूर्वक व्यवहार करती है। कभी भी किसी से किसी भी कारणवश मिथ्या वचन नहीं बोलती, दूसरी रानी ने एक पुत्र को जन्म दिया, मल्लिका को कन्या रत्न प्राप्त हुआ किंतु उसने तब भी कोई ईर्ष्या नहीं की वरन अपनी संतान "वजिरा" का सहर्षता से पालन पोषण करती, अन्य राजकुमारों के प्रति स्नेह का भाव रखती। राजपाट के किसी कार्य या क्षमता का लोभ नहीं करती। उसके इन्ही गुणों से प्रजा में मल्लिका रानी अतिप्रिय हो उठी थी। क्षत्राणी रानियों को उसका यह स्वभाव एकदम आंखों में खटकता था। वैभव ऐश्वर्य के लोभ में लिप्त वो मल्लिका के सुंदर स्वभाव, निर्मल मन और सरल जीवन को तुच्छ दृष्टि से देखतीं। प्रसेनजीत ने भावनाओं के दुर्बल क्षण में बह कर मल्लिका को अपनी रानी तो बना लिया किंतु वे स्वयं एक पराजित योद्धा हैं। हीन भावना उनके मन में घर बना चुकी है। वो किसी भी परिस्थिति में अधिक दिनों तक शांत और संतुष्ट नहीं रह पाते। राजगुरु, पंडित उन्हें जैसा-जैसा परामर्श देते हैं वो उतने ही कर्मकांड गतिविधियों में लिप्त होने लगते हैं।

महाराजा प्रसेनजीत कभी कभी मल्लिका रानी पर क्रोधित हो जाते हैं। कठोर शब्दों में कहते हैं - "तुम छोटे परिवार की कन्या हो, राज परिवार के नियम तुम्हें नहीं ज्ञात, युद्ध करना, राज्य विस्तार करना, राजा का परम एवं प्रथम कर्तव्य है"। पति के ऐसे कठोर वचन सुनकर मल्लिका के मन को अति आघात पहुंचता है। कोई भी स्वाभिमानी नारी अपने पिता के घर की स्थिति की तुलना अगर निंदा के साथ की जाए तो कभी सहन नहीं करती। रानी मल्लिका राज महल में तो रहती है किंतु उसे इस वैभव - ऐश्वर्य में कोई रुचि नहीं है। वो पशुबलि, यज्ञ में, हिंसा की घोर विरोधी है। वो अपने पति को भी ऐसे पाप युक्त मार्ग में जाते नहीं देख सकती। इसीलिये कई तरीकों से व अपने तर्क से वो राजा का मन परिवर्तितित करने का प्रयत्न करती रहती है। प्रसेनजीत की बहन के पुत्र अजातशत्रु को बहुत ही कम आयु में राज्य अपने नियंत्रण में करने के लिए मना है और राज पाने के लिए वो अपने पिता

को बंदी बना देता है। जब उसके पिता की मृत्यु हो जाती है तो सभी उसे "पितृ हत्यारा" कहते हैं। इसी दु:ख में उसकी माता कौशला देवी की भी मृत्यु हो जाती है जिसके कारण वो अति दु:खित हो जाता है। वो सेना लेकर मगध पर आक्रमण कर देता है किंतु हार जाता है। तीन बार लगातार पराजित होने के बाद प्रसेनजीत एक दम उदास हो जाता है। उसका मन कहीं नहीं लगता। एक दुधमुहां बालक अजात शत्रु उसे पराजित कर गया, ये बात वो सहन नहीं कर पाता। उसके मन में आत्महत्या करने का ध्यान आता है। उस समय पतिव्रता मल्लिका ही अपने पति को समझाती है। वो बुद्ध की शरण में अपने स्वामी को लेकर जाती है। बुद्ध की कही बातें उसे समझाती है - "स्वामी आप तीन बार पराजित हुए हो, व्यर्थ में जीत का प्रयास मत करो। जीतने से वैर पैदा होता है शत्रु आप पर आक्रमण करके आपको परास्त करना चाहेगा। यह जीत-हार का चक्र कभी भी समाप्त नहीं होगा। आप भगवान बुद्ध की वाणी सुनो। वो प्रत्येक बात को तीन बार कहते हैं ताकि मूढ़ से मूढ़ व्यक्ति भी तीन बार में एक बात को समझ जाए। आप तीन-तीन बार पराजित हुए हैं। युद्ध में, जीत में कुछ नहीं रखा"। अब जाकर प्रसेनजीत को रानी की बातों का आश्रय समझ आता है।

एक बार पहले भी महारानी मल्लिका ने अपने करुणा भरे हृदय से हिंसक यज्ञ कराने का विरोध किया था। तब भगवान बुद्ध जैतवन विहार में प्रवास कर रहे थे। मल्लिका उन्हें अति आग्रह के साथ विहार लेकर गयी थी। वहां पर बुद्ध ने महाराज को समझाया - "हे राजन, हिंसक यज्ञ करने वाला व्यक्ति तीन प्रकार के दुष्कर्म करता है। पहला मानसिक दुष्कर्म जिससे वह हत्या का संकल्प करता है, दूसरा वाचिक जिसमें वो हत्या करने वाले को अपनी वाणी से आदेश देता है। तीसरा शारीरिक दुष्कर्म जिसमें वह यज्ञ में लाये हुए पशुओं की अपने हाथों से हत्या कर बलि चढ़ाता है। अत: शुभ कर्म के स्थान पर वो अशुभ कर्म ही करता है"। तथागत की इस करुणा भरी शिक्षा से प्रसेनजीत के हृदय में बड़ा परिवर्तन हुआ। उसने राज्य में यज्ञ में बलि के विए वधशालाओं में बंद सभी पशुओं को बंधन मुक्त कर दिया। भगवान के प्रथम संपर्क में ही उसके मन में धर्म-संवेग जागृत हुआ। इस पुण्य लाभ के लिए उसने अपनी रानी मल्लिका को धन्यवाद दिया किंतु कभी-कभी महाराजा प्रसेनजीत अपने राज्य की सुरक्षा के प्रति अधिक अनुरंजित होकर सधर्म के मार्ग से भटकने लगते। तब मल्लिका उन्हें समझाती, "हे स्वामी अपनी प्रजा और परिषद को

अनुशासित करने के लिए शक्ति आंतक और कठोर शासन की नहीं वरन करूणा और मैत्री भाव की आवश्यकता होती है। डाकू अंगुलिमाल के आतंक से सारा राज्य आतंकित था किंतु भगवान बुद्ध की शरण में जाते ही वो भी अपने सारे अस्त्र-शस्त्र त्याग कर उपासक बन गया है"। प्रसेनजीत महाराजा तो हैं किंतु वो एक पति भी हैं। अपनी पत्नी के मुख से किसी दूसरे पुरुष की इतनी प्रशंसा सुन वो ईर्ष्या में जल उठे, क्रोधित हो गए, भगवान बुद्ध की परीक्षा लेने स्वयं पूर्वा राम महाविहार में पहुंच गए। जहां पर भंते धर्म सभा नें प्रवचन दे रहे थे। वहां सैकडों की संख्या में श्रोता गण उपस्थित हैं, सभी शांत चित्त हैं, अनुशासित हैं, बिना किसी शस्त्र के प्रयोग के श्रावक परिषद अति विनीत है। यह दृश्य देखकर हृदय पूर्ण रूप से परिवर्तित हो गया। महारानी मल्लिका के प्रयास से भगवान बुद्ध के प्रति धर्मनिष्ठा जागृत हुई। प्रजा के प्रति करुणा और मंत्री परिषद के प्रति मैत्री भाव के व्यवहार से उनके राज्य में शांति और संपन्नता का वातावरण पुन: लौट आया। मल्लिका राजमहल में रह कर ही चिंतन मनन करने लगी। जब महाराजा ने उससे पूछा कि "मल्लिके, तुम्हें सबसे प्रिय कौन लगता है" ? उनके मन में यह आशा है कि मल्लिका अपने पति को ही सबसे प्रिय बताएगी किंतु आशानुरुप उत्तर नहीं मिला। सत्यवाची आत्मदर्शी मल्लिका ने धर्म की सत्यता को ठीक पहचाना है। उस दिन तथागत ने अपने भिक्षु संघ के समक्ष यह घोषणा की, "आत्मदर्शी साधिकाओं में रानी मल्लिका अग्र है"।

■

उत्पलवर्णा

कन्या का जन्म सर्वथा गृह में एक अद्भुत आनंद की सृष्टि करता है। सामंतवादी युगों में पुत्र संतान की कामना सभी करते हैं। किंतु कन्या संतान को पुत्र के अधिकारों के समक्ष नहीं रखते, फिर भी उच्च वर्ग और वर्ण में कन्या के जन्म का आदर ही होता है अब माता लोकेश्वरी ने प्रथम कन्या संतान को जन्म दिया तो सभी ने अपने हृदय से उसका स्वागत किया। पिता सेनापति हैं। शौर्य और वीरता से परिपूर्ण हैं। सारा जीवन क्षेत्रीय राजा के पक्ष में युद्ध ही किया है। युद्ध का कठोर सत्य उन्हें एकदम नहीं भाता। किंतु क्या करें क्षत्रिय कुल में जन्म हुआ है, सेना में वंशानुगत सेवा की है। अपनी खिले हुए कमल के समान रूपवती कोमल कन्या को देखकर पिता का हृदय गदगद हो उठा। इतनी सुंदर कन्या, इतना निर्मल त्वचा का वर्ण, उन्हें स्मरण नहीं ऐसी रूपवती कन्या को उन्होंने अपने जीवन काल में देखा हो। उनकी पत्नी लोकेश्वरी देवी भी अत्यंत सुंदर नारी है, किंतु कन्या निश्चित रूप से अपने किसी दैविक पुर्वज का रूप लावण्य लेकर अवतरित हुई है। विधिविधान के अनुसार तीन पखवाड़े के पश्चात कन्या का नामकरण किया गया। वो राजपरिवार से सीधा संपर्क रखते हैं, इसीलिए राजा रानी स्वयं उसके नामकरण में पधारे। ऐसी सुंदर कन्या किसी राज परिवार में भी नहीं है। बहुत अध्ययन करने के पश्चात उसका नाम दिया गया उत्पलवर्णा। वैसे भी पद्म का पुष्प केवल सुंदरता का ही नहीं वरन पवित्रता का भी प्रतीक माना

जाता है। उत्पलवर्णा अपने पिता के घर, दास दासियों की सेवा में पलने लगी। जैसे कस्तूरी, मृग की नाभि में होती है और उसकी सुगंध अपने आप चारों ओर फैल जाती है उसी प्रकार उत्पलवर्णा के रूप की ख्याति चारों ओर फैल चुकी है। राजगुरु स्वयं उसे साहित्य, अंक और व्याकरण की शिक्षा प्रदान करने आते हैं। नारी का सुंदर होना कभी-कभी अति हानिकारक हो जाता है। किंतु नारी अति सुंदर और लावण्यवती के साथ तीक्ष्ण बुद्धिधारी है तो यह संगम पिता के लिए अनिष्टकारी भी हो जाता है। स्वयं उसे मामा का पुत्र, जो संपर्क में जेष्ठ भ्राता है, वह भी अपनी गोत्रीय बहन के रूप पाश में अंधा हो चुका है। वो उसे पाने के लिए असफल प्रयत्न भी करता है। परंपरा अनुसार निकट रक्त संपर्कीय भाई-बहन में विवाह होना निषेध है। सामंत क्षत्रिय समाज में इसे घोर अपराध माना जाता है।

कोलिय वंश, नाग वंशी, शाक्य वंशी, राजपुत्र प्रत्येक त्योहारों में उत्पलवर्णा के यहां उपहार भेजने लगे हैं। सभी क्षत्रीय वंशी राज परिवारों की कामना होती है कि उनके पुत्र का विवाह उच्च वर्ण, संस्कारी, शिक्षिता, सभ्य अति सुंदर कन्या से हो, ताकि आने वाले वंशधर में वो सभी गुण पाए जाए, और उनके वंशधर श्रेष्ठ जाति, वर्ण की उपलब्धि करके संसार में शासन करें। सभी राजपुत्र आपस में युद्ध के लिए तैयार हो गए। सभी को वर्या उत्पलवर्णा की कामना है। पिता केवल शांति स्थापित करना चाहते हैं। वो जानते हैं कि उनकी कन्या विशिष्ट है। उसके योग्य पात्र मिलना असंभव सा लग रहा है। उत्पलवर्णा की दासी उसकी सखी की तरह ही है। वो उसे अपने मन के समस्त रहस्य बताती है। उत्पलवर्णा को अपने रूप से अति प्रेम है। वो भी एक सुंदर राजकुमार की परिकल्पना करती है। पिता को अनुरोध करती है कि स्वयंवर रचाया जाए। वो जिसे उपयुक्त समझेगी उसी को वरमाला पहनाएगी। वसंत पंचमी के शुभ मुहूर्त में स्वयंवर रचा गया। प्रौढ़, वयस्क, किशोर सभी आयु के क्षत्रिय वंशीय राजकुमार और राजाओं ने उपस्थित होकर अपने बल को दर्शाया। सुसज्जित उत्पलवर्णा जब विशाल दर्पण में अपनी छवि देखती है तो स्वयं अपने पर ही मोहित हो जाती है। दासी कुशला उसके लंबी केशों की वेणी बनाकर जूही के फूल गूंथ देती है। उच्च काया, खिले कमल के पुष्प जैसी दमकती त्वचा, मृगनयनी, नागिन जैसी लंबी काली केशों की वेणी को फूलों में सुसज्जित कर के हाथ में वरमाला लिए स्वयंवर के आयोजन में प्रवेश करती है तो सभी कुछ क्षणों के लिए अवाक हो जाते हैं। किसी ने भी अपने जीवन काल में अप्सराओं को नहीं देखा,

केवल सुना है। उनकी कल्पनाओं की अप्सरा साक्षात वरमाला लिए उपस्थित है। धीरे-धीरे करके अपनी दासी के साथ उत्पलवर्णा आगे बढ़ती है किंतु कोई भी पुरुष उसकी कल्पना में बसे राजकुमार से मेल नहीं खाता। सभी पाट रेशम परिधान धारण किए हुए, हाथों में हीरे माणिक की मुद्रिकाएं पहने अपने वरिष्ठ बाजुओं में शस्त्र को धारण कर अपनी वैभवता और शौर्य का प्रदर्शन कर रहे हैं। सब की दृष्टि में केवल कामुकता, वासना की छवि झलक रही है। जैसे प्रत्येक पुरुष उसे उपभोग करना चाहता है। किसी में भी प्रणय निवेदन का भाव नहीं छलक़ता। अब इनसे तार्किक, बौद्धिक परीक्षा क्या करेगी। उत्पलवर्णा किसी को भी वरण नहीं करती। पिता इसका परिणाम जानते हैं। सभी उपस्थित प्रतियोगी क्षुब्ध हो गए, एक कन्या का इतना दुस्साहस, वह जैसे उनके अस्तित्व पर चोट करके चली गई। पुरुष सदैव नारी से समर्पण की कामना रखता है। कोई नारी उसे अस्वीकार कर दे तो उसके अहम पर आघात होता है। फिर तो अपने अहम की तुष्टि के लिए वो विनाश की किसी भी सीमा तक जा सकता है। सभी उपस्थित राजकुमार आपस में युद्ध के लिए प्रस्तुत होने लगे कि जैसे भी लड़कर, जीतकर उत्पलवर्णा को प्राप्त करके अपने राज्य में लेकर जाएंगे। भवन के भीतर उसके पिता भयभीत हो उठे क्योंकि उन्हें युद्ध के भयंकर परिणाम का ज्ञान है। वो अपनी दुहिता से अनुरोध करते हैं कि वो किसी एक को ग्रहण करके, शांति स्थापित करें। किंतु उत्पलवर्णा गर्विता है, अपने से हीन पुरुष ग्रहणीय नहीं है। उसने स्पष्ट रूप से कह दिया, "मैं इन कापुरुषों में से किसी को भी ग्रहण नहीं करूंगी, ये मेरे योग्य नहीं है। आप मुझे बाध्य मत करें और कोई आदेश दें तो मैं सहर्ष स्वीकार करूंगी।" असहाय, आशंकित, भयभीत पिता ने रुष्ट होकर कहा, तो इस परिस्थिति में शांति बनाए रखने के लिए, तुम्हारा विवाह ना करना ही उचित है। निर्दोष मनुष्य के रक्तपात से रंग कर कोई भी विवाह सफल नहीं होता। मैं तुम्हें आज्ञा देता हूं, तुम सांसारिक ऐश्वर्ययुक्त जीवन का त्याग करो। सुना है माता गौतमी ने बौद्ध भिक्षुओं से भिक्षुणियों को प्रव्रजित करने की अनुमति प्राप्त कर ली है। तुम उनकी शरण में चली जाओ।" पिता के इस प्रस्ताव से रुष्ट होकर क्रोध में तत्क्षण उत्पलवर्णा ने स्वीकार कर लिया। पिता ने दूत के हाथ संदेश भेजा, कन्या ने भिक्षुणी बनने का निर्णय किया है। अब वो किसी के साथ परिणय बंधन में नहीं बंधेगी। अब सभी योद्धा हतोत्साहित हो गए, भिक्षुणी बनने के निर्णय के पश्चात बलपूर्वक उसे ग्रहण करना अनुचित है। निराश योद्धा पुनः अपने अपने राज्यों की ओर भारी मन

लिए प्रस्थान करने लगे। उत्पलवर्णा के निर्णय ने समस्त राज्य में आश्चर्य की लहर दौड़ा दी। प्रत्येक नगरवासी ऐसी अपूर्व सुंदरी की भिक्षुणी बनना नहीं देखना चाहता है। किंतु साधना का मार्ग अति कठोर। उत्पलवर्णा को अब सांसारिक वैभव में कोई रुचि नहीं है। उसने अपने ही आप बिना दासी की सहायता के सारे आभूषण उतार कर फेंक दिये। शरीर पर धारण रेशमी पाट परिधान को त्याग कर कसाय वस्त्र धारण कर लिए। माता लोकेश्वरी अपनी लाडली की यह अवस्था देखकर क्रंदन कर उठीं, किंतु उत्पलवर्णा पर माता के अश्रुओं का कोई प्रभाव नहीं पड़ता है। वह मन ही मन इन वस्तुओं का परित्याग कर चुकी है। वाह्य वस्तुओं का त्याग करना इतना कठिन होता जितना अपने शारीरिक सौंदर्य के प्रति विमुख होना। जैसे ही सब कुछ त्याग वह महा प्रजापति गौतमी के पास जाने लगी तब दासी कुशला ने कहा देवी तुम्हें अपने केश विच्छेदन करने पड़ेंगे।" यह सुनकर उत्पलवर्णा का मन क्षुब्ध हो गया। वो कैसे अपने इन घने काले केशों का त्याग कर सकती है। नख, अस्थि-मज्जा, रक्त की तरह वह भी इस मानव शरीर का अभिन्न अंग है। नहीं वह केश विच्छेदन नहीं करेगी। कुशला ने समझाया बिना केश विच्छेदन के उप संपादिका नहीं बन पाओगी। भिक्षुणी के लिए यह प्रथम और अनिवार्य क्रिया है, नहीं तो आपका संकल्प अधूरा ही रह जाएगा। उत्पलवर्णा अब रोने लगी, रोते-रोते उसने अपने केशों का त्याग तो किया किंतु अपनी पिटारी में केशों की वेणी का गुच्छा छुपा कर रख लिया। उसका मोह वो त्याग ना सकी। लंबी यात्रा के बाद वह जैतवन के विहार के बाहर गौतमी माता के विहार में उपस्थित हुई। माता गौतमी ने उसे संघ में जुड़ने के सभी आचरण और नियमों से अवगत कराया। स्नेहमयी, करुणामयी गौतमी के समक्ष वह अपनी सारी वेदना भूल गई। कल प्रात: स्वयं भगवान बुद्ध के समक्ष उसे उपस्थित होना है। उसे वे ही दीक्षा देंगे। सारी रात उत्पलवर्णा अपनी पिटारी से केशों की वेणी को अपने माथे पर लगा कर रोती रही। तृष्णा उसको जकड़े हुए है। वह कैसे भंते का सामना करेगी ? प्रात: काल स्नान करके उत्पलवर्णा भंते को नमन करके सबसे शेष पंक्ति में बैठ गई। बोधि ज्ञान प्राप्त भगवान गौतम के समक्ष वह कैसे दृष्टि मिलाए। अभी वह तृष्णा से परिपूर्ण है। भंते उसे दीक्षा कैसे देंगे। भंते उसे देख कर मुस्कुराए और एक टक देखते हुए बोले, कन्या यह देह नश्वर है, इसके मोह में मत पड़ना, अपनी तृष्णा का त्याग तुम्हें स्वयं ही करना होगा, मैं तो केवल मार्गदर्शी हूं, अपने साधना के मार्ग में स्वयं ही चलना होगा। उत्पलवर्णा ने देखा सभागार में ओर कोई नहीं है, केवल

तथागत हैं और वो है, तथागत के समक्ष उसे अपनी छवि में क्लांति हीन होती त्वचा, झड़ते बाल, अस्थि मज्जा को खाते कीड़े मकोड़े, अस्वस्थ बीमार काया जैसा भयंकर रूप दिखाई दिया" और वो अपने इन थोड़े से केश के लिए इतनी मोहित। उसके नयनों के सामने से वो छवि लुप्त हो गई। तथागत ध्यान मुद्रा में बैठे हैं चारों और जैसे दीप्तिमयी आलोकित वातावरण हो गया है। प्रार्थना करतीं सभी भिक्षुणी मंत्रोच्चारण कर रही हैं। एकदम से उत्पलवर्णा को जैसे बोध हुआ, उसके मन की समस्त तृष्णा मिट गई। प्रणाम करके वह चुपचाप वहां से प्रस्थान कर गई। अपने कक्ष में जाकर अपनी पिटारी में छुपाई हुई केश-वेणी को बाहर बहती नदी में प्रवाहित कर दिया। अब उसके मन में कोई क्षोभ नहीं है, रूप के लिए कोई आकर्षण नहीं है, यौवन के प्रति कोई लालसा नहीं है। उसने मन की समस्त तृष्णाओं की तिलांजलि दे दी है। अब वो शांत है, परीभूत है, उसे किसी प्रकार का कोई कष्ट नहीं है। उसे अपने पिता के गृह का वैभव भी स्मरण नहीं है। अब वो संघ की शिष्या है और धीरे-धीरे संचालिका का कार्यभार संभालने लगी है। उस समय भिक्षुणी नगर नगर घूम कर भिक्षा प्राप्त करती थीं। शिक्षित भिक्षुणी बुद्ध की शिक्षा का प्रचार प्रसार करती थीं। संध्या होते ही नगर के बाहर उपकूल अंचलों में जंगलों में अपनी-अपनी कुटिया बनाकर अकेले ही प्रवास करती थीं। उत्पलवर्णा भी साकेत में प्रचार और प्रसार के लिए अन्य भिक्षुणियों के साथ आई है। नगर के बाहर उपवन में सभी ने अपनी अपनी कुटिया बना ली है। धरती पर ही टाट बिछाकर शयन की व्यवस्था की है। लकड़ी के कबाट लगाए हैं ताकि कोई जंगली पशु आक्रमण ना कर सके। रात को भिक्षुणियां भोजन ग्रहण नहीं करतीं। सारा दिन भ्रमण करके, सभाओं में शिक्षा प्रदान करके, भिक्षा में जो कुछ भी प्राप्त होता है, उसे ग्रहण करके, वो केवल रात्रि में शयन के लिए कुटिया में प्रवास करती है। क्लांत शरीर को विराम देने के लिए रात्रि में विश्राम अनिवार्य है। रात्रि में वह शांति पाठ करती हैं। नीरव रहती हैं, परस्पर कोई संवाद नहीं करतीं, यही उनकी सरल सादगी दिनचर्या होती है। कुछ असामाजिक तत्व इन भिक्षुणियों के प्रवास के समय इन्हें अव्यवस्थित करने की चेष्टा तो करना चाहते हैं, किंतु दुस्साहस नहीं कर पाते, क्योंकि इन्हें राज्य के राजा का संरक्षण प्राप्त होता है। किंतु समाज में दुष्ट अपराधियों का अभाव नहीं है। उस रात उत्पलवर्णा अपनी और कुछ भिक्षुणी साथियों के साथ नगर में प्रवचन देने गयी, सारा दिन नंगे पांव घूम घूम कर कई स्थानों में सभाएं की। बुद्ध के अनुयायियों के साथ धर्म की चर्चा की। दो

पहर को एक उपासिका के यहां भोजन करके फिर से अपने कार्य में जुट गईं। संध्या को क्लांत होकर अपनी कुटिया में प्रवेश किया। किंतु उसे ज्ञात नहीं था कि उसकी कुटिया में पहले से ही उसके मामा का दुष्ट पुत्र रूपानंद वहां घात लगाए बैठा है। आनंद को अपनी बुआ अर्थात लोकेश्वरी देवी से यह संधान हो चुका था कि उत्पलवर्णा भिक्षुणी होकर नगर नगर भ्रमण करती है। धर्म चर्चा करती है। आनंद का विवाह तो हो चुका था किंतु वह अभी तक अपनी बहन के रूप सौंदर्य के मोह पाश से मुक्त नहीं हो पा रहा था। वह किसी भी प्रकार से उसे प्राप्त करना चाहता था। पुरुष जब स्त्री के प्रेम को पाने में विफल हो जाता है तब वह उसे बलपूर्वक पाना चाहता है और उसे पाने का एक उद्देश्य होता है कि बलपूर्वक उससे शारीरिक संपर्क किया जाए, ताकि वह विवश होकर उसे स्वीकार कर ले। दुष्ट आनंद ने कई मास तक उत्पलवर्णा की खोज की और आज प्रातः ही उसे उसकी कुटिया के बारे में जानकारी मिली। वैसे भी उसकी कुटिया नगर के बाहर जंगल के पास स्थित है, कोई भी उसकी रक्षा करने नहीं आ सकता है। एक चालबाज की तरह वह उसकी कुटिया में एक कोने में जाकर छिप गया और उत्पलवर्णा के वापस आने की प्रतीक्षा करने लगा। जैसे संध्या के पश्चात उत्पलवर्णा ने कुटिया में प्रवेश किया तो आनंद के मन में पशुत्व का भाव जाग उठा, क्लांत उत्पलवर्णा कसाए चीवर में, बिना केश के भी उस छोटे से दीप की मद्धिम लौ में कमल के फूल की तरह चमक रही है। उसके शरीर पर लिपटा चीर उसके यौवन को ढक पाने में असमर्थ है। वह जैसे ही अपने चीवट को खोल कर विश्राम करने की मुद्रा में बैठती है, यह देखकर आनंद की कामुकता चरम सीमा पर पहुंच जाती है। वह अपने को और नियंत्रित नहीं कर पाता, उत्पलवर्णा ने एकमात्र जलते दीप को बुझा दिया, ताकि अंधेरे में वह विश्राम कर सके। उसे अंधेरे से कोई भय नहीं लगता किंतु जैसे ही वह अपनी शयन पर लेटती है, वैसे ही आनंद उसे बलपूर्वक आकर जकड़ लेता है। उत्पलवर्णा इस प्रकार के आक्रमण से एकदम से अनभिज्ञ थी, वह पहले तो समझ ही नहीं पाती कि उस पर जो शारीरिक बल प्रयोग कर रहा है वह है कौन ? वह कर्कश स्वर में उसे पीछे धकेलती है और पूछती है, "कौन हो तुम? ऐसी नीच कार्य करते लज्जा नहीं आती? मैं भिक्षुणी हूं दूर हो जाओ मेरे से, मेरा शीलभंग मत करो मैं तुम्हें दंड दूंगी" - बलिष्ठ रूपानन्द जिसे घर के सदस्य प्रेम से आनंद कहकर पुकारते थे वह बोला - "प्रिये, मुझे अभी तक नहीं पहचाना, मैं तुम्हारा पुराना प्रेमी, तुम्हें कितना प्रेम करता हूं। तुम मेरे साथ वापस

गृहस्थी में चलो। अपना यौवन, सौंदर्य ऐसे भिक्षुणी बनकर व्यर्थ मत करो। मैं तुम्हें संसार के सभी सुख दूंगा।" वह यह सब बोलता गया किंतु एक क्षण के लिए भी उत्पलवर्णा से छिटक कर दूर नहीं हटा, वरन् उसके ऊपर जैसे मानसिक विक्षिप्ता का भूत सवार हो गया। उत्पलवर्णा के चिल्लाने, धिक्कारने के पश्चात भी वह उससे बलपूर्वक संभोग करने लगा और उसका बलात्कार किया। वह जानता है कि नारी का शील ही उसका सम्मान होता है, शीलभंग होने से वह लज्जा से किसी को अपना मुख नहीं दिखा पाएगी और सदैव के लिए अपने को समर्पित कर देगी और आनंद उसके रूप का भोग जीवन पर्यंत करता रहेगा।

उत्पलवर्णा की चिल्लाने के स्वर सुनकर पास की कुटिया में उपस्थित भिक्षुणी दौड़कर आ गई। वहां पर अपनी साथिन की ऐसी दुर्दशा देखकर वह आश्चर्यचकित हो गई। आनंद को अपने किए कुकर्म पर कोई पश्चाताप नहीं है। वह जानता है समाज नारी को ही दोष देगा, उसे पतिता कहेगा और वो निर्दोष होकर जीवन पर्यंत अपनी इस कुकर्म का विजेता बनेगा। जैसे ही उसने कुटिया से बाहर कदम रखा अन्य भिक्षुणियों ने उसकी भर्त्सना की किंतु किसी ने भी उस पर आक्रमण नहीं किया क्योंकि उनकी परंपरा में वह किसी का वध नहीं कर सकतीं। इसी स्थिति का लाभ उठाते हुए आनंद जंगल की ओर प्रस्थान करने लगा। किंतु प्रकृति भी ऐसे घिनौने अपराध के लिए किसी को क्षमा नहीं करती। कुछ क्षण पश्चात एक हृदय विदारक चीत्कार सुनाई दिया। आनंद अपने प्राणों की रक्षा के लिए विलाप करने लगा। किसी को कुछ ज्ञात नहीं हुआ कि आनंद दलदल में धंस कर धरातल में समाया है या किसी चट्टान के नीचे गिर गया है अथवा कोई जंगली पशु उसे मारकर खा गया है। जो भी हुआ उस रात के बाद से आनंद का शव तक प्राप्त नहीं हुआ प्रकृति ने उसके कर्मों का फल तत्काल उसे दे दिया, किंतु भिक्षुणी संघ असमंजस में है, धर्शिता, पीड़िता उत्पलवर्णा के साथ क्या किया जाए, उसका कोई दोष नहीं है किंतु भिक्षुणी के साथ संभोग हुआ है, सांसारिक आनंद, मैथुन, मनोरंजन संघ में निषेध है। इस घटना का समाचार लेकर सभी तथागत के पास पहुंचीं। महा प्रजापति गौतमी ने उत्पलवर्णा को संभाला। चाहे अपराध उसके दुष्ट ममेरे भाई ने किया है किंतु सांसारिक दोष तो उस पर लग गया। इसलिए दोनों संघों की सभा बुलाई गई, भंते के सामने सारी स्थिति का वर्णन हुआ। भंते को पूर्व से ही ऐसी आशंका थी कि भिक्षुणियों पर इस प्रकार के आरोप लग सकते हैं। उन्होंने उत्पलवर्णा से पूर्ण विवरण सुना और

बोले इसमें उत्पलवर्णा पूर्ण रूप से निर्दोष है। दोषी वह व्यक्ति है जिसने यह पाप किया है। पद्म पुष्प जैसे कीचड़ में खिलता है, किंतु दोषमुक्त रहता है, फूलों पर ओस की बूंदे टिककर नहीं रह सकती उसी प्रकार चरित्रवान नारी पर व्यभिचारी दुष्ट द्वारा बलात्कार का दोष उसके नारीत्व की क्षति नहीं कर सकता। भंते ने कहा उत्पलवर्णा भिक्षुणी हैं, वो अरर्हत है उस पर सांसारिक सुख स्थिर नहीं रह सकते। तृष्णा तक को उसने विजय किया है। उस बलात्कार की क्रिया में उसने कुछ नहीं भोगा, कुछ ग्रहण नहीं किया। जिस प्रकार वर्षा की बूंदे पद्म की पंखुड़ियों पर स्थिर नहीं रह सकती, उन्हें गिरना ही पड़ता है, जिस प्रकार गेहूं की फसल में पकी हुई बालियां कभी भी दानों को जकड़ कर नहीं रख सकतीं, उन्हें झड़ना ही पड़ता है, उसी प्रकार उत्पलवर्णा के शरीर पर इस अपराध का कोई दुष्प्रभाव नहीं पड़ेगा। वह निर्दोष है। उसकी इच्छा के विरुद्ध, बलपूर्वक, छलपूर्वक किए गए अपराध में उत्पलवर्णा निष्कलंक है।" सभी ने भंते के इस निर्णय को उचित ठहराया उत्पलवर्णा कई वर्षों तक संघ की अग्रसंचालिका बनकर कार्यरत रही। माता गौतमी ने भी अनुभव किया कि असामाजिक दुष्ट शक्तियों को नियंत्रित करना उनका कार्य नहीं है। किंतु भिक्षुणियों की रक्षा के लिए उन्होंने भगवान बुध से निवेदन किया कि भिक्षुणी संघ के विहार को नगर में स्थापित करने की स्वीकृति दी जाए और यह प्रस्ताव पारित हुआ। संकाश्य ग्राम में उत्पलवर्णा के साथ कई भिक्षुणियों को संघ के विहार में प्रवेश मिला और तत्पश्चात प्रत्येक विहार में भिक्षुणियां संघ बद्ध होकर निवास करने लगीं। उत्पलवर्णा की घटना के बाद यह क्रांतिकारी निर्णय लिया गया। "अष्ठधम्म" के आठ नियम हैं जो प्रत्येक भिक्षुणी को मानना अनिवार्य है।

प्रथम - सौ वर्ष की उप संपादपन्न भिक्षुणी को भी अपने समान उपसंपदपन्न भिक्षु अथवा अपने से छोटी पदवी वाले भिक्षु को अभिवादन करना होगा।

द्वितीय - नियम का उल्लंघन करने पर वो कभी भी श्रेष्ठ भिक्षुणी नहीं बन पाएगी।

तृतीय - वर्षावास में वह कभी भी भिक्षुरहित ग्राम या नगर में अकेली भिक्षुणी वर्षावास नहीं करेगी।

चतुर्थ - प्रति १५ दिनों के बाद वह स्वयं भिक्षु संघ के उपोस्थ और धर्मोपदेश की तिथि पूछेगी और उसी अनुसार धर्मोपदेश का पालन करेगी।

पंचम - वर्षावास बीतने पर प्रत्यक्ष भिक्षुणी को दोनों संघों के समक्ष दृष्ट श्रुता

एवं पारिशक्ति के दोषों की प्रवारणा करनी चाहिए।

षष्ठम - गंभीर दोष करने पर भिक्षुणी को दोनों संघों के समक्ष पक्ष मानत्त करना चाहिए।

सप्तम - दो वर्षों में षट धर्मों को सीखने वाली शिक्षमाणा को दोनों संघों से उपसंपदा प्राप्त करनी चाहिए।

अष्टम - किसी भी भिक्षुणी को किसी भी परिस्थिति में किसी भिक्षु के प्रति अभद्र शब्द नहीं बोलना चाहिए और ना ही कोई उपदेश देना चाहिए।

समय समय पर ऐसी दुर्घटनाएं होने की संभावना बढ़ जाती हैं, जैसे शुभाश्वेरी ने भी अपने दोनों नयन देकर अंधे रहना उचित समझा था ना कि किसी दुष्ट व्यभिचारी की जीवन साथी बनना।

अपनी ने आयु की ८ २ वर्ष में उत्पलवर्णा को निर्वाण की प्राप्ति हुई।

■

कृष्णा गौतमी

साकेत नगरी में एक धनी सेठ केशुगुप्त रहता था, वह अत्यंत कंजूस था। गरीब लोगों को सूद पर ऋण दिया करता था। अगर वे समय पर ऋण चुकाने में असमर्थ होते तो उनकी संपत्ति को ही हड़प लेता था। ऐसा करते हुए उसने अपार धन - संपत्ति एकत्र कर ली किंतु दुर्भाग्यवश उसका पुत्र सदैव रुग्ण रहता था, वह शारीरिक रुप से अति दुर्बल था। एकबार सेठ दूसरे नगर में व्यापार के लिए गया। वहां पर उसने एक सुंदर, सौम्य और सुशील किशोरी को देवी मंदिर में फूल ले जाते हुए देखा। उसने देखा कि अपने घर वापस जाते हुए किशोरी मार्ग में बैठे कुष्ठ रोगियों को अन्न प्रसाद बांट रही है। शरीर से रुग्ण और गरीब उस किशोरी से प्रसाद प्राप्त कर आनंदित हो रहे हैं। उनका मुख मंडल देख कर लग रहा था मानो उनके कष्ट दूर हो गए और शरीर में नवीन स्फूर्ति का संचार हो गया हो। किशोरी सभी को प्रेमपूर्वक प्रणाम करते हुए अपने हाथों से स्पर्श कर आगे बढ़ रही थी। उस किशोरी की सौम्यता, दान की प्रवृत्ति और सुंदरता देख कर सेठ के मन में उसे अपनी पुत्रवधु बनाने का विचार आया। केशुगुप्त ने कभी भी अपने जीवनकाल में किसी का उपकार नहीं किया था, उसने कभी अपने घर में किसी भी प्रकार के आयोजन में धन खर्च कर किसी का भला नहीं किया था। यहां तक कि कभी भी किसी गरीब को दान दक्षिणा या भोजन नहीं कराया था। किशोरी के व्यवहार से मंत्रमुग्ध केशुगुप्त ने वहां उपस्थित लोगों से जानकारी

की तो पता लगा उस किशोरी का नाम कृष्णा गौतमी है। वह अपने पुत्र के विवाह का प्रस्ताव लेकर उसके पिता के पास पहुंच गया। कृष्णा गौतमी अपने पिता की सातवीं संतान थी जिसे माता पिता ही नहीं अन्य लोग भी स्नेह करते थे किंतु धन के अभाव में उसका विवाह करने में असमर्थ थे।

कृष्णा गौतमी के विवाह का प्रस्ताव आया तो उसके माता पिता विचार करने लगे कि केशुगुप्त धनी सेठ है और संतान के नाम पर उसका एक मात्र पुत्र है। विवाह होने पर उनकी कन्या सारी संपत्ति की मालिकन होकर ऐश्वर्य का भोग करेगी। कृष्णा के माता पिता धन के अभाव में और केशुगुप्त मन के अभाव में विवाह के आयोजन पर पैसा नहीं खर्च करना चाहते थे। दोनों पक्षों के तय अनुसार चातुर्मास पूर्ण होते ही विवाह मुहुर्त की प्रथम तिथि में कृष्णा का विवाह केशुगुप्त के पुत्र के साथ हो गया। विवाह होते ही कृष्णा अपने श्वसुर के घर की एकमात्र स्वामिनी बन गई। घर के कामों को संभालने के लिए सिर्फ एक ही दासी थी किंतु स्वामिनी बनने से कृष्णा विशेष आनंदित थी। कृष्णा में दान, धर्म, सेवा का भाव कूट कूट कर भरा था इसलिए कभी कभी चुपके से वह गरीबों को भिक्षा दे देती। पति के रोगी होने के कारण वह कभी भी किसी काम में उसने नहीं टोकता था। दोनों का दांपत्य जीवन कुछ वर्षों तक आनंद से कटता रहा, सात वर्षो के बाद उसे मातृत्व सुख प्राप्त हुआ। उसने एक सुंदर और स्वस्थ बालक को जन्म दिया। इधर सेठ केशुगुप्त की आयु बढ़ने के साथ बीमारी भी लग गईं और लंबी बीमारी के बाद उनका निधन हो गया। पिता के निधन के बाद कृष्णा का पति कुछ अधिक ही उदास हो गया और इस कारण वह अस्वस्थ रहने लगा।

वैसे भी जब एक विवाहित स्त्री मां बन जाती है तो किसी सीमा तक वो अपने पति की ओर से विमुख हो जाती है। वो अपना सारा ध्यान, ऊर्जा और समय अपने प्राणों से भी प्यारी संतान की ओर लगा देती है। कुछ ऐसा ही कृष्णा ने किया। उसे इस बात का ज्ञान था कि उसके पति शारीरिक रूप से दुर्बल हैं और दूसरी संतान को जन्म देने में असमर्थ रहेंगे। इसीलिए कृष्णा गौतमी ने अपनी सारी ममता, वात्सल्य अपने पुत्र पर न्योछावर कर दिया। श्वसुर की प्रथम पुण्य तिथि के एक सप्ताह के भीतर ही उसके पति का परलोक गमन हो गया। सभी जानते हैं कि पति स्वस्थ हो या अस्वस्थ, क्रूर हो या दयालु, परिश्रमी हो या निकम्मा, विवाहिता स्त्री के लिए सबसे बड़ा और महत्वपूर्ण सहारा होता है। विधवा होने के बाद कृष्णा अपनी इकलौती

संतान और विश्वसनीय दासी के साथ विशाल भवन में अकेले ही रहने लगी। वैसे भी परम्परा के अनुसार विधवा नारियों का प्रवेश किसी भी शुभकार्य में वर्जित रहता है। अब वो सारा समय घर में ही रहते हुए पुत्र के पालन पोषण करने में लगा देती।

उसका दुलारा बच्चा अपनी तोतली भाषा में बात करता तो कृष्णा का मन गदगद हो उठता। वो अपने सारे कष्ट भूल जाती। उसे अपने हाथों से ही खिलाती और रात में मीठी लोरियां गाकर सुलाती। उसने घर के सारे काम अपनी दासी को सौंप दिए, यहां तक कि लाभ - हानि का हिसाब भी नहीं रखती। उसकी तो एकमात्र संपत्ति उसकी संतान थी किंतु समय का चक्र तो सदैव घूमता रहता है और वह कभी एक समान नहीं रहता। जब उसका पुत्र तीन वर्ष का हुआ तो ब्राह्मण को बुलवाकर उसके हाथ में कलम दे, विधिवत यज्ञ अर्चना करके उसकी शिक्षा का शुभारंभ कराया ताकि उसकी संतान भविष्य में एक शिक्षित मनुष्य बन सके। इस आयोजन के बाद रात में उसकी आंखों ने सहस्त्रों स्वप्न देखे। उसका पुत्र निपुण विद्वान बन गया है। राजदरबार में महामंत्री के पद के लिए उसका चयन हुआ है। सारे गणराज्य की कन्याएं उससे विवाह करने को उत्सुक हैं और महामंत्री बना वो सुदर्शन युवक केवल अपनी मां की आज्ञा का ही पालन करता है। ऐसे न जाने कितने अनोखे सपनों में वो सारी रात डूबी रही।

प्रात:काल उसने उठ कर स्नान किया फिर अपने पुत्र को लेकर कुएं के पास स्नान कराने ले गई। वहीं पर बच्चा अपनी मां के साथ जल क्रीड़ा करते हुए कूदने लगा और अचानक धड़ाम से जमीन पर गिर पड़ा। जब तक कृष्णा गौतमी कुछ समझ पाती, उसका सर्वनाश हो चुका था। उसके जीवन का एक मात्र सहारा, उसे अपने प्राणों से भी अधिक प्रिय उसका पुत्र निस्तेज अवस्था में उसके सामने पड़ा था। जमीन पर गिर कर उसके मस्तिष्क में गहरा आघात होने से वह मृत्यु देवी की गोद में चला गया था। कृष्णा तो कुछ क्षण के लिए अपनी सुधबुध खो बैठी। उसकी आंखों से एक भी आंसू नहीं निकला और झट से अपने बेटे को गोद में लेकर पागलों की तरह राजवैद्य की ओर दौड़ पड़ी। राजवैद्य सुबह - सुबह तैयार होकर राजभवन के लिए प्रस्थान कर रहे थे। अचानक एक नन्हे से बालक को अपनी छाती से चिपका कर अर्धमूर्छित सी विधवा नारी को अपनी ओर आते हुए देखा तो आश्चर्यचकित हो उठे, "देवी बताओ क्या बात है, इतना घबड़ाओ मत।" कृष्णा गौतमी बोली, "मेरा बेटा मूर्छित हो गया है, कृपया आप औषधि देकर इसका उपचार कर दीजिए।"

अनुभवी राजवैद्य ने कहा, "पहले अपने बालक को धरती पर लिटाओ ताकि मैं देख सकूं, तभी तो उपचार करूंगा।" कृष्णा ने झट से निष्प्राण बालक को राजवैद्य के सामने लिटा दिया। राजवैद्य ने उसको स्पर्श किया और समझ गए कि ये मृत है किंतु उसकी माता को इतनी दु:खद बात कैसे बताएं। वे धीरे से कृष्णा को समझाते हुए बोले, "देवी, तुम्हारा पुत्र अब सांस नहीं ले रहा है। वो हम सबको छोड़कर दूसरे लोक में चला गया है। पृथ्वी की कोई भी संजीवनी बूटी इसका उपचार नहीं कर सकती। जाओ, रो मत, इसकी इतनी ही आयु थी। धैर्य रखो और बालक का संस्कार करो।" कृष्णा ऐसा कुछ भी सुनने को तैयार नहीं थी। राजवैद्य पर नाराज हो गालियां देते हुए वितृष्णा से बोली, "किस बात के राजवैद्य हो, तुम्हारे पास अगर संजीवनी बूटी नहीं है और इसका उपचार करने में असमर्थ हो तो झूठ मत बोलो। मैं किसी अन्य वैद्य से अपने पुत्र का उपचार कराऊंगी। राजवैद्य कृष्णा की मानसिक अवस्था को समझ रहे थे और इसीलिए शांत रहे। विनम्रता से हाथ जोड़ कर दुखी मन से अपने घर के भीतर लौट गए। आगे-आगे कृष्णा अपने मृत बालक को अपनी छाती से चिपकाए इधर-उधर दौड़ती रही। पीछे-पीछे रोते हुए उसकी दासी भी चलती रही किंतु कृष्णा गौतमी को नहीं समझा सकी।

कृष्णा नगर में हर किसी के घर पर जाकर व्याकुल हो सबसे निवेदन करती रही कि कोई उसे संजीवनी बूटी लाकर दे दे ताकि उसके बेटे के प्राण बच सकें। उसका करुण क्रंदन सुन गृहणियों की आंखें भर आईं, पुरुष भी असहाय हो उसकी विक्षिप्त अवस्था पर सहानूभूति जता रहे थे किंतु सभी उसकी मदद करने में असहाय थे। सुबह घटना होने के बाद से लेकर शाम तक नगर के हर मार्ग पर प्रत्येक घर के सामने जाकर रो रोकर निवेदन करती रही। चारों तरफ से हताश होकर वह जंगल के रास्ते पर चल पड़ी। सामने से एक शांत, सौम्य, भिक्षु को आता देख उसके मन में फिर से आशा की किरण फूट पड़ी और उनसे बोली, "हे भन्ते, मुझे संजीवनी बूटी दो, मेरे पुत्र को ठीक कर दो, उसे वापस लौटा दो।"

भिक्षु कृष्णा की ओर शांत भाव से देख कर बोला, "हे माता, धीरज रखो, मैं तुम्हारे पुत्र का जीवन संजीवनी बूटी से वापस लाऊंगा।" यह सुनते ही भूखी - प्यासी, थकी - हारी कृष्णा को मानसिक तौर पर थोड़ी राहत मिली। वो बोली, "तो भन्ते देर न कीजिए और इसे जीवनदान दीजिए।" भिक्षु उसी शांत मुद्रा में कहते हैं, "माता, आप अधीर मत हों, केवल कुछ सरसों के दाने मुझे किसी घर से भिक्षा में लाकर दे

दो, उसी से संजीवनी बूटी बनाकर तुम्हारे पुत्र को पिला दूंगा।" बच्चे को अपनी छाती से चिपका कर तुरंत नगर की ओर दौड़ने जा रही कृष्णा से भिक्षु ने कहा, "माता, एक बात का ध्यान रहे, सरसों के दाने उसी गृहस्थ के स्वीकार्य होंगे, जिसके घर में कभी कोई मृत्यु शोक न हुआ हो।" बावली कृष्णा बोली, "सिर्फ इतनी सी बात है भन्ते, बस आप कुछ क्षण मेरी प्रतिक्षा करें, मैं अभी सरसों के दाने लेकर आती हूं।" वह फिर से नगर के प्रत्येक द्वार को खटखटा कर भिक्षा में कुछ सरसों के दाने मांगने लगी किंतु साथ ही यह भी पूछने लगी, "आपके परिवार में कभी मृत्यु शोक तो नहीं हुआ है।" गृहस्थ स्वामिनी उस पर दया करके बोलतीं "जाओ हमारा समय मत नष्ट करो। प्रत्येक घर में किसी ना किसी की मृत्यु अवश्य हुई है।" किसी की माता तो किसी के पिता की, किसी ने अपना भाई खोया है तो किसी ने अपनी संतान, कोई भी घर ऐसा नहीं मिला जहां मृत्यु न आई हो। हताशा में निराशा भरा मन लिए कृष्णा फिर से नगर के बाहर भिक्षु के पास पहुंची जहां अब संध्या हो चुकी थी। नगर में चारों ओर छोटे - छोटे दीप टिमटिमा रहे थे। सभी लोग अपनी दिनचर्या पूर्ण करके रात्रि भोज के पश्चात निद्रागमन की प्रतीक्षा में थे। भिक्षु के चरणों में अपने बच्चे को छाती से चिपकाये, सिर झुकाए कृष्णा रोने लगी, भिक्षु बोले, माता ये जीवन नश्वर है, जन्म है तो मृत्यु भी है। मनुष्य जीवन - मृत्यु के यंत्र में बंधा हुआ है। वो देखो नगर के दीप, कोई कुछ क्षण के लिये जलते हैं तो कुछ अधिक अवधि तक किंतु रात के आखिरी प्रहर तक सभी बुझ जाते हैं और फिर से प्रातः सूर्योदय होता है।" कृष्णा ने धीरे से माथा उठाकर भिक्षु की ओर देखा। फिर नगर की ओर दृष्टि डाली। कुछ तो पूरी तरह बुझ गए थे और कुछ समय बीतने के सभी दीपों की शिखा लुप्त हो गई। सभी निद्रा देवी की गोद में चले गए। कृष्णा भिक्षु के उन विशाल करूणामयी नयनों को देखने लगी। उसे जीवन के इस कठोर सत्य का ज्ञान हुआ। सभी कुछ तो नश्वर है फिर इतनी मोह माया क्यों और किसके लिए। उसका विक्षिप्त, दुःखी मन एकदम शांत हो गया। बुद्ध अपने पथ पर आगे बढ़ चले और कृष्णा गौतमी की चेतना उनका अनुसरण करने लगी। उसने मृत्यु शोक पर विजय प्राप्त कर ली।

∎

विशाखा

उरुवेला प्रदेश में एक छोटा गांव है - रामपुरा। वहां के शिक्षित परिवार में एक सुंदर कन्या का जन्म हुआ। पिता गुरुकुल में शिक्षा प्रदान करते हैं। आय का स्रोत सीमित है किंतु घर में कन्या के जन्म से अत्याधिक आनंदित है। उनकी पत्नी सुशीला भी पतिव्रता स्त्री है। अपने पति की सीमित आय में ही सुगृहणी की तरह अपनी गृहस्थी चलाती है। कन्या में माता-पिता दोनों के गुण समान रुप से अवतरित हुए हैं। वो पिता की तरह तीक्ष्ण बुद्धिमती और माता की तरह धैर्यवान और दानशील है। उसने बाल्यावस्था से देखा है कि उसके माता-पिता को धन का कोई लोभ नहीं है। माता जब भी रसोई बनाती है तो कोई भी अगर भिक्षा के लिए उनके द्वार पर आता है तो मुक्त हस्त से उन्हें दान में अन्न देती हैं और भोजन भी कराती हैं। विशाखा पुत्री भी अति दानशील है। उसके पास जो भी खिलौने या कीमती वस्त्रादि होते हैं वो सब दीन-दुखियों के बच्चों में बांट देती है। यहां तक कि अपने टोकरी में पड़े फलों को भी भूखे दरिद्रों को खाने को दे देती है। उसे ज्ञात है कि दान देने से कभी भी अभाव नहीं होता। प्रकृति हमारी आवश्यकताओं को अवश्य पूर्ण करती है। एक बार उसके घर में प्रात:काल एक भिक्षु आए। भोजन अभी पक रहा था, विशाखा ने अपने रसोई घर में दूध से भरे पड़े बर्तन को दान में दे दिया। भिक्षु अनंत आशीर्वाद देते हुए तृप्त होकर चले गए। उसके इसी स्वभाव के कारण ग्राम वासी शिक्षक की दयालु कन्या विशाखा

को बहुत स्नेह करते। जिस तरह सुगंधित पुष्प की सुगंध चारों ओर अपने आप फैल जाती है, उसे स्वयं किसी प्रकार का कोई प्रयत्न नहीं करना पड़ता, उसी प्रकार विशाखा की बुद्धिमत्ता, दानशीलता, नम्र स्वभाव के विषय में दूर-दूर तक बातें की जाती हैं। सभी गृहस्थ चाहते हैं कि उनके पुत्र के लिए विशाखा जैसी पुत्रवधु प्राप्त हो।

श्रावस्ती नगर में सबसे धनी सेठ हैं धनंजय। उनके एक मात्र सुंदर पुत्र पुन्नजय के लिए उचित पुत्रवधू की खोज की जा रही है। सेठ ने भी विशाखा के बारे में सुना है। परंपरा के अनुसार पंडित के हाथ वो विवाह का प्रस्ताव भेजते हैं। मां सुशीला को अपनी कन्या के भाग्य पर गर्व होता है। विशाखा का विवाह शुभ मुहूर्त में पुन्नजय के साथ हो जाता है। छोटे से गांव की संस्कारी, बुद्धिमती, शिक्षित किशोरी अब श्रावस्ती जैसे वैभवशाली नगर की श्रेष्ठ पुत्रवधू है। गृहस्थी में दास- दासियां, अन्न के भंडार, गौशाला, विशाल भवन इत्यादि सभी कुछ है। गृहकार्य में निपुण विशाखा ने पूरे परिवार का उत्तरदायित्व सुचारु रुप से वहन कर लिया है। वो अपने अधीन कर्मचारियों का विशेष ध्यान रखती है। कृषि श्रमिकों पर उसकी विशेष कृपा रहती है। सभी की आवश्यकताओं के अनुरुप उन्हें उनका अधिकार देती है। जब भी कोई भिक्षु आता है तो मुक्त हस्त से दान करती है। पति लाड़ से कभी बोल देता है - "प्रिये इस तरह से तो मेरे पिता की संचय की हुई विशाल धन सम्पत्ति एक दिन खत्म हो जाएगी। इस तरह की बात सुनने के पश्चात विशाखा का मन अति उदास रहता है। वह सोचती "ऐसा धन किस काम का जो किसी की आवश्यकता में अथवा विपदा में काम ना आए "दान देने से धन की शुद्धि होती है। हृदय की भी शुद्धि होती है। संसार में सभी धनी अगर संचय ही करते रहेंगे तो समाज में कितनी असमानता पैदा हो जाएगी। दरिद्र, परिश्रमी, श्रमिक, भिक्षुओं की आवश्यकताओं का ध्यान कौन रखेगा। उनका सहारा कौन बनेगा। मृत्यु के पश्चात ये धन तो साथ नहीं जाएगा। ये धन मरघट तक भी नहीं जाएगा। फिर इस धन सम्पत्ति के लिए इतना मोह क्यों है ? ऐसे विचार सदा उसे उद्वेलित करते किंतु वो इस घर के मुखिया को समझा पाने में असमर्थ है। धन समाप्त हो जाएगा, तुम्हारा यह दान-पुण्य, हमें अवश्य ही मृत्यु के पश्चात स्वर्गलोक में स्थान देगा किंतु जीवित अवस्था में तो हम कंगाल हो जाएंगे। "विशाखा को मालूम है कि पति ऐसे ही प्रमोद में उससे कह रहे हैं किंतु घर के स्वामी तो श्वसुर हैं। उन्हें यह दान-दक्षिणा वाला कार्य एकदम नहीं सुहाता है। उन्होंने अति कड़े शब्दों में अपनी पुत्रवधू को निर्देश भी दिया है - "कोई भी वस्तु या अन्न, धन मेरी

अनुमति के बिना नहीं देना। यह सब मेरा संचित धन है।" विशाखा संस्कारशील पुत्रवधू है वो अपने पितृ तुल्य श्वसुर के आदेश का उल्लंघन नहीं करती। एक बार जब धनंजय सेठ दोपहर को अपने घर पर भोजन कर रहे थे। पुत्रवधू उन्हें भोजन परोस रही थी तभी द्वार पर एक भिक्षु आए। भिक्षा पात्र लेकर खड़े हो गए। विशाखा को ज्ञात है कि अगर आज उसने भिक्षु को भोजन नहीं दिया तो वो भूखे पेट ही रह जाएगा। भीतर काष्ठ की चौकी पर चांदी की थाली में सेठ नाना प्रकार के व्यंजनों को ग्रहण कर रहे हैं। विशाखा ने अपने श्वसुर की ओर देखा, उनकी नयनों में अस्वीकृति की मौन छाप झलक रही है। भोजन के समय उनसे वाद-विवाद करके वो वृद्ध मुखिया को रुष्ट नहीं करना चाहती और उसे ज्ञात है कि गृह स्वामिनी को भोजन परोसते समय कलह नहीं करना चाहिए। उस समय कलह करने से अभाव का वास होता है। अत: बाहर आकर भिक्षु से दोनों हस्त विनय मुद्रा में जोड़ कर नम्रता पूर्वक कहती है - "क्षमा करें, आज घर में अधिक भोजन नहीं है।" भिक्षु कहते हैं - "परिवार के सदस्य जो भोजन कर रहे हैं, माता उसी में से कुछ दे दो।" उत्तर में विशाखा कहती है - "मेरे श्वसुर जो भोजन कर रहे हैं वो बासी भोजन है। मैं आपको बासी भोजन कैसे दान में दे सकती हूं"। भिक्षु आशीर्वाद देते हुए आगे बढ़ जाते हैं किंतु पुत्रवधू के शब्द कांटों की तरह सेठ के हृदय को छलनी कर देते हैं। इस कन्या का इतना दु:स्साहस, अपने श्वसुर को ताजा भोजन देकर एक भिक्षु से कहती है कि वो बासी भोजन ग्रहण कर रहे हैं। मिगार वंश के उत्तराधिकारी का इतना अपमान। वो अपनी पुत्रवधू को इस अपराध के लिए दंडित करना चाहते हैं। श्रावस्ती नगर में उनके अपने वर्ण के समाज की पंचायत है। वो भरी पंचायत में ऐसी नीच नारी को लेकर जाएंगे और उसे जीवन का सबसे कठोर सबक सिखाएंगे। यही सोच कर सेठ पंचायत के पास अपना अभियोग लेकर गए। अगले दिन पूरे समाज के सामने पंच बैठे, उन्होंने पुत्रवधू को उपस्थित होने के लिए संदेश भेजा। उसके पति के मस्तिष्क ने तो भय से काम करना ही बंद कर दिया। उसे अपने पिता के क्रोध का आभास है। निर्दोष पत्नी को दंड पाते हुए भी नहीं देख सकता किंतु अपने पिता के समक्ष खड़े होने का साहस उसमें नहीं है। विशाखा अति विनय भाव लिए, निर्भीकता से पंचों के समक्ष उपस्थित हुई। पंचों ने पूछा, "हे देवी, क्या सत्य में तुमने ऐसे वचन बोले हैं, तुम्हारे श्वसुर कैसे बासी भोजन ग्रहण कर सकते हैं ?" बुद्धिमती विशाखा ने समाज के उपस्थित सभी वरिष्ठ सदस्यों को प्रणाम किया और फिर सरलता से

बोली - "मेरे पिता समान श्वसुर जो भोजन कर रहे हैं वो इनके पिछले जन्मों के कर्मफलों से प्राप्त हुआ। उन्होंने कुछ ऐसे अच्छे कर्म किए हैं जिनसे इस जन्म में बिना कोई परिश्रम किए वो इतने पौष्टिक स्वास्थ्यवर्धक और ग्रहणीय आहार प्राप्त कर रहे हैं तो पिछले कर्मों का फल वो इस जन्म में उपयोग कर रहे हैं। इसीलिए तो ये भोजन बासी हो गया। इसीलिए मैंने भिक्षु से ऐसा कहा था।" प्रखर बुद्धिमती नारी के मुख से यह उत्तर सुनकर पंचायत संतुष्ट हो गई। उन्हें विशाखा का उत्तर अति न्याय संगत और शालीन लगा। उन्होंने उस पर कोई भी आरोप नहीं लगाया और सम्मान पूर्वक गृह में प्रवेश करने की अनुमति दे दी किंतु सेठ के मन में पुत्रवधू का ये उत्तर एकदम से भिन्न रुप से बसा। वो घर तो वापस आ गए किंतु पुत्रवधू के वचनों का तात्पर्य जानने की चेष्टा करने लगे। उनकी सुप्त चेतना जैसे जाग उठी, उनके विवेक ने उन्हें झकझोर कर रख दिया। सत्य वचन उन्होंने इस जन्म में कोई परिश्रम नहीं किया, किसी सतकार्य में धन को नहीं लगाया तथापि इतना सुरुचिपूर्ण भोजन प्राप्त कर रहे हैं। उन्हें ये जो इस जन्म में सेठ होने का सौभाग्य प्राप्त हुआ है, वो उसे अपने लोभ, लालसा, मोह में नष्ट कर रहे हैं। "ओह, कितना भयंकर अपराध कर रहे हैं।" आज उनकी पुत्रवधू ने उनके नयनों पर पड़े लोभ की छाया को दूर कर दिया है। जैसे एक माता अपनी भटकी हुई संतान को सही मार्ग पर लाने के लिए कटु वचन भी बोलती है। उसी प्रकार विशाखा उन्हें सत्य का ज्ञान कराना चाहती है।" अचानक मिगार सेठ को अपनी पुत्रवधू में अपनी मृत माता की छवि दिखाई दी। वो रो पड़े। विशाखा को अपनी माता के रुप में स्वीकार करने लगा। उसे अपनी अपार धन सम्पत्ति की अधिकारिणी बना दिया। विशाखा अब प्रसन्न रहती है। वो मुक्त हस्त से दान करती है। उसके दान करने की गाथाएं दूर-दूर तक फैल चुकी हैं। समय के साथ उसे पुत्र रत्न की प्राप्ति हुई है।

विशाखा तथागत की अनुकम्पा से कृतज्ञ होकर अपने पति से कहती है - "कुंडधानवन जाकर एक सप्ताह के लिए भिक्षु संघ व बुद्ध प्रमुख को भोजन के लिए आमंत्रित करके आओ।" दूसरे दिन प्रातः ही वह कुंडधानवन जा पहुंचा। तथागत नित्य कर्म से निवृत हो, स्नान कर, अपनी गन्धकुटी के बाहर एकान्त में बैठे थे। उनकी वंदना कर, उसने तथागत से भिक्षु संघ सहित सात दिनों के लिए भोजन ग्रहण करने की प्रार्थना की। तथागत मौन रहे। यही उनकी स्वीकृति का संकेत है। निमंत्रण स्वीकृति की सूचना उसने तुरंत घर पहुंच कर विशाखा को दी। वो अत्यंत

प्रसन्न हुई। उसे ज्ञात है कि बुद्ध प्रमुख एवं उनका भिक्षु संघ केवल एक ही बार दोपहर से पूर्व भोजन ग्रहण करते हैं। इसलिए उसने पूर्ण भक्ति और श्रद्धा के साथ कई तरह के सूखे, रसदार व्यंजन बनाए। निश्चित समय पर तथागत भिक्षु संघ सहित उसके निवास स्थान पर पधारे। श्रद्धालु गृहपति मिगार सेठ अत्यंत दीन और भक्ति भाव से ओत-प्रोत हो गया। पूर्वाह्न के समय तथागत भिक्षु संघ सहित मिगार माता विशाखा के घर पहुंचे। भोजनोपरान्त विशाखा नीचे एक आसन पर बैठी और बोली -

"भंते मैं भगवान से आठ वर मांगती हूं।" "विशाखे, तथागत वरों से परे हो गए हैं।" "भंते, मैं वही मांगूंगी जो उचित है, जो निर्दोष है।" तब भंते बोले - "बोलो विशाखे" भगवान बुद्ध की अनुमति पाकर विशाखा अति प्रसन्न हुई, उसने आठ वर मांगे

१ - मैं यावत जीवन संघ को चीवर दान देना चाहती हूँ।

२ - श्रावस्ती में आने वाले प्रत्येक भिक्षु को भोजन दान देना चाहती हूं।

३ - श्रावस्ती से प्रस्थान करने वाले सभी भिक्षु को दान देना चाहती हूं।

४ - रोग ग्रस्त भिक्षुओं का उपचार करना चाहती हूं।

५ - रोग ग्रस्त भिक्षुओं की सेवा करने वाले परिचारकों को भोजन दान देना चाहती हूं।

६ - रोगी भिक्षुओं को औषधि दान देना चाहती हूं।

७ - भिक्षु संघ को प्रतिदिन प्रात: काल यवागू (खिचड़ी) देना चाहती हूं।

८ - भिक्षुणी संघ को स्नान के समय पहनने के लिए उदक - साड़ी (वस्त्र) दान देना चाहती हूं।

इतने सारे वरों को सुनने के पश्चात भगवान ने इनका कारण पूछा तो विशाखा ने कहा - "भगवान ! धम्म सेवा से सबको पुण्य संचय होता है।" "लेकिन तुमको इससे क्या मिलेगा ? विशाखे, भंते, भगवान इससे मेरा चित्त प्रमुदित होगा, प्रसन्न होगा। ऐसी प्रीति से मेरे चित्त को शांति मिलेगी। इससे मैं सुख का अनुभव करूंगी और मेरा चित्त समाधि को प्राप्त होगा।" तब भंते ने कहा - सत्य है कुशल चित्त से दान देने पर आनन्द मिलता है। धर्म का दान सब दानों को जीत लेता है, धर्म के प्रति प्रेम सब प्रेमों को जीत लेता है। तृष्णा का विनाश सारे दु:खों को जीत लेता है। विशाखा अपनी संतान के साथ आशीर्वाद लेने बुद्ध की गन्धकुटीर में जाती है। सारा दिन वो वहां पर भिक्षुणियों के साथ धम्म चर्चा में उपस्थित रहती है। उसके हृदय में

एक विचार उत्पन्न होता है कि इन सभी के लिए एक विशाल - विहार होना चाहिए, जहां पर वो धम्म की चर्चा कर सके, श्रद्धालु बड़ी संख्या में उपस्थित हो, उनके आशीर्वाद रुपी वचनों से लाभान्वित हो सकें। संध्या होने से पूर्व भंते से आशीर्वाद लेकर अपने पुत्र को गोद में उठाकर वो अपने निवास चली जाती है। उसके जाने के पश्चात अग्रसेवक आनन्द की दृष्टि विशाखा की गठरी पर पड़ती है। रेशम की वस्त्र में लिपटी हुई बड़ी सी गठरी। भंते आदेश देते हैं कि विशाखा इसे यहां पर भूल गयी है, अति शीघ्र इसे उसके निवास स्थान पर देकर आओ। अगली प्रात: गठरी लेकर विशाखा के यहां उपास्थित होते हैं। विनम्रता से उन्हें उनका सामान लौटा देना चाहते हैं किंतु विशाखा अपनी खोई हुई गठरी को देखकर विशेष उत्साहित नहीं होती है। वो कहती है - ये वस्तु तो मैं भूल आई थी। इस वस्तु का मेरे जीवन में कोई उपयोग भी नहीं है। इसे रखकर मैं क्या करूंगी। विहार में छोड़ आई थी, इसीलिए आप इसे विहार ही वापस ले जाएं।" आनन्द बोला - "किंतु ये कैसे संभव होगा।" मिगार माता स्नेह से बोली - "ये मेरा संघ को दान है। कृपया भंते के चरणों में भेंट कर दें और इस दान राशि को विहार के काम में लगाएं।" आनन्द गठरी लेकर लौट आए वो अति बुद्धिमान है। उन्हें ज्ञात है कि विशाखा अपरोक्ष रुप से दान देना चाहती है। भंते के समक्ष पहुंच कर जब उसने वो गठरी खोली तो समस्त भिक्षु विस्मित हो उठे। अमुल्य हीरे-माणिक के जेवरात, स्वर्ण मुद्राएं भरी हुई थीं। विहार संघ सवर्णभूषण ग्रहण नहीं करते। वो इन आभूषणों का क्या करेंगे, उधर मिगार माता ने तो उसे दान में दे दिया है। वो भी इसे पुन: ग्रहण नहीं करेंगी। सभी दुविधा में हैं तभी आनन्द ने अपनी व्यवहारिक बुद्धि का परिचय देते हुए प्रस्ताव रखा कि ये सारे आभूषण और स्वर्ण मुद्राएं नगर के स्वर्णकार को बेच देते हैं और जो नकद राशि मिलेगी उसी से एक विशाल, उत्कृष्ट बुद्ध विहार का निर्माण करेंगे। भंते इस प्रस्ताव पर मौन रहते हैं अर्थात उनकी स्वीकृति है। तुरंत नगर के सबसे बड़े स्वर्णकार को बुलाया गया। इतने मूल्यवान, दुर्लभ आभूषण देखकर वो भी अचंभित रह गया। उसने उसका मूल्यांकन कई करोड़ रुपये में किया। इतनी धन राशि मिली, जिससे विशेष शिल्पकार एवं चित्रकार और कारीगरों को बुलाकर एक विशाल, सुंदर, अद्धभुत विहार का निर्माण कराया गया। सभी भिक्षुणियों के स्वतंत्र घर (कक्ष) बनाए गए। मध्य भाग में विशाल सभागृह की स्थापना की गई। बाहर से आने वाले उपासक उपासिकाओं के लिए पृथक भवन का निर्माण किया गया। भगवान के लिए एक अति मनोरम गंधकुटीर

बनवाई। विशाखा प्रथम उपासिका बनी। कालांतर में उसके पुत्र के यहां जब पुत्र संतान ने जन्म लिया तो अपने गृहस्थी जीवन के समस्त कर्तव्यों का निर्वाह करके सब कुछ अपने पुत्र और पुत्रवधू के हाथों सौंपकर अपने पति के साथ वो संघ गई। वहां चारों ओर इतनी शांति, सहजता, सादगी को देख उसका मन आनंदित हो उठा। पारिवारिक बंधनों से मुक्त वो जोर-जोर से ताली बजाते हुए ऊंचे स्वर में बोलने लगी - "ओम्शान्ति" "ओम्शान्ति" चारों ओर भिक्षुणी संघ में उसके ये स्वर गूंज उठे। कुछ भिक्षुणियों ने तो समझा कि वो मानसिक संतुलन खो बैठी है किंतु बुद्ध ने उन्हें बताया कि वो परम शांति के मार्ग में जाते हुए अपना लक्ष्य प्राप्त कर चुकी है। इसीलिए इतनी आनंदित है।

  विशाखा की दानशीलता की प्रशंसा स्वयं भगवान बुद्ध ने भी की है - उन्होंने कहा है "यह नारी सांसारिक वातावरण में रहती है। राजा-रानियों की कृपा पात्री है। तो भी इसका हृदय शांत और स्थिर है। इसकी युवावस्था है और यह धन ऐश्वर्य से घिरी हुई है। फिर भी अपने जीवन के कर्तव्य पथ में अविचलित और विचारशील है, जो कि इस संसार में दुर्लभ वस्तु है।" आज भी उपासिकाएं, गृहणियां विशाखा जैसी दानशील, विवेकशील और विचारशील होने को आदर्श मानती है। संघ का बुद्ध धम्म में विशेष स्थान है। कोई भी दान करता है तो सर्वप्रथम संघ को ही जाता है। भिक्षु केवल भिक्षा पात्र में अन्नदान से ही अपना निर्वाह करता है। एक बार जब गौतम बुद्ध कपिलास्तु प्रवास में आए थे तब शीत ऋतु में उनके काषाय चीवर को देख उनकी माता गौतमी का मन द्रवित हो उठा। उन्होंने अपने हाथों से उनके लिए शीत वस्त्र बुने और दोनों कंबल लेकर उनके पास उपस्थित होकर उन्हें दिए। तब भंते के विनयपूर्वक उनसे अनुरोध किया कि यह दान आप संघ में दे दीजिए। वो जैसा चाहेंगे इसका प्रयोग करेंगे। अपने हाथों से बुने हुए वस्त्र से माता अपने पुत्र की देह को ढंकना चाहती है किंतु भगवान बुद्ध ने उसे भी स्वीकार नहीं किया तब आनन्द सेवक ने माता के हाथों से दोनों कंबल लेकर संघ में रख दिए और फिर उसमें से एक कंबल पर गुरु को बैठने का अनुरोध किया। दान देने के समय कोई मोह-ममता नहीं होनी चाहिए। यह संदेश गुरु सबको देना चाहते थे। मिगार माता विशाखा बिना किसी मोह-माया अथवा प्रतिरुप में कुछ पाने की चाह में दान दिया करती है। वो सभी भिक्षु, दरिद्रों को समान दृष्टिभाव से देखती है। उनसे किसी प्रकार के आशीर्वाद की थी कामना नहीं करती है।यही सत्य रुपी दान है।

चण्डालिनी

प्रकृति का अपना नियम है। सूर्य, चंद्र, ग्रह, नक्षत्र, आकाश, पर्वत, पहाड़, नदियां, झरने, सागर, झील, वायु, धूप, छांव, वर्षा सभी कुछ वो समस्त प्राणियों को समान रुप से देती है और किसी में कोई भेदभाव नहीं करती। पशु-पक्षी, जलचर, स्थलचर, सर्प, कीट पतगें यहां तक कि अणु - जीवाणु पर भी समान रूप से कृपा करती है। उसकी सत्ता में कोई भेदभाव नहीं है, कोई ऊँच नीच नहीं है। केवल मानव जाति ही एक ऐसा प्राणि है जो कि प्रकृति पर विजय प्राप्त करना चाहते है। उस पर अपना आधिपत्य जमाना चाहता है और इसी लोभ, लालसा में कई प्रकार के ऐसे घिनौने कार्य करता है जो कि प्रकृति के नियम के विरुद्ध और विनाशकारी भी होते हैं। वो अपने को सर्वोच्च प्रमाण करने के लिए अदृश्य, अगम्य, अव्यक्त, आगोचर, अस्पृश्य आदि के आधार पर दिव्यताओं की जो परिभाषा रचता है, उसी से शोषण और पाखण्ड का जन्म होता है। सारा विश्व छोटे - बड़े देशों में विभाजित था जो सक्षम होता, चतुर, धूर्त और अवसरवादी होता वो ही राज करता। प्रजा का शोषण करता, युद्ध करके अपने सैनिकों से बलिदान करवा कर अपनी राज्य क्षमताओं का विस्तार करता। वो जैसी मानोकामना करता उसी प्रकार की धर्म व्यवस्था की स्थापना करता। अपने को एक ईश्वरीय शक्ति के रुप में प्रस्तुत करता। धीरे-धीरे ये व्यवस्था राजा के दैवीय वैधता के सिद्धान्त पर और एक ही वंश में पिता से पुत्र तक आने

वाली राजसत्ता के सिद्धान्त पर आधारित होती, साधारण प्रजा राज्य सत्ता और राजा की दिव्यता से सम्मोहित होती थी। बेचारी प्रजा ईश्वर और अदृश्य में भयभीत हो जाती थी। राजा जो कि अपने को विशिष्ट जाति का मानते थे, वो क्षत्रिय कहलाते, उन्हें मार्गदर्शन देने के लिये राजगुरु, राज - ज्योतिष इत्यादि पदवी के माध्यम से राजाओं व सामंतों को अपने नियन्त्रण में रखने के लिए, अन्धविश्वास में वर्ण और जाति सहित जातिगत व्यवसाय की प्रस्तावनाएं रचने लगे। जिसमें राजा, राजगुरु और ईश्वर की सम्मिलित सत्ता को कोई चुनौती ना दे सके और प्रजा उनके समक्ष पूर्ण रूप से समर्पण कर दे। इसीलिए सदियों तक भयभीत और प्रभावित प्रजा कभी भी दरिद्रता और शोषण के विरुद्ध अपना स्वरोत्तालन करने का साहस नहीं जुटा पाती थी। प्रजा भिन्न-भिन्न वर्णों में, जाति में, वर्गों में विभाजित थी जहां ब्राह्मण और क्षत्रिय उच्च आसान पर आरूढ़ थे। वैश्य भी धन - सम्पदा से भरपूर राज्य में अपना व्यवसाय अति सुचारु रुप से चलाते थे, रह जाता था तो एक विशाल पिछड़ा हुआ अन्तिम वर्ण, जिसे विशेष लोग अपने से छोटी जाति का कहकर सम्बोधिच करते। वो वर्षों तक सामाजिक चेतना से दूर केवल सासें ही लेता था, अपने से उच्च वर्ग के लोगों की निर्विकार भावना से सेवा करता था क्योंकि समाज की व्यवस्था कर्म पर नहीं वरन जन्म पर ही आधारित थी। इसी परम्परा में अटूट विश्वास रखते हुए वो शोषित वर्ग दु:ख को ही अपना भाग्य मनता था।

हरिणय नदी के किनारे एक छोटा सा गांव है चम्पा नगर। एक तरफ कल - कल करती बहती नदी और उत्तर की ओर छोटी सी पर्वत माला, प्रकृति का विशेष वरदान रहा है इस गांव पर। मगध राज के मैदानी प्रदेशों में तांबे और लोहे के भंडार की प्रचुर मात्रा होने के बाद भी इस गांव की मिट्टी बहुत उपजाऊ है। गेहूं, बाजरा और धान की खेती होती है। गांव से केवल डेढ़ कोस दूर रानी का महल है। गांव की कई स्त्रियां अपनी सेवा प्रदान करने वहां प्रतिदिन जाती हैं। मालिन, धोबिन, कहारिन, रानी का श्रृंगार करने के लिए सैरन्ध्री, नाहन सभी नारियों का किसी न किसी रुप में उस राजमहल के भीतर प्रवेश स्वीकार्य। ऐसा नहीं कि वो अन्य उच्च वर्गीय नारियों की तरह सम्मानित हैं या विशेष सुविधाएं मिलती हैं किन्तु उनकी सेवाओं के लिए उन्हें ब्राह्मण, क्षत्रिय और वैश्य वर्ण के परिवार की नारियों का सानिध्य प्राप्त होता है किन्तु इन सभी से नीचे एक वर्ग और रह जाता है, उसका नाम है - चण्डाल, वो अस्पृश्य कार्य ही करते हैं। महल और नगर से आने वाले मल - मूत्र आदि की सफाई,

शमशान घाट में मृत शरीर के दाह संस्कार कराना, सभी तरह के ऐसे प्रमुख कार्य जिसे यदि एक दिन के लिए भी वो स्थगित कर दें तो सारे महल, नगर, गलियां, राजमार्ग दूषित हो उठे, सारा वायुमंडल प्रचंड असहनीय दुर्गंध से भर जाए। इसीलिए सामाजिक व्यवस्था में यह वर्ण इसी को ही अपना भाग्य मानकर अपने इस कार्य को शिरोधार्य कर बिना किसी अभियोग के निपुणता के साथ करता है। लोग उन्हें अछूत कहते हैं । उनकी शरीर की छाया तक को अपने घर, कुएं, तालाब, नदियों, पूजा अर्चना, गृह, रसोई शाला तक में नहीं पड़ने देते। प्रत्येक जगह उनका प्रवेश ही नहीं वरन उपस्थित भी वर्जित है। उनके ही कार्य समाप्त होने के बाद पवित्रता आती है किन्तु वो ही अपवित्र है। प्रकृति का संयोग, चम्पा नगर के चम्मु चण्डाल के यहां एक सुन्दर स्वस्थ कन्या ने जन्म लिया है। पति - पत्नी बहुत ही आनंदित हैं। कुण्डलिनी विवाह के बाद से ही कई वर्षों तक पति के साथ शमशान में जाती है। कभी - कभी मृत व्यक्तियों की देह पर ओढ़े रेशमी वस्त्र वो उठाकर घर ले आती है क्योंकि दाह संस्कार के समय शरीर को वस्त्रहीन, आभूषणहीन करने की परम्परा है। धनी व्यक्ति की मृत्यु के समय कभी उसके स्वर्ण कुण्डल या हाथ में पहनी माणिक की मुद्रिकायें रह जाती है। तब उन सब पर चण्डाल का ही अधिकार होता है। कुण्डलिनी ने बहुत सारा रेशम पाट के वस्त्र, कुछ आभूषण एकत्रित किए हैं। अपनी भावी संतान के लिये दरिद्र, शोषित, नि:सहाय माता के भी सपने महारानियों के सपनों से कम नहीं होते। वो भी अपनी कन्या को विश्व की सर्वश्रेष्ठ सुन्दरी की दृष्टि से देखती है। कुण्डलिनी अपने पति के साथ जब भी बाहर नालियों में बहती गंदगी को साफ करने जाती तो अपनी बिटिया को साथ नहीं लेकर जाती। बिटिया का नाम प्रकृति रखा है। वो घर के आंगन में ही खेलती है। जब थोड़ी बड़ी हुई तो कभी-कभी नदी में स्नान करने जाने लगी किन्तु जैसे ही वो घाट पहुंची - "छी: तुम चण्डाल की कन्या यहां क्या कर रही हो ? भागो यहां से, हमें अपवित्र कर दिया। अब हमें पुन: सारे कपड़े धोने पडेंगे फिर से स्नान करना पड़ेगा।" यह सुन बिना कुछ समझे, अति आहत होकर वो घर वापस लौट आई, मां से पूछा - "ये चण्डाल की कन्या क्या होता है ? ये अछूत क्या होता है ? अपवित्रता क्या है ? बताओ ना मां ?" कुण्डलिनी चुपचाप भीगे नयनों से अपनी प्राण प्रिया सुता को देखती रही। वो कहती है - "वो देखो रानी ये जो गांव के बाहर पुराना कुंआ है ये हमारा है। इसका जल भी बहुत मीठा है। तुम यहीं से जल भरा करो और यहीं स्नान किया करो किन्तु मां मुझे तो बहती नदी में

स्नान करना है।" मां ने समझाते हुए कहा - "वो नदी बहुत तेज प्रवाह से बहती है, बहुत दूर पहाड़ों से आती है ना, इसीलिये अति दूषित है। मेरी प्यारी पुत्री की त्वचा खराब हो जाएगी। तुम यहीं स्नान किया करो।"

भोली प्रकृति ने मां की बात मान ली फिर बसन्त ऋतु आई, नगर में बहुत बड़े मेले का आयोजन हुआ। देश विदेश से कई व्यापारी नाना प्रकार के परिधान, सामग्री लाए। मां के रखे हुए आभूषण और रेशम पाट को पहन कर वो भी उस आयोजन में चली गई, गांव की एक सीधी साधी कन्या का प्रथम नगर भ्रमण कितने ही सुंदर पुरुष और नारियां, सुन्दर और आकर्षक परिधानों में घूम रहे हैं। किशोरी प्रकृति का मन झूम उठा। सत्य ये मेला कितना विशाल और लुभावना है। जब कोई युवक उस पर दृष्टि डालता तो मन ही मन वो आनंदित हो उठती किन्तु उसकी वेश-भूषा को देख कई नारियां चकित हो रही थीं क्योंकि वो इतने कीमती रेशमपाट, स्वर्ण कुण्डल जो पहने थी। मांगे हुए या भिक्षापात्र वस्तुओं में कोई कदापि शोभित नहीं लगता है, उसके साथ भी कुछ ऐसा ही हो रहा है। अचानक रानी की विशेष दासी की दृष्टि उसपर पड़ी तो वो चिल्ला उठी, "अरे देखो तो चण्डाल की कन्या का दु:स्साहस, अब वो हमारे साथ नगर भ्रमण करेगी, सारे आयोजन को अपवित्र कर देगी ये चण्डालिनी।" उसे दुत्कारते हुई सभी लड़कियां दूर भाग गयीं। युवकों की प्रेमवाली दृष्टि अब घृणा में परिवर्तित हो गई। कईयों ने तो घृणा से नाक मुंह सिकोड़ लिया। "आह: कितनी दारुण यंत्रणा।" किशोरी कन्या पुरुष की दृष्टि में समाया प्रेम, घृणा, वितृष्णा या कामुकता सभी कुछ क्षण भर में पहचान लेती है। इतना घोर अपमान, उसे लगा वो सारे समाज के बीच नीरवस्त्र होकर अकेली खड़ी है और सभी उसे विचित्र भाव से देख रहे हैं। उनकी दृष्टि भेदती हुई उसकी त्वचा, अस्थि - मज्जा के भीतर होती हुई उसके अन्तरमन पर प्रहार कर रही है। ऐसा घाव कर रही है कि पूर्णिमा के चन्द्रमा की शीतलता भी उसे ठीक नहीं कर सकेगी।

वसन्त ऋतु की मीठी बहती पवन उसके रोयें रोयें को जलाकर राख कर रही है। माथे पर विशाल गगन उस पर हंस रहा है। पांव तले की धरती पर बना पक्का, मजबूत प्रशस्त मार्ग उसे कांटों की तरह चुभ रहा है। यहां पर उसका कोई नाम नहीं है। कोई अस्तित्व नहीं है, वो अछूत है, चण्डालिनी है। अपने आप में संकुचित होती हुई अपने आपको अपने भयंकर अपमान से बचाती हुई, वितृष्णा का घूंट पीती हुई, पराजित सी वो चण्डाल की दुलारी कन्या अपनी पवित्र कुटिया में आ

जाती है। अब वो शांत हो गयी है। मां से किसी बात का हठ नहीं करती। मां कभी - कभी रात के समय में शमशान में जाकर कुछ अदृश्य देवताओं की तन्त्रों से अर्चना करती हैं किन्तु उसे अब ईश्वर की सत्ता पर ही विश्वास नहीं रहा। चण्डाल कन्या पर पिता के दुलार, माता की ममता, वातावरण में बदलने वाली किसी भी ऋतु का कोई प्रभाव नहीं पड़ता। मां का मन सब कुछ समझ गया किन्तु इस शोषित, अन्यायपूर्ण सामाजिक व्यवस्था में वो निरुपाय है। बस अपनी ही जाति का कोई चण्डाल पुत्र मिले तो वो उस किशोरी कन्या का विवाह करा देगी। जीवन का चक्र अब बोझिलता के साथ चल रहा है। मां अपने पति के साथ अपना कर्म करने प्रतिदिन बाहर जाती और उदास, शांत, अपमानित, उपेक्षित दुलारी घर पर रहकर ही घर के कार्य करती। श्रावस्ती के कुछ बौद्ध भिक्षुक नगर की ओर प्रवचन के लिये आए हैं। घर-घर भिक्षा मांग कर वो अपना पेट भरते हैं। धनी परिवार की स्त्रियां उन्हें विशेष रूप से अपने घर पर निमंत्रण देकर भोजन करवाती है। राजा के परिवार के वो विशिष्ट अतिथि माने जाते हैं। स्थविर आनन्द नगर सेठ के यहां दोपहर का भोजन ग्रहण करने गये। माताओं ने अति श्रद्धा के साथ भोजन करवाया। भोजन अति स्वादिष्ट था, आनन्द को सारा भोजन समाप्त करने में थोड़ा बिलम्ब हो गया। वो शीघ्र हाथ - मुंह धोकर, अपना भिक्षा पात्र लेकर विहार की तरफ चल पड़े। शीघ्रता में उन्होंने भोजन के बाद जल भी ग्रहण नहीं किया। नगर से भिक्षुओं का विहार बहुत दूर था, मार्ग में कहीं भी जल की व्यवस्था नहीं दिखाई पड़ी। वापस अगर नगर जाएंगे तो, रात हो जाएगी। भिक्षु संध्या के पश्चात किसी गृहस्थ के घर नहीं जाते। मंत्र जाप करते हुए आनन्द आगे बढ़ने लगे। अब प्यास से उनका गला सुखने लगा तभी वो चम्पापुरी पहुंचे। वहाँ पर देखा एक किशोरी कुंए से पानी निकाल रही है। आनन्द उसके पास जाकर पहुंचे और बोले, "हे बालिके, मुझे जल दो मैं प्यासा हूँ, मेरा गला सुख रहा है। लम्बी दूरी तय करके आने के कारण कुछ क्लान्त भी हूं। दया करके मुझे कुछ जल दो।" यह कहकर अपना भिक्षा पात्र उसके सामने कर दिया। हतप्रभ कन्या उस सुन्दर भिक्षुक को निहारने लगी। ऐसी वेश-भूषा वाला पुरुष उसने कभी पहले नहीं देखा। मुण्डा हुआ सिर, प्रशस्त ललाट, नुकीले नयन - नक्स। सुदृढ़ बलवान शरीर चीवर धारण किए लम्बा सा बलिष्ट भिक्षु उसकी नयनों की पुतलियाँ एकदम स्थिर, शांत दृष्य, मनमोहक मुस्कान, क्लांति, मुखमण्डल थोड़ा सा मुरझाया हुआ किन्तु दिप्तमयी चमक में कोई भी कमी नहीं। ऐसा सुन्दर पुरुष और चण्डाल कन्या से भिक्षा की

प्रार्थना कर रहा है। वो असमंजस में खड़ी रही। फिर से भिक्षु ने कहा - "जल पिला दो, प्यासा हूं।" अचानक जैसे कन्या की निद्रा भंग हुई वो बोल उठी - "हे भन्ते, मैं तुम्हें जल नहीं दे सकती कहीं ओर जाकर जल ग्रहण करो। मुझे क्षमा करो भन्ते। मैं यह अपराध नहीं कर सकती।" भिक्षु ने विस्मित होकर पूछा - "कैसा अपराध ? पिपासितों को जल पिलाना तो मानव का प्रथम कर्तव्य है।" कन्या ने दु:ख भरी नजर से भिक्षु को देखा थोड़ी संकुचित हो उठी, फिर संभल कर बोली - "भन्ते, क्षमा करो। मेरे हाथ से जल ग्रहण करने से तुम्हें पाप लगेगा। मैं इस पाप की भागीदारी नहीं होना चाहती। मैं एक एक दरिद्र अछूत कन्या हूं। मेरी चण्डाल जाति के लोगों की छाया भी अगर किसी पर पड़ जाए तो वो व्यक्ति अस्पृश्य हो जाता है तो भला अपने हाथों से मैं आपको जल कैसे दे सकती हूं।" आनन्द अब पूरी स्थिति समझ गए वो हंसकर बोले - "भोली कन्या, मैंने जल मांगा है, जल प्यास बुझाता है। मैंने भिक्षा में तुमसे तुम्हारी जाति नहीं मांगी है। तुम और मैं सभी मानव जाति के हैं। न्याय, शिक्षा, समानता और स्वाधीनता पर हम सभी का अधिकार एक समान है।" कन्या बोली किन्तु मैं अछूत हूं। भिक्षु ने कहा - "मानवता वही है जो सबके लिए ज्ञान के मार्ग समान रूप से खोले। इस सामाजिक भेदभाव को मैं नहीं मानता। मानव का मूल्यांकन उसके जन्म से नहीं वरन् कर्म के आधार पर होता है। तुम्हारा कर्म महान है। तुम समाज से अशुचिता को मिटाती हो और उसे स्वस्थ और संश्पृश्य करती हो। समाज की पूर्ण वयवस्था की तुम कर्णधार हो। तुम अपना कर्म नहीं करोगी तो ये सारी व्यवस्था चरमराकर टूट जायेगी। तुम पवित्रता का प्रतीक हो मुझे जल पिलाओ।" भिक्षु की बातें उसके अर्न्तमन में बसे सारे मैल, घृणा, विद्वेष, निराशा को धो डालता है। अब जैसे वो सत्य में एक मानव के रूप में अपने को अनुभव करने लगी है। तुरन्त कुंए में अपना मिट्टी का पात्र डाल कर श्रद्धा से पानी खींचने लगती है और अति भक्ति और स्नेह के साथ भिक्षु को जल अर्पण करती है। उस बेला में समय चक्र जैसे थम सा गया, सारी मानव जाति का रूप एक हो गया है। वो आलौकिक, अभूतपूर्ण क्षण जैसे चण्डाल कन्या के पूर्ण जीवन को ही परिवर्तित कर गया है। भिक्षु ने तृप्त होकर जल ग्रहण किया फिर कन्या को आशीर्वाद देते हुए आगे अपने मार्ग की ओर बढ़ गए। कन्या जैसे धन्य हो उठी। उसे ज्ञात हुआ कि वो ही पुरुष उसका जीवन साथी होना चाहिए जो नारी को सम्मान दे, नारी उसे ही समर्पण करती है। अब किशोरी के मन में उस सौम्य मूर्ति भिक्षु की छवि बस चुकी है। उसे अब एक ही

कामना है कि किसी तरह से वो उस भिक्षु को पा सके। रात - दिन केवल उसी भिक्षु का ही स्मरण करती रहती है। मा ने देखा उसकी दुलारी कन्या कैसे पगली सी होती जा रही है। इतनी तितिक्षा कभी भी उचित नहीं। संयोगवश फिर से भिक्षुओं का दल चम्पापुरी से गुजरा। कन्या ने अधीर होकर भिक्षु से अनुरोध किया - "भन्ते, आप तो सभी मानव जाति को समान मानते हैं तो आज का भोजन मेरे घर पर करें।" भिक्षु को तरुण होती कन्या के अन्तरमन के विचारों का आभास हो गया है किन्तु वो उसका प्रस्ताव अस्वीकार नहीं कर सकते क्योंकि उन्होंने ही उसे अछूत होने की हीन भावना से मुक्त कराया है। इस बार अगर उसका प्रस्ताव अस्वीकार करेंगे तो वो समझेगी कि वो उसे समान दृष्टि से नहीं देखते। भिक्षु ने प्रस्ताव स्वीकार किया। घर पर कन्या ने पूरी तरह से तैयारी की हुई थी, अपने हाथों से स्वादिष्ट भोजन बनाकर भिक्षु को खिलाया। भोजन के पश्चात भिक्षु को अपनी शैय्या पर बैठने को कहा ताकि वो अपने प्रेम की भावना उसे बता सके और पूर्ण रुप से भिक्षु को समर्पित कर सके। आनन्द को अपने गुरु के वचन स्मरण हुए। नारी का प्रेम प्रगाढ़ होता है वो अपने प्रेम में बेसुध होकर कुछ भी कर सकती है। आनन्द ने धैर्य से कन्या से पूछा - "तुम किसे प्रेम करती हो ?" कन्या ने उत्तर दिया आपको। भिक्षु बोले मेरे इस शरीर को। एकाग्र होकर मेरे इस सुन्दर शरीर को भली भांति देखो - सम्मोहित सी वो भिक्षु की बातों का अनुसरण करने लगी, पूरी एकाग्रता से भिक्षु के सुन्दर बलिष्ठ शरीर को देखने लगी। आनन्द बोले - इस सुन्दर श्वेत - कोमल त्वचा के नीचे असंख्य शिरायें और धमनियां हैं जिनमें शुद्ध - अशुद्ध रक्त बह रहा है। उनमें बहते हुए लाल और नीले रक्त की बहती धारा देखो उसके नीचे अस्थिमज्जा का लेप, हड्डियों का कंकाल, शरीर के भीतर के कुरुप अंग - प्रत्यंग, वहां कुछ भी सुन्दर नहीं है। नश्वर होता शरीर, कितना कुरुप और भयंकर है। इस बात का ज्ञान ही नहीं है कि शरीर के भीतर कितनी गंदगी है। जिस मुख से प्रेम हो जाता है, उसके भीतर लार बहती है, नाक में भी गंदगी भरी रहती है, कानों में मैल होता है। अंतड़ियों मल - मूत्र एकत्रित होता है। शरीर का प्रत्येक तत्व नश्वर है, अछूत है, अपवित्र है, क्षण भंगुर है। शरीर को पा लेना ही जीवन नहीं है। जीवन की सत्यता की प्राप्ति के लिए साधना मार्ग में जाना ही होता। समाज ने उसे सदैव उपेक्षा, अपमान, तिरस्कार, घृणा, असमानता और दारुण मानसिक पीड़ा ही दी है। वो समाज में क्यों रहें ? वो उसी समाज में जाएगी जहां उसे सत्य, प्रेम, विश्वास, अपनत्व और मोक्ष मिलेगा। अछूत कन्या ने भिक्षु को प्रणाम

किया और अपने मार्ग की ओर प्रस्थान किया क्योंकि ज्ञान और सम्मान पर पूर्ण मानव जाति का अधिकार है।

आनन्द ने यह सब बातें प्रकृति को बताई और कहा कि लोक कल्याण के लिए, जन्म पर आधारित वर्ण व्यवस्था के सद्धर्म मार्ग से हटना ही होगा, शूद्र और चण्डाल सदियों से चली आ रही इस दूषित वयवस्था के कारण अत्यंत हीनभाव से ग्रसित हो चुके हैं। वे पीढ़ियों से इस अमानवीय व्यवस्था को ढो रहे हैं। आज जिसको नीचा समझा जाता है, उसे भी पूरा अधिकार है कि वह भी सद्धर्म के पथ पर चलकर पूज्य बन जाए। उस समय यह मान्यता थी कि समाज में क्षत्रिय और ब्राह्मण ही पूज्य हैं, चाहे वो शील और गुणों में शून्य और विवेकहीन ही क्यों ना हों, शूद्र और स्त्रियां तो घोर अनादर की पात्र हैं। चाहे वे शील और गुण सम्पन्न क्यों ना हों। इसी को सुधारने के लिए तथागत को परिश्रम करना पड़ा। उनका समाज सुधार का पहला प्रयोग उपालि नाई प्रवज्या थी, चण्डाल कन्या, जो अपने समाज में अत्यंत दीन हीन जीवन जीने के लिये मजबूर थी, जहां उच्च वर्ण वालों के लिए उसका स्पर्श तक वर्जित है, वो उस समाज को त्यागकर संघ की शरण लेती है जहां ना संताप है ना कोई पीड़ा। जहां ब्राह्मण - क्षत्रिय भी उससे शिक्षा प्राप्त करेंगे।

■

पटचारा

ये घटना बुद्धकालीन समय की है। तब वर्ण व्यवस्था और जाति व्यवस्था का ढांचा अत्यंत जटिल और कठोर था। गणराज्य निरंकुश शासकों द्वारा शासित साम्राज्य थे। इन गणराज्यों की शासन व्यवस्था ब्राह्मणवाद के विधिशास्त्र द्वारा तय रीति से ही चलती थी। वैश्य वर्ग का उदय होने के कारण उनके पास विपुल संपत्ति होती थी और वो अपना धन, पशुधन और मुद्रा के रुप में मांपते थे। शासक भी इस समय अपना प्रभुत्व कायम करने के लिए दमनकारी व्यवस्थाएं अपनाने लगे थे। दास-प्रथा का प्रचलन भी अधिक होने लगा था। साधारण दरिद्र, सबसे निचली श्रेणी का नागरिक यह अनुभव करता था कि उनकी स्वतंत्रता घटती जा रही है और उनके कष्टों में वृद्धि का कारण समाज में उच्चवर्ण और जाति के लोग हैं। ब्राह्मण धर्मपरायण तो थे किंतु कर्मकांड को मानते थे। वो कहते थे कि मनुष्य को पहले समाज में रहते हुए अपने दायित्वों का निर्वाह करना चाहिए और सामाजिक जीवन से अवकाश लेने के बाद ही त्याग का जीवन अपनाने चाहिए किंतु सामाजिक जीवन के नियम सभी जातियों के लिए भिन्न-भिन्न और असमानता से बने थे। विवाह अनुष्ठान विशेष कर स्वजातीय ही मान्य था। अन्य प्रकार के (जाति से बाहर) अथवा दूसरे वर्ण में विवाह की अनुमति नहीं थी। जो नारियां इन सामाजिक मान्यताओं को नहीं मानती थीं, उन्हें व उनके पूरे परिवार को समाज सामाजिक रुप से बहिष्कृत कर देता था किंतु श्रमण-

भ्रमण करते हुए आध्यात्मिक ज्ञान की खोज करने वाले भिक्षु हुआ करते थे। वे ब्राह्मण या क्षत्रिय जाति के ही होते थे, किंतु एकांतवासी तपस्वियों का जीवन जीने की बजाए वनों में एक आध्यात्मिक समूह (संघ) की भांति एक साथ मिलजुल कर रहते थे और जाति के भेदभाव नहीं मानते थे। श्रमण गणराज्यों की भांति अपने आपको स्वायत्त संघ में संगठित करते और सभी निर्णय सभाओं द्वारा ही लेते। ये किसी ब्रह्मा जैसे सर्वोच्च ईश्वर या किसी अन्य रुप में किसी सृष्टिकर्ता की सत्ता को स्वीकार नहीं करते थे।

राज-परिवारों के क्षत्रिय वंशों में कन्याओं को स्वयंवर के माध्यम से अपनी इच्छानुरूप वर चुनने का अधिकार था। ब्राह्मण और वैश्य जाति में यह अधिकार नहीं दिया जाता था किंतु शूद्रों में कन्या को अधिक स्वतंत्रता उपलब्ध थी। वो अपनी ही जाति के पुरुष के साथ अपनी इच्छा से विवाह प्रस्ताव को स्वीकृति देती थी किंतु नारी पर सामाजिक अंकुश होते थे, उनका यौन शोषण भी होता था। इसीलिए किशोरी अवस्था में ही प्राय: सभी जाति के लोग अपनी वर्या कन्या का विवाह करना उचित समझते थे। समाज में प्रचलित विवाह संस्कार के कठोर नियम, अनमेल विवाह, दंपती में तालमेल का अभाव, विधवा विवाह पर प्रतिबंध, सामान्य चारित्रिक भूल हो जाने पर समाज से बहिस्कृत करना, उन सब परम्पराओं में नारी के पास कोई विकल्प नहीं रह जाता है। तनाव के तंतुओं के ताने-बाने में जकड़ा उसका मन विक्षिप्त हो उठता है। समाज उसे किसी भी रुप में पुन: ग्रहण करने में संकोच दिखाता है। तब इसी तरह की विक्षिप्त अवस्था में नारी नगर-नगर भटकती है। कभी-कभी तो समाज के दुष्ट प्रकृति के व्यक्तियों के कामुक स्वार्थ की भेंट चढ़ जाती हैं। बालकों के लिए वो कौतूहल का विषय होती है। इसीलिए मार्ग पर ऐसा विक्षिप्त अवस्था में, अर्ध-नग्न, भूखी-प्यासी, मानसिक संतुलन खोई हुई नारी को देखकर वो तालियां बजाने लगते हैं, उसे नगर मार्ग पर दौड़ाते हैं या कभी-कभी तो उसे पत्थरों से मार कर घायल करके, उसके अविरल विलाप के सुरों में आनन्द को प्रतिपादित करने की प्रचेष्टा करते हैं। उसके फटे हुए चीर, भूख से दग्ध होता, पीठ से चिपका हुआ उदर, शुष्क, दूषित बदबूदार केश, दु:ख और क्रन्दन से अंदर धंसी हुई आंखें, खुले शरीर पर अनगिनत घावों से रिसता हुआ रक्त, कैसे एक पिशाचिनी जैसा रुप बन गया है। बालक उसे फटा चीरा-फटा चीरा कहकर चिढ़ा रहे हैं। अपने उघड़ती लज्जा से अनभिज्ञ, बेचारी अपने घावों से रिसते रक्त को पोंछती हुई नगर के बाहर

के मार्ग पर दौड़ने लगती है। बालकों की तालियों का स्वर उसके कर्ण को भेदता हुआ, मस्तिष्क के तंतुओं पर प्रहार कर रहा है। उसे कुछ नहीं सूझ रहा, बाहर दूर एक विहार में भिक्षु मंत्रों का पाठ कर रहे हैं। "विनय सूतक" पाठ की ध्वनि को सुनते हुए वो वहाँ पर पहुंच जाती है और भंते के सामने कुछ क्षण उसी अर्ध-नग्न अवस्था में खड़ी रहकर, उन्हें एक क्षण भर के लिए देखकर, मूर्छित होकर वहीं गिर जाती है। भिक्षु उपाली झट से अपने स्थान से उठकर उसे अपने चीवर से ढक देते हैं। सभी का मन करुणा से भर उठता है। बाहर नगर में अभी भी बालक और कुछ विवेक हीन नगर वासी पटचारा-पटचारा पुकारते हुए विहार तक पहुंच जाते हैं किंतु अब वो भगवान बुद्ध की शरण में है, संघ की शरण में है, धम्म की शरण में है, सुरक्षित है, मानसिक संतुलन खोई हुई विक्षिप्ता पटचारा अब भिक्षु के चीवर ओढ़े हुए धरती पर मूर्छित है। उसकी सासें चल रही हैं। नारी में प्रतिकूल परिस्थितियों में भी जीवंत रहने की अद्भुत क्षमता होती है। कितने दु:ख और कष्ट में भी वो बच जाती है। पटचारा जीवित है। भिक्षुणियां उसे उठाकर अपने कक्ष में ले जाती हैं। उसे स्नान कराती हैं। उसके शरीर के घावों पर औषधि का लेप लगाती हैं और उसे खाने के भोजन देती हैं लेकिन पटचारा का शरीर वाह्य रूप से थोड़ा सा सुधरा लगता है, किंतु मानसिक रुप से उसे कोई चेतना नहीं है। केवल शून्य में ताकती रहती है। अगली प्रात: उसे फिर से सभागर में ले जाकर भिक्षुणी गौतमी माता उपस्थित करती हैं। भंते उसे देखकर मौन रहते हैं। जब वो भंते की तरफ उनके शांत मुख मंडल की ओर देखती है तो उसकी आत्मा एक शीतल अनुभूति से अभिभूत हो उठती है। वो भगवान के चरणों में गिरकर जोर-जोर से विलाप करने लगती है। भंते उसे रोने देते हैं फिर कुछ समय पश्चात स्नेह पूर्वक उसके कपाल पर अपना करुणा रुपी हाथ रखते हैं जैसे भगवान के हस्त उसके कपाल को स्पर्श करते हैं, सहस्त्र तरंगे उसके मस्तिष्क में तरंगित होने लगती हैं। वो अपने शारीरिक कष्ट की दारुण पीड़ा भूल जाती है। मन में भूली हुई सभी स्मृतियां पटचारा को धीरे-धीरे स्मरण होने लगती हैं। भंते के हस्त अभी भी आशीर्वाद देते हुए उसके कपाल पर हैं जैसे तरंगों के माध्यम से वो पटचारा के सारे दु:ख, कष्ट, पीड़ा, वेदना का हरण करके अपने में समाहित कर रहे हैं। प्रतिक्षण एक अद्भुत अनुभव, एक आलौकिक रूप, पटचारा को अपना संपूर्ण अतीत स्मरण होने लगता है।

साकेत नगर के एक धनी परिवार में एक सुंदर कन्या जन्म लेती है। वो

अति भाग्यवान है। उसके जन्म के पश्चात से परिवार की आर्थिक स्थिति सुदृढ़ होने लगती है। माता-पिता पटचारा को अति स्नेहपूर्वक पालन-पोषण करते हैं। कुछ वर्ष पश्चात उसके एक छोटा भाई भी जन्म लेता है। पटचारा को अपने भाई से अति स्नेह है। पटचारा के माता-पिता अपनी कन्या की सुंदरता पर चिंतित रहते हैं। परम्परानुसार किशोरी अवस्था में उसका विवाह सुयोग्य, स्वजातीय वर से कराना चाहते हैं क्योंकि किशोरीवस्था अति अनिश्चित एवं विभ्रान्तिकारी होती है, कहीं उनकी कन्या किसी गलत पुरुष के साथ अपना सम्पर्क ना बना ले, इसीलिए वो उसे घर से बाहर भ्रमण के लिए या सखियों के साथ वन विहार अथवा नौका विहार करने में अंकुश लगा देते हैं। प्रकृति का यह नियम है आप जब किसी को बंदी बनाकर, अधीन रखकर, अति अनुशासन में रखोगे तो वह अपनी स्वाधीनता के लिए किसी भी स्तर तक जा सकता है, परम्पराओं को तोड़ देता है, विद्रोही हो जाता है। यही पटचारा के साथ हुआ, उसके अनुशासन प्रिय माता-पिता अपनी लाड़ली दुलारी कन्या की सुरक्षा के लिए उसे घर पर ही बंदी की तरह रखते। उसे घर पर किसी भी वस्तु का अभाव नहीं होने देते। उससे गृहकार्य में कभी भी सम्मिलित नहीं होने देते। शिक्षा के लिए कभी कोई उपाय नहीं किए। बस सारा दिन सुस्वाद भोजन, आलस्य मय वैभवशाली जीवन का भोग करती। शरीर को तो गृहबन्दी बना दिया किंतु उसकी चेतना, उसका मन तो बिना पंखों के भी खुले गगन में विचरण करता। किशोरी वय होने के साथ विपरित लिंग की ओर आकर्षित होना स्वाभाविक ही है। वो आकर्षण इतना जटिल और कठिन होता है कि उससे विमुख होना, एक किशोरी कन्या के लिए असंभव सा हो जाता है। वो अपने मन में उठते इन विचारों का वर्णन, चर्चा किसी से नहीं कर पाती। उसकी कोई सखी नहीं है, जिससे वो अपने मन की बात कर सके, कोई शिक्षिका या बंधु परिवार की कोई स्नेहमयी मार्गदर्शिका नहीं है। घर पर प्रत्येक कार्य करने के लिए दास-दासियां हैं और इन्हीं दुर्बल क्षणों में पटचारा अपना हृदय अपने गृह कार्य में सहायता करने वाले दास पुत्र को दे देती है। वो भी अपने माता-पिता के साथ सेठ के घर में काम करने आता है। सुंदर, स्वस्थ दासपुत्र ने युवावस्था में अभी अभी पदार्पण किया है। यौवन सभी पर अपनी छाप छोड़ता है। पटचारा को वो युवक भा जाता है। युवक भी इतनी सुंदर स्वामिनी के आदेश पर प्रत्येक कार्य करने के लिए आतुर रहता है। जहां कभी उसे अपनी दासता पूर्ण जीवन से घृणा होती थी, वहीं अब अपनी किशोर स्वामिनी के सानिध्य और प्रेम की कृपा में वो अपने को धन्य समझने लगा।

दोनों में चुंबक जैसा आकर्षण बढ़ने लगा। वो प्रत्येक मुहूर्त एकांत का अवसर खोजते ताकि एक दूसरे के साथ अधिक से अधिक समय व्यतीत कर सकें। एक संध्या को चालाकी से पटचारा ने दास को अपने कक्ष में छिपा दिया। गृह वासी ने सोचा सभी दास-दासियां आपना कार्य समाप्त करके जा चुके हैं। पटचारा वैसे भी भोजन अपने ही कक्ष में करती है। वो उस संध्या के पश्चात अपने कक्ष में ही रही। उसके शयन वेदी के नीचे दास छिप गया। रात्रि में दोनों ने अपने-अपने हृदय की बातों को एक-दूसरे से कहा। मन की वार्तालाप, शरीर का आकर्षण, उस किशोरवस्था का अध कच्चा-पक्का प्रेम। दोनों ने प्रेमपूर्वक संपर्क बनाया। अब वो उस अवस्था में पहुंच गए, जहां उन्हें एक दूसरे के बिना जीवित रहना असंभव सा लगने लगा और फिर वही हुआ जो नहीं घटना चाहिए था। पटचारा एक रात्रि को अपने प्राण प्रिय के साथ अपने पिता के सम्मान को त्यागकर, घर से पलायन कर गई। सामाजिक परम्पराओं में ऐसे विवाह को "असुर विवाह" कहा जाता है और उच्च जाति व वर्ण के लोग इसे स्वीकार नहीं करते, अपितु घृणित कार्य मानते हैं और ऐसा करने वाले युगल साथियों को दंड भी देते हैं। इसीलिए पटचारा को लेकर दास पुत्र एक अन्य नगर चला गया, जहां पर उन्हें कोई नहीं पहचान पाए और वो प्रेमपूर्वक अपनी गृहस्थी बसा सकें। स्वप्नपुरी में आकर दंपती रहने लगे। पटचारा जब अपने पिता के घर से छिपकर आई तो साथ में कुछ आभूषण भी ले आई थी। कुछ माह तक तो वो दोनों प्रेमपूर्वक रहे किंतु कुछ ही समय पश्चात पटचारा का यथार्थ से सामना हुआ। उसका पति अब कहीं भी कार्य करने नहीं जाता, वरन् पटचारा को ही घर के सारे कार्य करने पड़ते। दासता की प्रथा से घृणा करने के लिए उसका पति अपनी हीन भावना का शिकार अपनी असहाय पत्नी को बनाता। विवाह के पश्चात अब वो उसका स्वामी बन गया है और वो अपनी स्त्री को एक दासी की तरह रखता, उसका शोषण करता। उसके मन में पनपी घृणा और रोष की ग्रंथियां उच्च समाज वर्ग के विरुद्ध, उन सबका प्रतिशोध वो पटचारा पर अत्याचार करके लेता। दु:खी पटचारा के पास अब और कोई मार्ग नहीं है, वो चुपचाप अपने पति के सभी अत्याचार सहती, आखिर ये जीवन उसने स्वयं चुना है, दांपत्य जीवन के कड़वे अनुभव में पटचारा गर्भवती होती है। जब बीज उसकी कोख में पनपने लगता है तो मातृत्व का स्नेह उसके मन में जागता है। उसे अपनी माता स्मरण होने लगती है। वो अपने पति से अनुरोध करती है कि उसे उसके पिता के निवास पर ले जाए। उसका पति इसकी अनुमति नहीं देता

है। उसे ज्ञात है कि समाज कन्या की भूल को क्षमा कर देगा किंतु दासी पुत्र की भूल को अपराध का रुप देकर, उसे दंडित करेंगे। इसिलिए वो इस प्रस्ताव को स्वीकार नहीं करता। जैसे-जैसे गर्भ में शिशु बढ़ने लगता है, पटचारा का मन अपने माता-पिता से मिलने को व्याकुल होने लगता है। उसे ज्ञात है कि प्रसव के कठिन समय में उसके माता-पिता उसका उपचार करेंगे, उसे अपना भी लेंगे और परम्परानुसार विवाहिता कन्या अपनी प्रथम प्रसूति अपनी मां के गृह में ही करती है। प्रात:काल से ही उसका पति बाहर काम की खोज में चला गया है। पटचारा अपने पति को बिना मिले ही अपने पिता के नगर की ओर पैदल चल देती है। अपने घर के पास रहने वाली गृहणी को बोल जाती है, "बहना मैं अपने पिता के घर जा रही हूं मेरे स्वामी जब लौटें तो उन्हें यह सूचना अवश्य दे देना।" और अपने कुछ पुराने वस्त्र लेकर नौ मास का गर्भ लेकर धीरे-धीरे नगर की ओर जाते मार्ग पर चल देती है। रास्ता बहुत कठिन है, रास्ते में जंगल, वन-उपवन, नदियां सब कुछ पड़ेगा। सहानुभूति से उसे कोई नाविक नदिया पार करा ही देगा, ऐसी आशा लिए वो अकेली आगे बढ़ती है। उधर पति को सूचना मिलती है कि पटचारा अपने पिता के घर की यात्रा पर निकल चुकी है। उसके पुरुषत्व अहंकार पर चोट लगती है। वह उसका स्वामी है, उसकी स्त्री उसकी अनुमति के बिना भला कैसे जा सकती है। अगर भविष्य में पटचारा वापस लौट कर उसके पास नहीं आई तो ये उसके पुरुषत्व की सबसे बड़ी पराजय होगी, "वो दास रुप में और नहीं रहना चाहता, कैसा स्वामी है जो अपनी स्त्री तक को संभाल कर नहीं रख सकता। समाज में सभी उस पर हंसेंगे।" और यही सोचते हुए वो भी शीघ्रता से उसी मार्ग पर निकल पड़ता है।

धीमी गति से चलती गर्भवती पत्नी तक शीघ्र ही पहुंच जाता है। अब वो दोनों मिलकर आगे बढ़ने लगते हैं किंतु पटचारा को प्रसव पीड़ा मार्ग में ही आरंभ हो जाती है। यथाशीघ्र जंगल के पास एकान्त में जाकर, बहुत कष्ट से वो एक बालक को जन्म देती है। एक नारी ही अनुभव कर सकती है कि प्रसव काल में कितनी भयंकर पीड़ा होती है और अगर साथ में कोई अनुभवी दाई या नारी ना हो तो प्रसव करना कितना पीड़ा दायक होता है। कुछ दिन उसे वहीं जंगल में विश्राम लेना पड़ता है। नवजात शिशु के साथ कोसों दूर नगर जाना इस माता के लिए संभव नहीं। अपने पति के साथ अपने निवास स्थान पर आ जाती है। पटचारा इस घर में गृहणी नहीं वरन् एक उपभोग की सामग्री ही है। वासनायुक्त पति, अपनी दूध पिलाती पत्नी पर किंचित भी

दया नहीं करता। उससे बलपूर्वक शारीरिक संपर्क अनवरत भाव से रखता है, फलस्वरुप अति शीघ्र दूसरी बार पटचारा गर्भवती हो जाती है। एक शिशु स्तनपान कर रहा है, दूसरा कोख में बढ़ रहा है, ऐसी विकट परिस्थिति में वो इस बार अकेले शिशु जन्म देने में असमर्थता दर्शाती है। अपने पति को अनुरोध करती है कि उसे उसकी मातृगृह में छोड़ आए। पति भी जब तक पटचारा अकेली थी, नव यौवना थी, तब तक उसके लिए आकर्षण की सामग्री थी। अब ऐसी अवस्था में वो उसका शोषण भी नहीं कर पा रहा, वासना की पूर्ति भी अधूरी ही रह जाती है, वो भी अब इस बंधन से छुटकारा चाहने लगा है। इसीलिए अपनी गर्भवती, पहली संतान को दूध पिलाती पत्नी को छोड़ आने के प्रस्ताव को सहर्ष स्वीकार कर लेता है। वो दोनों नगर की ओर जाने वाले मार्ग की ओर निकल पड़ते हैं। पति जानबूझ कर उसे दुर्गम जंगलों से होते हुए नदी की ओर लेकर जाना चाहता है ताकि वो रात के अंधेरे में अपनी पत्नी को घने जंगलों में अकेला छोड़कर भाग सके। बादल भी घिर चुके हैं, वर्षा होने की पूरी संभावना है। पत्नी को जंगल में ही प्रसव पीड़ा आरंभ हो जाती है। बेचारी पटचारा फिर से अकेली दारुण कष्ट को सहते हुए एक नन्हें से बालक को जन्म देती है। बालक सात माह में ही हो गया है। इसलिए शारीरिक रुप से एकदम छोटा सा है, इतना छोटा जैसे किसी पंछी का बच्चा। इसी बीच उसका पति उसे कहीं दिखाइ नहीं देता। बादलों की गड़गड़ाहाट, पास बहती हुई रौद्र रुप धारण किए नदी, आसपास कोई मनुष्य जाति नहीं, असहाय पटचारा अपने पति को खोजने निकल पड़ती है। अपना बड़ा पुत्र जो अभी चलना नहीं सीखा है, हाथ और घुटनों के बल घिसटता है, उसे अपनी गठरी के पास बिठाकर समझाती है "तुम यहां से हिलना मत, मैं तुम्हारे पिता की खोज करके आती हू। भोला बालक आश्चर्य और भय से अपनी माता को एक मांस के लोथड़े जैसे जीव को उठाए, क्लांत कदमों से आगे बढ़ती माता को देखता रह जाता है।" वो भी अपनी माता का अनुसरण करना चाहता है किंतु मां ने उसे समझाकर बिठाया है, स्वयं ही वो समझ नहीं पा रहा है कि वो रोते हुए माता का अनुसरण करे या यहीं बैठकर उसकी प्रतीक्षा करे। पटचारा प्रसव करके अभी अभी उठी है ठीक से चल भी नहीं पा रही। उसे अपने पति के लिए आशंका हो रही है। अचानक बिजली कड़कती है और वो देखती है कि बहती नदी के पास की चट्टान के पास उसका पति सो रहा है। वो दौड़ कर उसके पास जाकर उसे उठाती है, किंतु उसका शरीर नीला पड़ चुका है, मुंह से झाग निकला हुआ है, हृदय का स्पंदन

भी नहीं हो रहा। अपने पति का सर्प-दंश से मृत्यु प्राप्त करता देख, उसकी मृत देह पर अपनी छाती पीट-पीट कर विलाप करने लगती है। वास्तव में जब उसका पति उसे अकेले प्रसव पीड़ा में छोड़कर, नदी पार करने जा रहा था तभी एक नाग ने उसे डस लिया और उसने तड़पते हुए वहीं दम तोड़ दिया। अपने पति की मृत देह के पास उसका मेघ की गर्जना वाला क्रन्दन करने लगती है। जैसे वो ईश्वर से अपने इन दु:खों के कारण का हिसाब मांग रही हो। तभी उसकी दृष्टि ऊपर उड़ते बाज पर पड़ती है। जो तेजी से उड़ता हुआ नदी के किनारे की चट्टान पर पहुंच रहा है। पटचारा हठात् चेतना से जैसे जागृत हुई हो। उसे अपने नवजात शिशु का ध्यान आता है। वो अपने प्राणों की पूरी शक्ति लगाकर नदी के तट पर पहुंचने लगती है। चिल्ला-चिल्लाकर बाज को हटाने की असफल चेष्टा करती है किंतु सद्य: प्रसूता माता की आकाश में विचरण करने वाले बाज की गति की तुलना नहीं हो सकती। बाज मृत देह के पास पड़े छोटे सात माह के जन्मे शिशु को मांस का लोथड़ा समझकर अपने चोंच से उसे मार, अपने पंजों में जकड़ कर अपनी संतानों के भोजन के लिए ले उड़ता है। क्या इससे भयंकर कष्ट या दु:ख एक माता के जीवन में हो सकता है? अर्ध विक्षिप्ता सी कई दिनों तक वहीं विलाप करती रह जाती है। उसके पति की देह का दाह संस्कार करने की क्षमता भी उसमें नहीं है। शकुनि और गिद्ध अब धीरे-धीरे शव की गंध पाकर एकत्रित होने लगते हैं। प्रकृति अपने नियमानुसार चलती है। वो किसी सामाजिक परम्पराओं पर निर्भर नहीं रहती। पराजित सी, वेदना भरी दु:खी पटचारा को वो स्थान त्याग करना ही पड़ता है। उसमें इतना साहस नहीं है कि वो अपने पति के शव को गिद्धों और शकुनों से नोचता हुआ देखे। उसका विलाप सुनकर उसका मात्र पौने दो वर्ष का पुत्र गिरता पड़ता, दौड़ता हुआ माता की ओर आने लगता है। छोटे बालक को तेज वर्षा में रास्ते का भी पता नहीं चल रहा। वे बस रोते-रोते अपनी माता के विलाप सुनकर घबराता हुआ उसी दिशा की ओर बढ़ने लगता है। नदी भी वर्षा काल में पूरे उफान में है। अपने किनारे तोड़ते हुए बह रही है। बस एक बड़ी लहर उस बालक को अपनी गोद में लेकर पानी के बहाव में पटक देती है। बच्चे की रोने की आवाज सुनकर पटचारा दौड़ती हुई वापस आती है। उसका छोटा सा, प्यारा सा बच्चा नदी में गोते खाता हुआ बहता जा रहा है। अपनी पूरी ताकत लगाकर वो नदी में कूद पड़ती है लेकिन तैरकर अपने बच्चे के पास नहीं पहुंच पाती। उसकी आंखों के सामने उसका बेटा नदी की गोद में समा जाता है। पटचारा के आंसू वर्षा के पानी

से घुलते हुए नदी में ही बह जाते हैं और अपने साथ बहा ले जाते हैं उसकी सारी संवेदनाएं, सोचने, समझने की शक्ति सब कुछ हारी हुई पटचारा किनारे पर आकर बैठ जाती है और फिर निराशा में दिशाहीन वो नदी को पार करके अपने जन्म स्थान पर जाती है। मनुष्य जब सारे लोक में पराजित हो जाता है तो शेषकाल में अपने जन्म स्थान की ओर ही जाना चाहता है। नगर में पहुंचकर जब अपने गृह के मार्ग की तरफ बढ़ रही होती है तो देखती है उसके बंधु परिवार-कुटुंब के लोग श्वेत वस्त्र धारण किए शमशान की ओर से आ रहे हैं। पटचारा की ऐसी अवस्था देखकर उसे कोई पहचान नहीं पाता, वो सोचते हैं कोई दरिद्र नारी दु:खी होकर भिक्षा मांग रही है। वो उसे दुत्तकारते हुए आगे बढ़ने लगते हैं। उनमें से एक वृद्ध कहता है, "कन्या आगे जाओ, हम तुम्हें अभी कुछ भी भिक्षा में नहीं दे सकते हैं। हमारे गोत्र में मृत्यु सूतक लगा है। वो देखो सेठ का घर, इनकी कन्या कुछ वर्ष पहले अपने गृह कार्य में नियुक्त दास के साथ गृह त्याग कर चली गयी थी, तभी से पूरा परिवार अति शोक में था। कल जब रात को यहां भयंकर वर्षा हुई तो बिजली गिरने के कारण माता-पिता व उनके किशोर पुत्र तीनों की मृत्यु हो गई है। हम आज प्रात: ही शमशान में उनका दाह संस्कार करके आए हैं।" वृद्ध थोड़ी सहानुभूति दर्शाते हुए बोला, "तुम अति दु:खी दिखाई देती हो किंतु परिवार में मृत्यु होने के कारण जब तक शुद्धि क्रिया नहीं समाप्त होती, हमारा दान भी कोई ग्रहण नहीं करेगा। तुम जाकर किसी ओर से भिक्षा लो।" यह समाचार सुनकर अर्ध-विक्षिप्ता पटचारा पूर्ण रुप से अपना मानसिक संतुलन खो बैठी, दिशाहीन, चीरहीन, अन्नहीन, लज्जाहीन वो इधर-उधर नगर में भटकने लगी। वो जिस मार्ग से जाती लोग घृणा से अपना मुंह घुमा लेते। फटे हुए चीर, छातियों से बहता दूध, जांघों के बीच से बहता प्रसव के बाद का रक्तस्राव, शुष्क बिखरे केश, रो-रोकर धंसी हुई आंखें, बिना अन्न ग्रहण किया हुआ कंकाल जैसी काया, जैसे एक मानव प्रेतनी विचरण कर रही हो। बच्चे उसे अपशब्द कह कर कभी कंकर मार-मार कर खंडित करके नगर के बाहर भेज देते हैं। उसे कुछ अनुभव नहीं होता। वो तो जीवंत शरीर में एक मृत आत्मा के समान केवल श्वास-प्रश्वास ले रही है। वो अभी तक क्यों जीवित है, यह रहस्य भी किसी को ज्ञात नहीं, स्वयं पटचारा को अपने जीवित रहने का आभास नहीं और तभी वो मंत्र उसके कानों में गूंजते हैं। मंत्रोच्चारण के स्वर उसके कानों से होते हुए हृदय में गमन करते हैं। जैसे मृत पड़ी चेतना में जीवन का एक क्षण छू गया हो, जैसे धूप से दग्ध धरती पर शीतल वर्षा की कुछ

कुछ बूंदे वाष्प बन उड़ जाती हैं किंतु धरा की प्यास नहीं बुझा पाती हैं और धरती के कण वर्षा की बूंदो के लिए व्याकुल हो उठते हैं। पिपासित धरा विचलित होने लगती है ठीक उसी प्रकार से वो मंत्र पटचारा को विचलित कर देते हैं और वो बिना विचार किए भिक्षु विहार में प्रवेश कर जाती है, अपनी अवस्था से पूर्ण अनभिज्ञ, सामने भगवान बुद्ध को क्षण भर देखते ही अचेत होकर उनके समक्ष गिर जाती है।

आज प्रात: उसे भंते के दर्शन हुए कैसा है उनका रुप, जिसे देखते ही वो शांतिभूत हो गई। कैसा अद्भुत है उनका स्नेहमयी आशीर्वाद भरा स्पर्श, मन के साथ तन के समस्त कष्ट जैसे विलुप्त हो गए। बुद्ध मौन हैं किंतु अन्तर्मन से पटचारा अब उनकी शरण में हैं। वो भिक्षुणी बन गयी है। वो चुपचाप संघ के समस्त नियमों का पालन करती हुई, सेवा भाव से प्रति कार्य में लीन रहती है। उसे अब अपने जीवन के किसी भी निर्णय पर पश्चाताप नहीं है। उसने अपने समस्त अपराध और भूल निर्णयों को स्वीकार कर लिया है। उसे जीवन में जो भयंकर दंड मिला है वो भी बिना किसी राग-द्वेष से स्वीकार्य है। अतीत की सभी घटनाओं पर अब वो दु:खी नहीं होती ना ही भविष्य में किसी प्रकार की कोई आकांक्षा बची है। तृष्णा पूर्णत: समाप्त हो चुकी है। वो किसी से भी संघ में कोई वार्तालाप नहीं करती। केवल विनय भाव से सारे कार्य करती है। उसके इसी पूर्ण समर्पण भाव के कारण वो संघ की अतिप्रिय भिक्षुणी है। एक बार सभा समाप्त होने के पश्चात, जब भंते व उनके अन्य शिष्य अपने अपने कक्ष में चले गए, सभी भिक्षुणियां अन्न ग्रहण करने के लिए बाहर चली गईं तब वो नीरवता के साथ सभा गृह को साफ करने लगी। वहा पर रखे एक दीये पास खड़ी हो जाती है। प्रथम दिन जब उसे भिक्षु बुद्ध के दर्शन हुए थे तो उनके मुख से भी ऐसा ही प्रकाश हो रहा था। वो तब चारों ओर दु:ख की छाया से घिरी हुई थी किंतु भंते के सामने आते ही जैसे वेदना, पीड़ा, दु:ख आदि की प्रतिछाया लुप्त हो गई थी। भगवान ने कितने धीर-स्थिर होकर उसके जीवन की सभी घटनाओं को सुना था और अति सरल भाषा में उसे यह समझाया था कि मानव जीवन नश्वर है। जो जन्म लेता है, उसकी मृत्य अवश्यंभावी है। जीवन-मृत्यु के इस चक्र में सभी अपने अपने कर्मों को ही भोगते हैं। कोई एक क्षण जीता है जैसा उसका छोटा पुत्र, कोई कुछ मास जैसा उसका ज्येष्ठ पुत्र। किसी की आयु लंबी होती है जैसे उसके माता-पिता और कोई किशोरावस्था में मृत्यु को प्राप्त हो जाता है जैसा उसका कनिष्ठ भ्राता हुआ था तो कोई कुछ ही वर्ष जीवन यापन कर पाता है, जैसे उसका पति। सभी अपने चक्र के

काल को स्वयं पूरा करते हैं। सुख सभी बांट सकते हैं किंतु किसी के हिस्से का दु:ख, रोग, पीड़ा, वेदना उसे स्वयं ही भुगतना पड़ता है। भंते ने ही उसे ज्ञान दिया था "तुम अपने इतने से कष्टों में रो रही हो, चारों तरफ देखो मानव समाज चिरकाल से अंधकार में भटक रहा है, अपने दु:खों का कारण खोज रहा है किंतु उस कारण के निवारण के लिए प्रयत्न नहीं करता।" उस दिन पटचारा के अशांत दु:खी मन को स्थिरता मिली। अब वो अपने जीवन के भोगे हुए दु:ख कष्टों के अनुभव के कारण, संघ में आई दुखियारी माताओं के, नारियों के दु:खों के निवारण हेतु अग्रसर रहती। अति विनयशीलता और धैर्य से उनके कष्टों की गाथा सुनती और उन्हें सत्य का मार्ग दिखलाती, उसे संघ में रहकर यह ज्ञात हुआ कि आत्मशुद्धि के लिए, विवेक बुद्धि के शुद्ध विचारों के लिए निरंतर साधना के मार्ग पर चलना पड़ता है, धम्म का अध्ययन पूर्ण मानोयोग से करने पर ही उसे हम अपने जीवन में अवतरित कर पाएंगे। उपासक और उपासिकाओं में अब पटचारा अति प्रिय है। भिक्षु संघ का संचालन जिस प्रकार से भंते का प्रिय शिष्य "उपाली" करते हैं, उसी प्रकार से भिक्षुणी संघ की अग्र संचालिका के रुप में पटचारा सेवा करने लगी।

■

माणविका चिन्चा

श्रावस्ती नगर के समीप ढ़ाई कोस की दूरी पर एक छोटा सा गांव है रामपुरा। नगरवासियों का यह सौभाग्य है कि वे स्वयं तथागत बुद्ध के प्रवचन सुनते हैं। जब भी शाक्य मुनि श्रावस्ती में प्रवास करते हैं, नगरवासी ही नहीं वरन कोसों दूर बसे छोटे छोटे गांवों के रहने वाले भी पैदल चलकर नगर में आते हैं और भगवान बुद्ध के मुख से साक्षात प्रवचन सुनने का सुख प्राप्त करते हैं। भिक्षु संघ को दान देते हैं। भिक्षु वैसे भी भिक्षा पर अपना जीवन यापन करते हैं। उन्होंने कभी कुछ संचय नहीं किया और न ही उन्हें अधिक दान - भिक्षा का लोभ है। मानवता के अनुयाई सभी को समान दृष्टि से देखते हैं, इसीलिए वे अति जनप्रिय हैं। मनुष्य अपने भविष्य के प्रति अति आंशाकित रहता है इसीलिए वो अपना भविष्य सुदृढ़ और सुनहरा बनाने के लिए अच्छे - बुरे कर्म करता है। पाखंडी गुरु अपनी सत्ता और क्षमता को कभी भी किसी से बांटना नहीं चाहते हैं। भोले भक्तों को वे अपने मिथ्या मायाजाल में जकड़कर रखते हैं। कभी अदृश्य शक्तियों का सहारा, कभी चमत्कारों का या कभी भाग्यचक्र के विधि के विधान और यज्ञ आदि के चक्रव्यूह में अपने अनुयाइयों को बांधकर रखना चाहते हैं किंतु जब वे अनुभव करते हैं कि उनके अनुयाई अब उनसे विमुख होकर बुद्ध की वाणी सुन रहे हैं। उनकी शिक्षाओं को अपनी जीवन शैली में अपना रहे हैं वे गुरू अपने आपको असुरक्षित अनुभव करने लगते हैं। तथागत के भाई देवदत्त ने विगत

कई दिनों से षड़यंत्र रचे और दुष्टों से उनपर आक्रमण भी कराए, उसने शाक्यमुनि को मृत्यु देने के लिए नाना प्रकार के यत्न किए किन्तु वह असफल रहा।

अब तो गौतम बुद्ध की वाणी का इतना प्रचार हो गया कि साधारण नगरवासी, धनी, दरिद्र यहां तक कि राज्य के सामंत भी उनकी दी गई शिक्षा को अपने जीवन में अपनाने लगे क्योंकि बुद्ध भगवान की शिक्षाएं अति सरल और सुनियोजित हैं। उनमें कहीं पर भी कर्म - कांड, यज्ञ - कांड, पूजा - अर्चना, वर्णभेद, जातिभेद, वर्गभेद कुछ भी नहीं है। सभी के लिए समान शिक्षाएं अति सुरुचिपूर्ण साधना का मार्ग हैं जैसे थके - हारे, बोझिल जीवन यापन करने वाले किसी मानव को तीक्ष्ण धूप के बाद शीतल छांव मिलती हो। गौतम बुद्ध के आठ सरल सिद्धान्त थे - चोरी ना करना, दुराचार ना करना, मिथ्या ना बोलना, दूसरों की निंदा ना करना, दूसरों के दोष ना निकालना, अपवित्र भाषण ना करना, लालच ना करना, किसी से घृणा ना करना, अज्ञान से बचना और किसी प्रकार का प्रपंच नहीं। दैनिक जीवन में इन शिक्षाओं का स्वयं पालन करना थोड़ा कठिन अवश्य है किन्तु असम्भव नहीं। धीरे-धीरे भिक्षु की शिक्षा चारों ओर प्रिय होने लगी। उनके प्रति लोगों की श्रद्धा - भक्ति भी उतनी ही प्रगाढ़ होने लगी और यही बात उनके शत्रुओं को खटकती। उन्हें अपना भविष्य अंधकारमय लगने लगा। उन्हें ऐसा अनुभव होने लगा जैसे उनके बिछाए मिथ्या धर्म के मायाजाल से प्रजा विमुख होकर भिक्षु की ओर आकर्षित हो रही है। कोई सामंत थे, कोई रूढ़िवादी ब्राह्मण, कोई धर्म सामग्री अनुष्ठान के व्यापारी तो कोई भिक्षु के परिवार का संपर्कित भाई। सभी के अपने अपने स्वार्थ थे किन्तु शत्रु उन्हें इस बार कुछ ऐसे भयंकर षडयंत्र के ताने बाने बुनने की सोचने लगे कि वे भिक्षु व उसके शिष्य सभी का एक साथ विनाश कर सकें। बहुत विचार विमर्श के बाद सबसे पुरातन काल की चाल चली गई।

कहते हैं व्यक्ति के चरित्र पर सार्वजनिक रुप से यदि प्रमाण के साथ आक्रमण किया जाए तो उस व्यक्ति का पतन निश्चित है और इस प्रकार की दुष्ट प्रक्रिया में नारी की भूमिका काफी अहम होती है। नारी ही पुरुष के पतन का कारण बनती है और नारी को समान व उच्च दृष्टि से ना देखने वाला समाज, नारी द्वारा लगाए गए लांछनों को सहर्ष आंख मूंदकर विश्वास कर लेता है। अब इस काम के लिए एक नारी की खोज आरम्भ हुई। वैसे तो नगर में नगरवधुओं और देवदासियों का अभाव नहीं किन्तु प्रजा उनपर थोड़ा कम विश्वास रखती थी। विचार किया गया कि सभ्रान्त

परिवार, उच्च वर्ग और उच्चवर्ण की नारी इस कर्म के लिए उपयुक्त रहेगी। नगर में अपने गुप्तचरों द्वारा ऐसी एक नारी की खोज आरम्भ हुई और कई दिनों के अथक परिश्रम के बाद महा महंत को सूचना मिली कि पावा के पूर्व दिशा में स्वप्नपुरी ग्राम में एक अति सुन्दर कन्या है जिसका नाम माणविका है। वो सभ्रान्त परिवार से किन्तु स्वभाव से कुछ लोभी है। जिस पुरुष से वो विवाह करना चाहती थी वह व्यापार के लिए दूसरे गणराज्य में जाकर बस गया। असफल प्रेम ने उसे और भी कठोर बना दिया। अब वो पुरुषों से प्रेम का नाटक करती किन्तु किसी के प्रेमजाल में नहीं फंसती। वास्तव में वो एक प्रकार से पुरुष जाति से ही घृणा करने लगी। उन्हें अपने रुप के मायाजाल में फंसा कर, उनसे उनके ह्रदय में बसे प्रेम को विश्वासघात करके, उनकी धन संपत्ति को उपहार में लेकर, उन्हें एक पंख कटे पक्षी की तरह तड़पता छोड़ देती। मिथ्या प्रेम जाल में फंसाने में वो सिद्धहस्त हो गई और उसकी विशेषता यह कि किसी को उस पर किसी को संदेह भी नहीं होता है। दुराचार, व्यभिचार, मिथ्या बोलने में वो इतनी निपुण कि आजतक वो किसी के समक्ष ना तो इस छद्म रूप में प्रकट हुई और ना ही पकड़ी गई। इस जानकारी पर गुप्तचरों को उसके पास संदेशा देकर भेजा गया। उसे श्रावस्ती बुलाने का विशेष प्रबंध किया गया। पालकी में बैठकर जब वो श्रावस्ती पहुंची तो वहां के प्राकृतिक सौंदर्य से मोहित हो उठी। शत्रुओं ने उसके रहने के लिये एक गृह का भी प्रबंध कर दिया। उससे कहा गया कि जाओ और भिक्षु पर चरित्र लांछन का आरोप लगाओ। माणविका को ये सौदा स्वीकार हो गया क्योंकि बहुत ही आकर्षक राशि उसे मिलने वाली थी और अब वह भी रोज - रोज मिथ्या प्रपंच करके क्लांत हो चुकी थी, उसने मन ही मन निश्चय किया कि वो इस राशि को लेकर पुन: अपने नगर वापस चली जाएगी और अपने पुराने मित्र मातृगुप्त से विवाह कर लेगी। चतुर माणविका ने तुरन्त प्रस्ताव स्वीकार कर लिया किन्तु उसने कहा कि ये इतना सहज और सरल नहीं है, इसमें कम से कम सात माह का समय लगेगा। शत्रुओं के पास ओर कोई दूसरा चारा नहीं था। उन्हें धैर्य के साथ अपने इस षड़यंत्र को सफल करना था और वो जानते थे कि बीते समय में उनके सभी पांसे उनके विरुद्ध ही पड़े थे। इस वार्तालाप को पूर्ण रुप से गुप्त रखा गया। माणविका अब नगरवासी होने के साथ ही वहां की अन्य गृहणियों से भी मेल जोल बढ़ाने लगी। वो मीठी बातें करके लोगों को लुभाने की कला में अति निपुण थी। धीरे - धीरे वहां के समाज के लोगों ने उसे स्वीकार कर लिया। जब गृहवासी भिक्षु का

प्रवचन सुनने जाते तो उसे भी आग्रह करते कि "तुम भी चलो"। माणविका एक दो बार प्रवचन के लिए उनके साथ हो आती। संयोगवश, जब भी भिक्षु प्रवचन के लिए दूसरे नगर में प्रस्थान करते तब वो भन्ते के शिष्यों के ही दर्शन एवं शिक्षाओं को सुनकर आ जाती। उसके पास समय अब घटता जा रहा था क्योंकि उसे यथाशीघ्र अपना कार्य सम्पन्न करना था। अब वो संध्या के समय पूर्ण श्रृंगार करके नगर मार्ग से पैदल चल कर जैतवन की तरफ चल पड़ती। अगर कोई सखी या पड़ोसी पूछता - "इतनी संध्या में कहां जा रही हो" तो वो गर्व से कहती, "जैतवन विहार में भन्ते के दर्शन और उनकी सेवा करने जा रही हूं। उन्होंने विशेष रूप से मुझे अपनी सेवा के लिये नियुक्त किया है।" और इस तरह प्रतिदिन सांझ ढ़लते ही वो जैतवन विहार की ओर बढ़ जाती और भोर होने पर ही अपने वासस्थान पर लौटती। रात्रि में वो एक अलग भवन में विश्राम करती और प्रत्येक एकादशी को शत्रुदल के साथ मिलकर आगे की रणनीति तैयार करती। वर्षावास अब आरम्भ हो गया जो आषाढ़ मास की पूर्णमासी से अश्विन मास की पूर्णिमा तक चलेगा। उस समय गणराज्यों में आवागमन के मार्ग सुगम, सुरक्षित और सुव्यवस्थित नहीं थे। यात्रीगण उनके खतरों से जूझते हुए अपने गंतव्य स्थान पर पहुंच पाते थे। वर्षा ऋतु में कभी-कभी कच्चे मार्ग विलुप्त हो जाते थे। जल भराव और अन्य प्राकृतिक आपदाओं के कारण यात्राएं और अधिक कष्टदायक हो जाती थीं। तेज जल प्रवाह के कारण नदियां भी विकराल रूप धारण कर लेती थीं। इसीलिए यात्री एक ही स्थान पर ठहरने को विवश हो जाते थे। तथागत बुद्ध ने बुद्धत्व प्राप्ति के बाद अपने सधर्म को मानव कल्याणार्थ लोकजन तक पहुंचाने का संकल्प लिया है। वे सधर्म के प्रचार-प्रसार के लिए एक स्थान से दूसरे स्थान को अपने महान भिक्षु संघ सहित पैदल ही भ्रमण करते रहते। इस तरह उनका जन समुदाय से सीधा सम्पर्क बना रहता। सभी भिक्षु नंगे पैर ही यात्राएं करते। वर्षा ऋतु की प्राकृतिक व अन्य आपदाओं से बचने के लिए तथागत बुद्ध भिक्षु संघ को किसी एक सुरक्षित स्थान पर ठहर, ध्यान, साधना और सधर्म के अध्ययन में व्यस्त रहकर अपने वर्षावास के संकल्प को पूरा करते। बुद्ध के सानिध्य और उनकी गंभीर "धम्म देशना" से उन्हें ज्ञान भी मिलता। आसपास के उपासक और उपासिकाएं उस स्थान पर एकत्रित होकर उनसे नियमित धर्मोपदेश ग्रहण करती है और उनकी जिज्ञासाओं का समाधान भी भिक्षु संघ कर देता। दिन के समय चारिका के लिए वो कहीं जाते किन्तु रात्रि में विश्राम विहार में ही करते। वर्षावास के संकल्प को पूर्ण

करने की अब परम्परा भी बन चुकी है। "प्रवारणोत्सव" पर सभी उपासक और उपासिकाएं विधिवत भोजन दान और कठिन चीवरदान उल्लास पूर्वक करतीं और भिक्षु संघ सभी के सुखमंगल की कामना करते और आशीर्वाद देते हुए उस विहार से प्रस्थान कर आगे को बढ़ जाते। वर्षावास में माणविका रात्रि में जैतवन जाने का प्रंपच, ढोंग रचती ताकि अन्य उपासक और उपासिकाओं को इस बात पर विश्वास हो जाए कि वो रात्रि विचरण करती थी। चन्द्र की चंचल किरणों की तरह इधर - उधर फिरने के कारण नगरवासी उसे चिन्चा के नाम से पुकारने लगे। उसे इस नगरी में आये हुए अब तक तीन मास हो चुके हैं और अब चातुर्मास का सुन्दर संयोग। वर्षावास तक सभी भिक्षु यहीं रहेंगे। सभी उपासक और उपासिकाएं नित्य भेंट करेंगे इसलिए धैर्य से शत्रु और चिन्चा प्रतीक्षा करने लगे। वैभवशाली परिधानों में लिपटी चिन्चा अब थोड़ी क्लांत सी दिखने लगी है। अपने शरीर पर सुशोभित आभूषणों को भी सीमित कर दिया जिससे वो कुछ अधिक मलिन लगने लगी। चार्तुमास पूर्ण होते ही, अश्विन पूर्णिमा में नगरवासियों ने हर्षोल्लास से "प्रवारणोत्वस" मनाया, ऐसा लगा जैसे जनसमुद्र उमड़ आया हो। चारों ओर का वातावरण अत्यंत मनोहारी हो उठा। सभी को भन्ते से आशीर्वाद प्राप्त करना था। दिन का भोजन, कठिन चीवर दान अब समाप्त हो चुका है। अगली प्रात: सभी भिक्षुओं के संग बुद्ध इस जैतवन विहार से प्रस्थान करेंगे। सारा नगर ही नहीं वरन गणराज्य भी बुद्ध का अनुगामी बन गया है। उसी समय भरी सभा में चिन्चा ने प्रवेश किया। वो पूरी तरह से एक भिन्न स्त्री जैसी दिख रही है। वो कमनीय सुन्दर कयावाली तरुणी, अब एक गर्भवती स्त्री के रुप में सामने प्रकट हुई। उसका उदर सात माह जितने गर्भ का रुप धारण किए आगे निकला हुआ है। वो उसको छुपाने का भरसक प्रयत्न कर रही है। अपने उत्तरीय पाट वस्त्र से अपने गर्भ को ढकती हुई वो सबके समक्ष खड़ी हुई। सभी स्त्रियाँ विस्मित होकर चिन्चा को देखने लगीं। उपासक और अनुयाई भी अचानक उसका ऐसा रुप देखकर असमंजस में हो गए क्योंकि चिन्चा अविवाहिता है और "अविवाहिता मातृत्व" समाज में सम्माननीय नहीं है। सभी उसे हेय दृष्टि से देखते रहे।

.... सबके नयनों में एक ही मूक प्रश्न, "इसका पिता कौन है ? अन्त में एक उपासक पूछ ही लेता है," चिन्चा तुम्हारी यह अवस्था किसने की ? कौन है तुम्हारे गर्भ में पल रही संतान का पिता ? हमें बताओ। हम तुम्हें अवश्य न्याय देंगे। तुम्हारा विवाह उससे कराएंगे। "चिन्चा पहले सकुचाई फिर अपनी आंखें नीचे की

ओर झुका लीं। जब और भी स्त्रियां एवं नगरवासी उससे बार - बार पूछने लगे तो बहुत ही धीमे स्वर में बोली," भन्ते, मेरी इस अवस्था के लिए उत्तरदायी हैं।" उसके इस वचन से सभा पर जैसे वज्रपात हो गया। भिक्षुसंघ एकदम विस्मित, अनुयाई सभी जैसे कुछ समझ ही नहीं पा रहे थे और बड़ी ही दुविधा की घड़ी आ गई। कई स्त्रियों ने रात्रि में चिन्चा को जैतवन में जाते हुए देखा था और किन्तु किसी ने भी नहीं सोचा था कि कही सुनी बातें आज इस रुप में उनके सामने प्रकट होंगी। ये तो सभा में उपस्थित समस्त प्राणियों के लिए अकल्पनीय है। सभा में कुछ शत्रु पक्षधारी भी उपस्थित थे। वो उठ खड़े हुए और बोले - "हे देवी, चिन्चा तुम चिन्ता मत करो, हम तुम्हें न्याय अवश्य दिलाएंगे। यदि ये छद्मरुपी, ढोंगी भिक्षु का रुप धारण करके तुमसे विश्वासघात कर सकता है तो हम सभी से कर सकता है। इन भिक्षु संघ वासियों को इस कुकृत्य का दण्ड अवश्य मिलेगा। हम सब इन्हें राजा के पास ले जाएंगे। वो ही इन्हें दण्डित करेंगे और तथागत को तो तुम्हें ग्रहण करना ही पड़ेगा। स्वयं को बोधिज्ञान प्राप्ताधिकारी कहने वाले ने इतना नीच काम किया है, यह अक्षम्य अपराध है। अब तो सभा का वातावरण पूर्णत: दूषित हो गया। सभा दो भागों में विभाजित हो गयी। कोई कहता चिन्चा के आरोप सत्य हैं तो दूसरा कहता है मिथ्या। जब बुद्धि काम करना बंद कर दे तो विवेक से ही काम लेना चाहिए किन्तु भीड़ तन्त्र में बुद्धि - विवेक कुछ काम नहीं करता। भिक्षु शिष्य क्रोधित हो उठे किन्तु वे चिन्चा पर प्रहार भी नहीं कर सकते थे और ना ही कोई अपशब्द कह सकते थे। असहाय दृष्टि से तथागत एकदम शांत मुद्रा में बैठे रहे जैसे कुछ ही हो ही ना। वो तो स्थितप्रज्ञ हैं, उन पर तो सुख, दु:ख, दु:श्चिन्ता, आनन्द, विलाप किसी का प्रभाव नहीं पड़ता। वो बुद्ध हैं। उन्होंने अपने करूणामयी नेत्र खोले और सीधे चिन्चा के मुख पर दृष्टि डाली। चिन्चा ने आज पहली बार भिक्षु बुद्ध के इतनी स्पष्टता से दर्शन किए।

..... उनके दीप्तिमय मुख मण्डल, कुण्डलित केश, करूणामयी नेत्र, ये कैसा माहापुरुष है। मुख पर लेशमात्र दर्प नहीं, अहंकार नहीं, क्रोध नहीं, अशांत नहीं। केवल स्थितप्रज्ञ की तरह अपार स्थिरता।" ऐसे महापुरुष पर वो कलंक लगा रही है। जो मानव कल्याण के लिए इस धरती पर अवतरित हुआ है। आजतक किसी भी पुरुष ने ऐसी हरनेवाली दृष्टि से उसकी ओर नहीं देखा और मैं इतने भयंकर चारित्रिक लांछन लगा रही हूं। तभी एक शिष्य बोल उठा, "ये चरित्रहीना, झूठी, प्रपंचकारी, दुराचारिणी है। किसी और के साथ व्यभिचार करके, उस गर्भ का दोष

हमारे भन्ते पर लगा रही है।" शिशु अभी गर्भ में है, धरती पर आते ही ये प्रमाण हो जायेगा कि वो किसका है ? किन्तु चिन्चा के गर्भ में तो भ्रूण है ही नहीं वो किसको जन्म देगी ? क्या प्रमाणित करेगी ? ग्लानि, पश्चाताप, भय और अनहोनी से वो थर - थर कांपने लगी। उपासक भी अपने देवताओं का स्मरण करने लगे कि हे प्रभु हमें बचाओ। चिन्चा को लगा जैसे सारा ब्रह्माण्ड उसके सामने घूम रहा है। उसके माता - पिता, भाई - बन्धु, प्रेमी, षडयंत्रकारी, प्रजा सभी जैसे लुप्त होते जा रहे हैं। उसे केवल बुद्ध का वो शांत मुखमण्डल ही दिखाई दे रहा है। वो जिस धरती पर खड़ी है, उसे कोई सिहरन सी अनुभव हुई। कांपती टांगें दुर्बल होकर लड़खड़ाने लगीं। उदर पर बंधे पुराने चिथड़े एक - एक करके उसके साथ ही धरती पर गिर पड़े। वो जैसे मुर्छित सी हो गई और एक ही क्षण में उसके गर्भ का रहस्य सबके सामने प्रकट हो गया। सत्य एक बूंद तेल की तरह होता है। मिथ्या का पानी चाहे कितने ही बड़े रुप में क्यों ना हो, तेल की बूंद की तरह सत्य सतह पर आ ही जाता है। अब सारे चिथड़े धरती पर गिरे हुए हैं। पास में अर्धचेतन की अवस्था में चिन्चा गिरी पड़ी हुई है, उसके शरीर का नहीं वरन् उसकी आत्मा का भी पतन हो चुका है। वो ग्लानि से, अपराध भाव लिए साहस करके बुद्ध की ओर देखती है। भीड़ में से "छी: छी" तिरस्कार की ध्वनि चारों ओर से गूंजती है, वो अपने नयन घुमाती है तो सबकी दृष्टि में केवल घृणा, उलाहना, तिरस्कार और उपेक्षा ही पाती है। वो भला इतना तिरस्कार लेकर कैसे जीवित रहेगी। वो दया की याचना करते हुए बुद्ध की ओर देखती है। जब मनुष्य अपराध करने के पश्चात क्षमा की प्रार्थना करता है, जब वो अन्तर्मन से पश्चाताप की अग्नि में जलने लगता है तब उसे दण्ड देने का कोई औचित्य नहीं रह जाता है। वो अपना सबकुछ त्याग कर बुद्ध की शरण में आना चाहती है। ऐसा लगता है कि उसका हृदय विदारक क्रन्दन जैसे अश्विन मास के शीतल मेघों को चीरकर रख देगा। धीरे - धीरे सभी अनुयाई भगवान तथागत से आशीर्वाद लेकर अपने निवास की ओर प्रस्थान करने लगे। शत्रु पक्ष के लोग भी सभी से अपने को चुराते व छुपाते हुए अपने गंतवव्य की ओर पराजित खिलाड़ी की तरह वापस लौटने लगे। भिक्षु संघ के सभी भिक्षुगण धरती पर मस्तक झुकाए बैठी चिन्चा को घृणा से देखते हुए विहार के भीतर जाने लगे। सूर्यास्त होने को है। आकाश में सुनहरी लालिमा में सबकुछ जैसे स्थिर हो गया है। पंछी अपने - अपने घोसलों में जा छुपे हैं। सभी को जैसे अपना गंतव्य स्थान मिल गया है। बुद्ध धीरे से अपने आसन से उठते हैं और चिन्चा के समक्ष

आकर खड़े हो जाते हैं। चिन्चा लज्जा और ग्लानि से अपना सिर उठाकर भन्ते के शेष दर्शन करती है। दोनों हाथ जोड़ कर अश्रु मिश्रित नयनों से क्षमा की प्रार्थना करती है। दु:ख के कारण उसके मुंह से कोई बोल भी नहीं निकलते। रुक रुक कर हिचकियां ही उसका दु:ख व्यक्त कर रही हैं। वो विक्षिप्ता की तरह क्रन्दन करते हुए बुद्ध के चरणों में लोटने लगती है। अपने दोनों हाथों से जोर - जोर से अपने ही मुख पर प्रहार करने लगती है। वो ये मुख लेकर कहाँ जायेगी। बुद्ध मौन हैं अर्थात उन्होंने उसे क्षमा प्रदान कर दी है किन्तु वो ये श्रापित जीवन कैसे बिताएगी, कहां जाएगी ? उसका उत्तर बुद्ध नहीं देते। बस विपरित दिशा की ओर मुख करके अपने विहार के भीतर चले जाते हैं। आकाश में पूर्णिमा का चांद चमक रहा है। मधुर शीतल पवन चारों ओर वह रही है। रजनीगंधा और जुही के फुल खिलने लगे हैं। प्रकृति कितनी सुन्दर और शांत है। चिन्चा को अंतरात्मा से यह बोध हो जाता है कि प्रकृति ही उसकी माता है। जिस भूमि पर उसने जन्म लिया वही उसे मुक्ति प्रदान करेगी। प्रकृति की गोद में जाकर उसे इस पापी जीवन से मुक्ति मिलेगी। अब चिन्चा के अश्रु थम गए। पश्चाताप की अग्नि में जलकर उसके सारे पाप स्वाह हो चुके। वो वन विहार के बाहर आ रही है उसके पद धीमी गति से प्रकृति की गोद में समाने को आगे बढ़ रहे हैं।

चिन्चा एकमात्र ही ऐसी नारी नहीं थी जिसने भगवान बुद्ध पर मिथ्या आरोप लगाए, एक और कुलीन ब्राह्मण कन्या "मागन्धी" थी। वो भी तथागत के सुन्दर और प्रभावपूर्ण चेहरे को देख अत्यन्त प्रभावित हुई थी। उनकी अत्यंत आकर्षक काया, दिप्तिमय मुखमण्डल, विशाल मनोहर चक्षु, धनुषाकार भौहें, लम्बी नाक, पतले गुलाबी अधर, सिंह जैसी ठोड़ी, उन्नत भव्य ललाट, वो इतनी मोहित हो गयी कि केवल उन्हें ही पति के रुप में पाना चाहा। उनके कितने अनुनय विनय किए , उसके पिता ने भी अनुरोध किया कि "वन में आप अकेले वास करते हैं, आप मागन्धी को स्त्री रुप में ग्रहण करें, तो वन - प्रवास में वो आपकी सेवा करेगी।" तब सम्यक बुद्ध ने अत्यंत धैर्य और विनम्रता के साथ मागन्धी के पिता को उत्तर दिया था - "ब्राह्मण ! मैं तुम्हारी कन्या का हाथ ग्रहण नहीं कर सकता। मैं गृहस्थ जीवन त्याग चुका हूं, मैं गीतकां हूं। मैंने बोधि वृक्ष के नीचे बैठकर ज्ञान प्राप्त किया है। अब मैं अर्हत हूं, ' सम्यक बुद्ध ' हूं, सदमार्ग पर चलने वाला "सुगत" हूं। मारदेव की तीन सुन्दर पुत्रियां तृष्णा, रति और रागणी भी मुझे साधना समाधि से नहीं गिरा सकीं। मानव सौंदर्य का

मेरे लिए कोई अर्थ नहीं है। मैं सभी वासनाओं से विमुक्त हूं। "यह वचन सुनकर ब्राह्मण दम्पति तो मान गए और बुद्ध वे अनुगामी हो गए किन्तु उनकी अहंकारी सुन्दर कन्या को अपमान लगा और उसने राजा उदयन से विवाह किया और विवाहोपंरात केवल षड़यन्त्र ही करती रही। कभी पटरानी श्यामवती के विरुद्ध तो कभी सम्यक बुद्ध एवं संघ के विरुद्ध। महाराज उदयन भगवान बुद्ध के अति प्रिय भक्त थे। मागन्धी के मिथ्या षडयन्त्रों से स्वयं उसका ही अमंगल हुआ एवं महाराज ने उसे कठोर दण्ड भी दिया। बुद्ध ने सत्य वचन कहा है - राग आसक्ति के समान अग्नि नहीं, द्वेष के समान मल नहीं, पाँच स्कन्धों (रुप, वेदना, संज्ञा, संस्कार और विज्ञान) के समान दु:ख नहीं, शान्ति से बढ़कर सुख नहीं।

■

खुज्जुत्तरा

मानव समाज में जितनी भी संस्थाओं का अस्तित्व रहा है उनमें सबसे भयावह दासता की प्रथा है। धनी राजा व युद्ध में जीते शासक सभी गरीब, दरिद्र, शोषित लोगों को दास बना लेते थे। ऐसा नहीं कि सभी उनसे क्रूर व्यवहार करते किंतु दास- दासियों का राज परिवार व धनी वर्ग के श्रेष्ठ निवासों में कोई विशेष सम्मान नहीं होता था। दास - दासियां सारा जीवन नतमस्तक होकर अपना जीवन यापन करते और उन्हें केवल जीने मात्र के लिए भोजन, वस्त्र इत्यादि उप्लब्ध हो जाते। वो किसी भी संपत्ति, जमीन या धन के मालिक नहीं बन पाते। पूजा-अर्चना गृह, धर्म सभाओं में प्रवेश निषेध होता। बस एकल रस हीन, ज्ञान हीन, संवेदना हीन, उल्लास हीन जीवन जीना ही उनके भाग्य की विडंबना है। दासियां भी प्राय: रानी या श्रेष्ठवधू की व्यक्तिगत सेवा सुश्रुशा के लिए नियुक्त की जाती हैं और वो दासियां सदा ही मन में सेवा भाव रखती हुई सारा जीवन उनकी सेवा में व्यतीत कर देती हैं। यमुना नदी के तट पर बसी कौशांबी नगरी वत्स देश की राजधानी है। यहां के राजा उदयन भगवान बुद्ध को अपना धर्म- शास्त्री मानते हैं। उदयन चंद्रवंश के राजा और सहस्त्रानीक के पुत्र हैं, अति साहित्य प्रेमी और कला के पुजारी हैं। स्वभाव से थोड़े रसिक भी हैं। वैसे तो उनके कई रानियां हैं किंतु वासवदत्ता से उनका प्रेम अधिक है। जिसके कारण अन्य रानियां अपने को उपेक्षित सा अनुभव करती हैं। राजा उदयन की एक और प्रिय रानी

हैं श्यामावती। मथुरा से उसके परिवार का पुराना संपर्क है। प्रकृति की प्रेमी है, विवाह उपरांत अपने बाग- बगीचे, उद्यान, सखियां सभी कुछ पीछे छोड़कर कौशांबी नगर आना पड़ा। वैसे तो कौशांबी की भव्यता की कोई तुलना नहीं। यह अति सुंदर, विशाल अट्टालिकाओं से भरा अति उत्तम नगर है। रानी श्यामावती अपने पृथक राज महल में अपनी दासियों के साथ वास करती हैं। वहीं पर नगर श्रेष्ठ घोषित धाय की पुत्री है, उत्तरा। धाय ने जन्म के पश्चात से ही उसका एक प्रकार से त्याग कर दिया है। दासियों के परिवार में कन्या का जन्म शुभ माना जाता है क्योंकि दासी कन्याएं वृद्धावस्था में अपने माता-पिता का भरण पोषण बिना किसी दुविधा के करती हैं किंतु उत्तरा का भाग्य कुछ और ही खेल खेल रहा है। अति साधारण सी दिखने वाली बालिका के शरीर पर एक दोष उबरकर आया है। उसकी पीठ पर कुब्ज है, जिसके कारण वो थोड़ा झुककर चलती है और किसी सीमा तक साधारण लोगों को कुरुप दिखती है। उत्तरा से कोई भी बालक या बालिका नहीं मिलता और ना ही किसी प्रकार के खेल में उसे बुलाते। वैसे भी सभ्य समाज के लोगों में एक धार्मिक धारणा है कि जिस व्यक्ति के अंग में कुछ विकलांगता होती है वो अपूर्ण होता है, उसे दिव्यांग ना कहकर विकलांग कहा जाता है। उन्हें लोग अरुचिपूर्ण और भद्दे शब्दों से पुकारते हैं। उनको हास्यास्पद सी वस्तु समझ, उनका अपमान करते हैं। उत्तरा एक तो लड़की, ऊपर से दासी और वो भी कुब्जवाली जैसे सृष्टि ने निर्ममता के साथ उसे उस धरा पर भेजा है। नगर वासी व सेठ के घर के सभी प्राणी उसे कुब्जी, कुब्जु, फुज्जुत्तरा आदि नाम से पुकारते हैं और इसी तरह सबसे प्रसिद्ध नाम खुज्जुत्तरा पड़ गया। खुज्जुत्तरा के जीवन में कोई उमंग नहीं, कोई तरंग नहीं, केवल अपमान, पीड़ा और वेदना ही है। उसे कोई प्रेम या सहानुभुति के दो शब्द भी नहीं बोलता। वो अकेले में अपने आप से ही बातें करती रहती है। सबकी कही बातों को अति स्पष्टता से दोहराती है, उसकी वाणी ऐसी हो गयी है जैसे कोई विदुषी नारी की वाणी हो किंतु कोई उसकी वाणी से भी प्रभावित नहीं होता है क्योंकि कोई उसकी बात ही नहीं सुनता। रानी श्यामावती को अपने लिए एक विश्वसनीय दासी की आवश्यकता है, तुरंत समाचार मिलते ही वो नगर से घोषित की धाय से उसकी एकमात्र अवहेलित कन्या को दासी के रुप में खरीद लेती है। खुज्जुत्तरा अब श्यामावती के राजमहल में आकर उनकी सेवा करने लगती है। उसे अपनी नई स्वामिनी अत्यंत करूणामयी और दयालु प्रतीत होती हैं। श्यामावती को फूलों से अति प्रेम है। वो प्रतिदिन फूलों

की वेणी, फूलों की माला और फूलों के ही आभूषण पहनकर अपना श्रृंगार करती है। कला प्रेमी राजा उदयन को रानी का फूलों वाला वेश बहुत लुभावना लगता है। खुज्जुत्तरा प्रतिदिन उद्यानों में जाकर ढ़ेरों फूल तोड़ती है और कुछ तो क्रय करके लाती है, फिर उनके विभिन्न प्रकार के अलंकरण बना कर रानी को पहनाती है। वो अपने जीवन की कुरूपता और सूखेपन को फूलों की सुंदरता और रस में डालकर अपनी वेदनाओं को सुंदर रुप देकर रानी का श्रृंगार करती है। उसकी इसी सुंदर कला पर श्यामावती उस पर दया भाव रखती है। उसने एक प्रकार से रानी का मनमोह लिया है। अब वो रानी के समीप ही रहती है। रानी उससे सम्मानपूर्वक बात करती हैं। रानी का सौंदर्य, साज, श्रृंगार सब कुछ खुज्जुत्तरा के फूलों के आभूषणों पर ही टिका है। रानी से प्रतिदिन चार मुद्राएं लेकर वो फूल खरीदने नगर जाती, कुछ फूलों को बगीचे से चुनती, कुछ माली से खरीदती और बाकी की मुद्रा अपने पास रख लेती। एक प्रकार से यह चोरी ही है किंतु दासी खुज्जुत्तरा को इसमें कुछ बुराई नहीं लगती। यह चक्र कई वर्षों तक चलता रहा।

राजा उदयन भगवान बुद्ध के परम अनुगामी हैं। वो प्राय: कौशांबी में अपने भिक्षु संघ के साथ आकर प्रवास करते हैं। नगर सेठ घोषित ने नगर के दक्षिणी-पूर्वी कोने में उनके वास के लिए एक विशाल उद्यान में भव्य महा विहार का निर्माण कराया है, ताकि भगवान जब भी कौशांबी आएं तो वहां प्रवास कर सकें, उनके इसी महाविहार को घोषिता रामविहार कहा जाता है। एक दिन भगवान बुद्ध नगर के बाहर की छोटी सी पहाड़ी का चक्रमण करने के बाद घोषिता राम महाविहार की गंधकुटीर के सम्मुख बिछे आसान पर बैठकर भिक्षु संघ को धर्मोपदेश करने लगे। "भिक्षुओं ! शरीर और वाणी से ऐसा कोई कार्य न करें जिससे दूसरों की सुख-शांति भंग हो। हत्या कभी न करें, चोरी न करें, मादक द्रव्यों का सेवन न करें, झूठ ना बोलें, व्यभिचार न करें, दुष्कर्म करने वाले का दु:ख कभी पीछा नहीं छोड़ता है। अत: हमें प्रकट या छिपकर कोई भी पाप कर्म नहीं करना चाहिए।" खुज्जुत्तरा उस समय अपनी रानी के लिए फूल लेने यहां से जा रही थी। उसके पग घोषिता राम महा विहार द्वार पर अनायास ही रुक गए। उसने प्रथम बार तथागत के अमृत वचन सुने। बुद्ध वचन सुनते ही उसके अंतर्मन में विमल धर्म चक्षु उत्पन्न हुए। उसे तत्क्षण चारों आर्य सत्यों (दु:ख, दु:ख का कारण, दु:ख का निरोध, दु:ख निरोध के मार्ग) का साक्षात्कार हो गया, उसे अपने द्वारा किए गए अनुचित कार्य पर लज्जा आई। तुरंत

सारी मुद्राओं के फूल खरीद कर रानी के पास पहुंची। वो अब पाप कर्म की कमाई से अधर्म नहीं करना चाहती है। इतने ढेर सारे फूलों को देख कर रानी श्यामावती आश्चर्यचकित हो जाती हैं। वो पूछती हैं, "उत्तरा, इतने सारे पुष्प कैसे खरीद कर लाई ?" तब उत्तरा बिना संकोच के अपने द्वारा किए गए अनुचित कार्य अर्थात चोरी की बात बता देती है। अपना दोष स्वीकार करती है और क्षमा याचना करती है। रानी श्यामावती अति दयालु और बुद्धिमती है, वो उत्तरा के स्वभाव में आए इस परिवर्तन का कारण जानना चाहती हैं। तब उत्तरा महारानी के सम्मुख सविस्तार से पूरी घटना सुनाते हुए कहती है, "बहुजन के हित सुख के लिए, देवों मनुष्यों के अर्थ, हित, सुख के लिए इन सभी गुणों से युक्त तथागत के अतिरिक्त अन्य किसी शास्त्री को न मैंने पहले कभी देखा था और ना वर्तमान में देखती हूं। ये मन की विशुद्धी कर, दुखों से विमुक्ति का मार्ग दिखाते हैं।" उत्तरा अपनी स्पष्ट, सुंदर, सत्यवाणी से तथागत के वचन सुनाती है। रानी ऐसे वचन सुन बहुत प्रभावित हुई। रानी उत्तरा से कहती हैं, "ओह, कितना सुख है, कितनी शांति है, कितनी शीतलता है। मुझे भी सत्य का साक्षात्कार होने लगा है। उत्तरा शुभे, तुम प्रतिदिन मुझे भगवान तथागत के अमृत वचन सुनाया करो "।

अब उत्तरा प्रतिदिन घोषिता राम महा विहार जाती और साक्षात भंते के मुख से अमृतवाणी सुनती और फिर राजमहल में आकर सभी महिलाओं और महारानी के समक्ष अमृत वचन सुनाती। अब वो राजमहल की दासी नहीं रही। रानी ने उसे दासता से मुक्त कर दिया। उसके लिये सम्मानजनक उच्च आसन की व्यवस्था की और स्वयं अन्य राजमहल अन्त:वासियों के साथ उत्तरा के सामने भूमि पर बैठकर श्रद्धा से भागवान तथागत की वाणी सुनतीं। जिस प्रकार कालिका रहित श्वेत वस्त्र पर रंग अधिक और पूर्ण चढ़ता है , उसी प्रकार उत्तरा के निर्मल मन पर भगवान की शिक्षाओं का प्रभाव अतिशीघ्र और पुर्णरुप से चढ़ गया। उसका जीवन पूर्णत: बदल गया। भगवान के अमृत वचन सुनते-सुनते उसने यह अनुभव कर लिया कि जो कुछ उत्पन्न होने वाली वस्तुएं है, वे सभी नष्ट होती हैं, सब कुछ नश्वर है। इस अनित्य धर्म को प्रथम बार में ही अंतर्मन से ग्रहण कर के समझने के कारण वह श्रोतापन्न हो गयी। उसकी गणना भगवान बुद्ध के प्रमुख गृहस्थ शिष्याओं में होने लगी। पहले अपने आपको ही उचित आदर्श जीवन चर्या में लगाने के बाद ही किसी दूसरे को उपदेश देना चाहिए, उसी प्रकार उत्तरा ने बुद्ध की सारी शिक्षाओं को अपनी जीवनचर्या में

लगाया और फिर उपदेश दिए। उत्तरा के धर्म संपर्क के कारण रानी श्यामावती भी जैसे रात्रि के शेष प्रहर में शुक्रतारा चमकता है वैसे ही उसकी मैत्री भावना सभी पुण्य कारी कार्यों के ऊपर चमकने लगी। रानी को भी चित्त की विमुक्ति प्राप्त हुई और वह भी अपनी पुण्य पारमिताओं के कारण - "मैत्री विहार प्राप्त करणी" में अग्र बनीं। बुद्ध भगवान ने कहा है, "बहुत श्रोताओं में खुज्जुत्तरा अग्र है" जिसने पहले स्वयं को अनुशासित किया और फिर रानी श्यामावती को सधर्म का मार्ग दिखलाया"।

दत्ता

कोलीय वंश के राजा ने अपनी एकमात्र कन्या के स्वयंवर की घोषणा की है। उस समय विभिन्न गणराज्यों को युवराज स्वयंवर में भाग लेने आया करते थे। भिन्न-भिन्न राज्यों में आपसी संबंध सुदृढ़ बनाने के लिए राजा लोग अपनी संतानों का परस्पर विवाह कराते थे। चूंकि अधिकतर गणराज्यों के महा जनपद क्षत्रिय होते थे, इसीलिये जाति, वर्ण, वर्ग के अनुसार उचित वर-वधू का चयन सरल पद्धति से हो जाता था। वैसे तो आठ प्रकार के विवाह की पद्धति का प्रचलन था किंतु गंधर्व, असुर, प्रतिलोम, अनुलोम विवाह आदि को अति आदर की दृष्टि से नहीं देखा जाता था। गौतमी और राजा शुद्धोधन ने अपने ज्येष्ठ पुत्र को स्वयंवर में भेजा, उनका ज्येष्ठ पुत्र धनुर्विद्या और शास्त्र विद्या में अति निपुण है और तीक्ष्ण बुद्धि का मालिक है। उन्हें ज्ञात है कि वह विश्व की अति सुन्दरतम राजकन्या को जीत कर लाने में सक्षम है। ज्येष्ठ भ्राता के साथ उनका लाड़ला छोटा भाई भी चल पड़ता है।

स्वयंवर के नियम के अनुसार एक ही माता-पिता के दो पुत्र एक साथ स्वयंवर में भाग नहीं ले सकते। ये परम्परा पारिवारिक कलह या प्रतिस्पर्धा से दूर रहने के लिए बनाई गई है। नंद को वैसे भी स्वयंवर में भाग नहीं लेना है। उसकी आयु २० वर्ष से कम है। २५ वर्ष से कम आयु के पुरुष गृहस्थ आश्रम में प्रवेश नहीं कर सकते। नंद वैसे तो सौम्यमूर्ति का प्रतीक है किंतु युद्ध उसे कभी भी नहीं भाता। वह

तो अन्तर्मन से अति रसिक है। गीत-संगीत प्राकृतिक सौन्दर्य उसे अति आकर्षित करता है। उसकी माता को पता है कि उनका कनिष्ठ पुत्र थोड़ा आलसी भी है। भोग-विलास में डूबा तो नहीं रहता किंतु मन का झुकाव उसी ओर है। माता भी उसके इस गुण से संतुष्ट हैं। वह चाहती हैं कि उनका पुत्र उनके आसपास ही रहे। क्योंकि ज्येष्ठ पुत्र के स्वभाव व आचारण ने उन्हें चिंतनीय कर रखा है। उसमें कभी-कभी विरक्ति की भावना की छाया दिखाई पड़ती है। माता का मन सदा आशंकित रहता है कि कहीं उनका कनिष्ठ नंद भी अपने बड़े भ्राता की भांति सांसारिक वैभव से विमुख ना हो जाए। इसीलिए नंद की आसक्ति उन्हें बहुत भाती है। नंद ने जब स्वयंवर में अपने बड़े भ्राता को सभी बड़े-बड़े अनुभवी योद्धाओं को पराजित करते हुए देखा तो हर्ष उल्लास से जाकर उनको आलिंगन कर बोला, “मैं आपको अपना आदर्श मानता हूं। आप कितने पराक्रमी हैं, मैं अपने जीवन में आप ही की तरह योद्धा बनूंगा “। संकुचित सी राजकुमारी गोपा अपने प्राणप्रिय, अतिसुंदर, बुद्धिमान, साहसी पति को वर के रुप में पा कर जैसे धन्य हो गई, वो अपने ईष्टदेव को मन ही मन सहस्त्र प्रणाम करने लगी। ज्येष्ठ भ्राता को अपनी नववधू के साथ कपिलवस्तु वापस जाना है किंतु नंद को अभी और भ्रमण करना है। वह बोला, “आप अपने सैनिक और पत्नी के साथ कपिलवस्तु को प्रस्थान करें। मैं मामा के राज्य देशाटन के लिए जाऊंगा।” नंद अपने सैनिकों के साथ देवदह की ओर चल पड़ा। नाना के घर नाती-नवासे सदा से प्राण प्यारे होते हैं। वह प्रकृति की सुंदर घाटियों में दिन रात घूमता, नौका विहार करता। कभी-कभी आखेट पर भी चला जाता। एक बार जब वो नौका विहार कर रहा था तो उसने देखा घाट पर कुछ किशोरी कन्याएं जल क्रीड़ा कर रही हैं। तरुण नंद अपलक उन जल परियों को निहारने लगा। उनमें से एक सब से छोटी, दुबली-पतली सी श्वेतवर्णा किशोरी सबसे चंचल लग रही है। उसे जल क्रीड़ा में अपने अंगवस्त्रों का भी ध्यान नहीं है। वह बस मदमस्त होकर जल का आनंद ले रही है। सूर्य की किरणें उसके मुख-मंडल पर जैसे हीरे की तरह चमकने लगी। अचानक सभी की दृष्टि नौका में विराजित नंद पर पड़ी, अठखेलियां करती सभी कन्याएं खिलखिलाकर हंसने लगीं किंतु किशोरी कन्या लज्जा से सकुचा गई। हड़बड़ाहट में अपने उत्तरीय वस्त्र को अपने चारों ओर लपेटना ही भूल गई। केवल अपने दोनों नयन झुका कर तथास्त खड़ी रह गई, प्रात:काल का समय, नदी के शीतल जल में अपनी सखियों के बीच अर्धनग्न, सुंदर दुबली काया लिए नंद के सामने खड़ी थी। वही था

प्रथम दृष्टि का प्रथम प्रेम जैसे समस्त प्रकृति का सौंदर्य ईश्वर ने उसी पर उंड़ेल दिया हो। नंद ने वैसे तो कई युवतियों को देखा है, किंतु ऐसी भोली, स्निग्ध काया किशोरी को प्रथम बार देखा। वह तो जैसे उसके प्रेम में पागल हो जाएगा। क्षण भर की उस दृष्टि में दोनों ने परस्पर बिना कुछ संवाद किए, प्रेम प्रणय का आदान-प्रदान नयनों से कर लिया। सभी तरुणियां खिलखिलाती हुई घाट से वापस अपने वास स्थान की ओर जाने लगीं। किशोरी को भी उनके साथ चलना पड़ा किंतु उसका मन तो नौका विहार करने वाले युवक के पास बंदी बनकर रह गया है। नंद भी राजभवन लौट आए। उसका मन कहीं नहीं लग रहा है। अधीरता से वह केवल उस किशोरी को फिर से देखना चाहते हैं। उसका अपना राज्य कपिलवस्तु होता तो अलग बात होती, वहां वह अपने गुप्तचरों के माध्यम से उस कन्या का पता लगा लेता किंतु यहां तो वह अतिथि है। वह किससे सहायता ले। सारी रात्रि वह नहीं सो पाया। अगली प्रात: वह स्वयं नौका लेकर फिर से नदी पार करता हुआ उसी घाट पर पहुंचा किंतु वहां तो कोई नहीं है। दु:खी नंद दिन के तीसरे प्रहर तक प्रतीक्षा करता रहा फिर राजभवन से दास जब उसे ढूंढते हुए पहुंचे तब पराजित सा उनके पीछे चुपचाप राजभवन की ओर चल पड़ा। जैसे-जैसे दिन बीतते गए, उसके हृदय में वह कन्या और बसती गई, वह उसे स्मरण करके रोने लगता। उसकी यह अवस्था देखकर, राजवैद्य को सूचना दी गई। अनुभवी राजवैद्य ने औषधि तो दे दी किंतु रानी को धीमे से संकेत में कह दिया कि यह प्रेम का रोग हो सकता है। इसका विवाह अति शीघ्र करा दें। राज ज्योतिष को बुलाया गया। जन्म तिथि के अनुसार गणना कर ज्योतिषी को बताया कि अभी विवाह का मुहूर्त नहीं है किंतु इस जातक के विवाह का योग अभी दिख रहा है। तय हुआ कि तीन मास पश्चात जब विवाह के मुहूर्त होंगे, क्षत्राणी राजकन्या से उसका विवाह करा कर ही उसे कपिलवस्तु भेजेंगे। उधर राज ज्योतिषी की कन्या के नक्षत्र भी कुछ ऐसी ही चाल चल रहे हैं। पिता अपनी कन्या दत्ता के लिए बहुत चिंतित हैं। वह उसका विवाह तो किसी सुशिक्षित, संस्कारी ब्राह्मण से कराना चाहते हैं, दत्ता वर्या होने वाली है। सुयोग्य पात्र अभी तक नहीं मिला है। अपनी कन्या के भाग्य के आगे उनकी सारी ज्योतिष शास्त्र की विद्या बेकार है, अप्रमाणिक है। दत्ता अपने गृह में लेटे-लेटे विरक्त हो चुकी है। उसका मन किसी भी कार्य में नहीं लगता है। संध्या होते ही उदास सी हो जाती है। संध्या के पश्चात कन्याओं का वाटिकाओं में प्रवेश निषिद्ध है किंतु उसका मन इतना विचलित होने लगा कि माता को बिना बताए, वह

चुपचाप वाटिका में टहलने चली गई। शुक्लपक्ष की त्र्योदशी का चंद्रमा, सब कुछ आलोक मय हो उठा है। हरसिंगार के फूल खिलने ही वाले हैं, अपनी सुगंध के माध्यम से वह अपने खिलने का संदेशा दे रहे हैं। वहीं पर चंपा के पेड़ के नीचे दिखा कि कोई आकृति तटस्थ बैठी हुई है।

माता से दत्ता ने सुना है कि अदृश्य आत्माएं रात्रि में विचरण करती हैं और भयभीत होकर चीत्कार कर उठी और विपरित दिशा की ओर भागने लगी। वो आकृति भी हठात नारी का चीत्कार सुन, किसी भय की आशंका में उस नारी के पीछे भागने लगी। उसे लगा किसी को स्पर्शदंश कर गया है, जैसे ही उसने उसके स्कंध पर हाथ रखा, भय से दत्ता मूर्छित होकर धरती पर गिरने लगी। युवक ने तत्काल उसे अपनी भुजाओं से पकड़ कर गिरते बचा लिया और उसके मुख को देखते ही आश्चर्य चकित हो उठा। उसके हृदय की गति बढ़ गयी। भुजाओं में अर्धमूर्छित सी कन्या, वही जल क्रीड़ा वाली किशोरी थी, दत्ता ने अब अपने नयनों को धीरे से खोला तो अपने को अपने स्वप्न पुरुष की भुजाओं में पा कर, आनंद से फिर से मूर्छित हो गई। अब तो समय ने ही दत्ता और नंद का मिलन करा दिया। दत्ता कुछ क्षणों के पश्चात थोड़ा संभल जाती है किंतु नंद उसे अपने बाहुपाश में बांधे रखता है। उसे भय है कि कहीं वह फिर से दूर ना चली जाए। दत्ता भी किशोरावस्था में है किंतु पर पुरुष का स्पर्श उसके शरीर, चेतना में तरगें उत्पन्न कर रहा है। वह भी अपने को प्रेम के बाहुपाश से मुक्त करने का कोई प्रयत्न नहीं करती। दोनों ही एक दूसरे के साथ की कामना करते हैं किंतु कौमार्य में संभोग को पाप का कलक दत्ता नहीं चाहती। उसकी कामना, वासना उसके नियंत्रण में नहीं है किंतु विवेक अभी भी जागृत है। नंद का प्रणय निवेदन उसे स्वीकार तो है किंतु सामाजिक पराकाष्ठाओं के बंधन में रहकर अधीर नंद जब प्रणय में पागल हो उसे पाना चाहता है तो दत्ता उससे विवाह का प्रस्ताव रखती है किंतु इस रात्रि में यह कैसे संभव होगा।

वार्तालाप से ज्ञात हो गया है कि नंद क्षत्रिय वंश का राजकुमार है और दत्ता ब्राह्मण कन्या। विवाह के शुभ मुहूर्त में अभी तीन मास बाकी हैं। इतनी लंबी प्रतीक्षा दोनों से संभव नहीं है। वह तय करते हैं कि गंधर्व विवाह के अनुसार परिणय सूत्र में बंध कर ही वो अपना समर्पण करेंगे। चम्पा के फूलों की माला गूंथकर, हरसिंगार की लताओं के नीचे, शुक्ल पक्ष के त्रयोदशी के चांद, टिमटिमाते तारे, नक्षत्र, वाटिका में उपस्थित सभी वृक्ष-लताओं को साक्षी मानकर दोनों एक दूसरे का वरण कर दांपत्य

जीवन का शुभारंभ करते हैं। राज ज्योतिषी अब असहाय हैं। कन्या ने गंधर्व विवाह में राजकुमार को ग्रहण किया। शारीरिक संपर्क भी बन चुका है। अब वह किसी भी प्रकार से इस विवाह का विरोध नहीं कर सकते। कन्या अनुलोम विवाह से अपने से वर्णगत निचली जाति में प्रवेश की है, यह बात उन्हें स्वीकार नहीं किंतु गंधर्व विवाह अस्वीकार्य भी नहीं हो सकता। राज परिवार में इस प्रस्ताव पर कोई विरोध नहीं है। गौतमी और शुद्धोधन ने अपनी पुत्रवधू का हार्दिक रुप से स्वागत किया। नंद अपनी पत्नी दत्ता के साथ अति आनंद से है। दत्ता की संस्कार की परिधि केवल नंद से ही आरंभ होती है और नंद पर शेष होती है। वाह्य जगत के सुख-दु:ख, मानव के कष्टों से दु:खों से उसे कोई लेना देना नहीं हैं। तभी समाचार आता है भिक्षु मुनि अब राज महल में निवास नहीं कर सकते। वह अपने शिष्यों के साथ उपकुल अंचल के एक विहार में डेरा डालें। अपने अग्र सेवक को नंद के पास बुलवाने भेजा। नंद को अपने ज्येष्ठ भ्राता से अति लगाव है, सूचना पाते ही उनसे मिलने विहार पहुंच जाता है। देखता है तथागत भोजन कर रहे हैं। नंद उन्हें प्रणाम करता है। तथागत कहते हैं, “नंद थोड़ा लवण लेकर आओ, भोजन में लवण नहीं है। भिक्षा में हमें जो भी मिलता है हम वही ग्रहण करते हैं।” नंद जा कर आनंद से लवण लेकर भाई को देता है। भ्राता किसी प्रकार का कोई भाव अपने मुखमंडल पर प्रकाशित नहीं होने देते किंतु वह अपने भ्राता के रुप से पूर्णत: अनभिज्ञ है। माथे पर केशों को बांधकर जूड़ा बनाया हुआ है। शरीर पर कोई आभूषण नहीं, क्षत्रिय राजाओं की तरह मांसल भुजाएं नहीं। देह पर केवल पीत चीर धारण किए हैं, कोई आभूषण नहीं किंतु इस अनोखे भिक्षु के रूप में भी वो कितने आकर्षित, कांतिमय लग रहे हैं। शाक्य मुनि बोले, “नंद तुम अति बुद्धिमान हो, तुम्हारा मन भी अति निर्मल है, समाज को मानव कल्याण के लिए तुम्हारी आवश्यकता है। चलो मेरे साथ, साधना करो, जीवन के रहस्य को समझो। “नंद ऐसे प्रस्ताव को सुनकर अवाक रह गया। वह अपनी माता और प्राणप्रिया पत्नी को त्याग कर भिक्षु नहीं बन सकता किंतु अपने श्रेष्ठ भ्राता के प्रथम अनुरोध को अस्वीकार करने को उसका विवेक नहीं मान रहा। वह उनसे आज्ञा लेकर महल वापस आ जाता है। माता गौतमी यह सुनकर अति दु:खित हो जाती है कि उसकी अति प्रिय कनिष्ठ संतान को भिक्षु ने भिक्षा में मांग लिया है किंतु दत्ता को यह कदाचित स्वीकार्य नहीं है। वह रुष्ट होकर अपने पति से कहती है, “संसार से भागकर, गृहस्थी त्याग कर भला क्या सत्य प्राप्त होता है ? राजा तो राजा होते हैं।

वह किसी भी वर्ण, गोत्र की कन्या ला सकते हैं किंतु यहां वधू ब्राह्मण है, क्या पता गोपा को स्वीकार होगा कि नहीं। तुरंत कपिलवस्तु संदेश भेजा गया। उतर भी आशानुसार अति शीघ्र आया। गोपा को स्वीकार्य है। पूरे रीति कर्म के अनुसार दत्ता की विदाई हुई। कपिलवस्तु तक पहुंचने में पूरा एक मास का समय लगा। इस एक मास में एक भी क्षण के लिए नंद अपनी नव विवाहिता किशोरी पत्नी से दूर नहीं रहा। मार्ग में प्रत्येक स्थल पर वह उसका पूरा ध्यान रखता। रात्रि में उसी के समीप रहता। किशोरी दत्ता को और क्या कामना हो सकती है। उसका प्रथम प्रेम, प्रथम पुरुष, उसके पति का सानिध्य उसे प्रत्येक क्षण प्राप्त है। राजमहल में दत्ता का अति भव्य स्वागत किया गया। गौतमी माता को दत्ता अति सुंदर लगी। शिष्टाचार ने गौतमी का मन मोह लिया है। माता गौतमी अपने अति दुलारे पुत्र के लिए अब निश्चिंत हो गयी है। दत्ता के प्रेमपाश से मुक्त होकर कभी भी नंद कहीं नहीं जाएगा।

कालान्तर में नंद के ज्येष्ठ भ्राता अपनी पतिव्रता, सुंदर पत्नी और नवजात शिशु को त्यागकर सत्य की खोज में चले गए। पूरा राज्य शोकाकुल हो उठा था, यशोधरा के मन की पीड़ा, विरह को दत्ता ने अनुभव किया है। दत्ता ने उस श्रेष्ठ नारी को तपस्विनी की तरह अकेले अपनी संतान का लालन-पालन करते देखा है। इन वर्षों में बहुत कुछ परिवर्तित हो गया है। प्रकृति परिवर्तन शील है किंतु नंद के हृदय में दत्ता के लिए प्रेम उसी प्रथम प्रेम दृष्टि के समान है। दत्ता को कभी-कभी अपने पति के इस प्रेम पर गर्व होता है। कभी-कभी अपनी दासियों के समक्ष वह लज्जा का भी अनुभव करती है। माता गौतमी सिद्धार्थ के जाने के बाद से अति निराश रहती है। वह नंद को राज्य कार्य संभालने का अनुरोध करती है, “वह भिक्षु जो अपने संघ में चोर, अल्प वयस्क, ऋणी, राजा के सेवक, स्त्री, दासी तथा रोगी को प्रवेश से वंचित रखता है, वो क्या सत्य का ज्ञान पाएगा” ’ नहीं, मुझे कदापि स्वीकार नहीं ’ तुम कहीं नहीं जाओगे। नंद भी असमंजस में है। अन्तर्मन से वह भी जाना नहीं चाहता किंतु ज्येष्ठ भ्राता का आदेश भी अस्वीकार करना नहीं चाहता। वो दत्ता से कहता है, “कुछ दिनों के लिए उनकी शरण में जाने की अनुमति दो प्रिये। मैं शीघ्र ही लौट आऊगां। तपस्या से दिव्य शक्ति आदि प्राप्त करने जैसी क्षमता मेरे में नहीं है। भ्राता मुझे स्वयं भौतिक संसार में पुन: लौटा देंगे। दत्ता का मन अति अशांत है। वह अपने पति के बिना एक क्षण के लिए भी नहीं रह सकती। वो यशोधरा की तरह तपस्विनी नहीं है। परम्परा के विरुद्ध अपने पति के ज्येष्ठ भाई के समक्ष जाने को तैयार हो गई किंतु नंद और गौतमी

ने ऐसा करने से उसे रोक लिया। दत्ता ने भोजन का त्याग कर दिया। जल ग्रहण नहीं किया। केश विन्यास को खोलकर एक पराजित नारी की तरह जोर-जोर से विलाप करने लगी। उसके क्रन्दन की वाणी सुन वाटिका के पंछी भी घबराकर इधर-उधर उड़ने लगे। चारों तरफ जैसे अस्थिरता का वातावरण छा गया। निर्धारित समयानुसार नंद को भिक्षुओं के साथ साधना के मार्ग पर जाना पड़ा। उसने प्रस्थान करने से पहले अपनी उत्पीड़ित पत्नी दत्ता को देखा। उसके शुष्ककेश, कांतिहीन मुख, वह दत्ता को अपनी बाहुओं में भरकर बोला, "प्रिये, मैं अतिशीघ्र लौट आऊंगा, तुम अपनी ये अवस्था मत करो, मुझे कष्ट होगा, कोई भी मार्ग हम दोनों को एक दूसरे से पृथक नहीं कर सकता। हम दोनों दो शरीर एक आत्मा हैं।" रो रोकर क्लांति से भरी हताश दत्ता ने पलक उठाकर अपने प्रिय को देखा, ना जाने कितने मुहूर्त बीत गए किंतु दत्ता ने पलक नहीं झपकाई, निर्मिनेष भाव से विदा लेते अपने प्रिय को जैसे नयनों में ही छिपा लेना चाहती है। दासी सुशीला और मां गौतमी ने बड़े कष्ट से दत्ता को नंद से दूर किया। अब दत्ता की आखों के सारे आंसू सुख गए हैं। वह जैसे पाषण हृदया हो चुकी है। ना कुछ बोलती है और ना ही कुछ सुनती है। बस अपलक जाते हुए नंद को निर्भाव मुख से देखती रह जाती है।

नंद भी विहार में जाकर अति विचलित रहा। सिर के बाल उसने मुंडवा लिए। राजसी वस्त्रों का त्याग कर भिक्षुओं की वेशभुषा को पहन लिया। प्रात: उठकर बुद्ध की वाणियों का अध्ययन करता। फिर दिन में जंगल में जा कर रोता रहता। उसने एक विशाल चट्टान पर चूने से लेप कर दत्ता की आकृति जैसी नारी बनाई। कोयले को घिसकर उसके घने काले केशों का रुप दिया। कत्था को पीस कर उसके अधरों को रंग दिया और कहीं से एक नारी का चीर लाकर उसे पहना कर जीवंत दत्ता का रुप बना दिया। अब प्रतिदिन घंटों वह उस चित्र के सामने बैठ कर विलाप करता। ये समाचार अन्य भिक्षुओं द्वारा बुद्ध भगवान तक पहुंचा किंतु भगवान विचलित नहीं हुए। वह एक दिन स्वयं नंद के पास पहुंचे। उन्होंने उसका हाथ अपने हाथ में लिया और बोले, "हे प्यारे नंद, चलो आज तुम मेरे साथ स्वर्ग लोक का विचरण करो"। नंद को लगा जैसे उसका स्थूल शरीर एकदम भारहीन हो गया है। वह शीतल पवन, मेघ झुंड से होते हुए सारे ब्रह्मांड में विचरण कर रहा है। उसको चारों ओर अनगिनत नक्षत्र, तारे, गृह अपनी-अपनी धुरी में घूम रहे हैं। उन सबको पार करते हुए वह दोनों स्वर्गलोक में पहुंच गए। वहां पर कितना आनंद है चारों ओर

इतनी वैभवता, अवर्णनीय सुंदरता, अति सुंदर जिसकी उसने कभी कल्पना भी नहीं की थी, अप्सराएं नृत्य कर रही हैं, वाटिका में झूले झूल रही हैं। वह हंसती तो जैसे मोती झर रहे हों। भंते ने कहा, "अगर तुम निष्ठा से तपस्या करोगे, सम्बोधि की प्राप्ति करोगे तो ये सब अप्सराएं तुम्हारे अधीन रहेंगी, तुम इनके स्वामी बनोगे।" अप्सराओं की सुन्दरता को पाने की लालसा में नंद अपनी प्राणप्रिया विवाहिता को भी भूल गया। उसने भगवान बुद्ध को वचन दिया कि वो पूर्ण मनोयोग से भिक्षु बन कर प्रमाणित करेगा। दोनों स्वर्ग लोक से पुन: पृथ्वी में लौट आये। अब नंद जंगलों में उस चित्र के पास नहीं जाता है। संघ के कठिन नियमों का पालन करता है। अपनी पूर्ण चेतना को उसने साधना मार्ग में लगा दिया है। जो ज्ञान इतने वर्षों की सेवा कर के भी अग्र सेवक आनंद नहीं प्राप्त कर सका, वो दिव्य ज्ञान नंद को प्राप्त हो गया, वह बुद्ध के पास शिक्षा प्रचार और प्रसार करने की अनुमति लेने गया, तो गौतम बुद्ध ने पूछा - "अप्सराए अब तुम्हारी है। तुमने अपने वचन का पालन किया"। नंद ने कहा, "भंते मुझे अब किसी की कोई तृष्णा नहीं हैं। मैं किसी प्रकार की लालसा नहीं रखता, आपने मेरा मार्ग दर्शन किया। मुझे दिव्य ज्ञान दान में दिया"। भंते ने कहा, "कोई भी ज्ञान किसी को दान में नहीं दिया जा सकता। तुमने स्वयं अपनी तपस्या और लगन से उसको प्राप्त किया है। स्वर्गलोक में ऐसी कोई अप्सराएं हैं ही नहीं। वो तो मैंने एक भ्रम सृष्टि किया था किंतु अब तुम सत्य और मिथ्या के माया जाल से मुक्त हो चुके हो। तुम दिव्य शक्ति चक्षुमान हो।" नंद अब पूर्ण बोधिसत्व की प्राप्ति कर चुके हैं। सभी प्रजा उन्हें अति आदर और सम्मान से पूजती है। जब तक उन्हें महा निर्वाण की प्राप्ति नहीं हुई दिव्य दृष्टिकर्ता नंद, बौध संघ के शिक्षाओं का प्रचार करते रहे।

राजमहल में भी यह समाचार पहुंच गया है। कालांतर में स्वयं राज दासियां, विमला, नगरवधुएं, राजनर्तकियां, दुष्ट, क्रूर, दस्यु अंगुलीमाल, शूद्रवर्ण की कन्या, कई बार पति द्वारा परित्यक्ता इति दासी, दासीपुत्र गामिनी, पाटचारा, विदुषिनी, रोहिणी, मैत्रीय, जिसका शील भंग करने की चेष्टा की गई थी अति सुंदरी, अविवाहित, उत्पलवर्ण, अनगिनत शोषिताएं, दु:खी नारियों ने भिक्षु संघ में प्रवेश किया किंतु दत्ता अपने पति के वियोग में नितान्त नीरवता के साथ सर्व सांसारिक, भौतिक सुख त्यागकर एकांत वास करती रही, जो व्यक्ति अप्सराओं को पाने के लोभ में उसे भूल गया, अब उसके हृदय में उस प्राणप्रिय पति के लिए कोई स्थान नहीं है। जब वर्षों पहले वो अपने ज्येष्ठ भ्राता के आदेश पर उसे अकेला छोड़कर गया था, वो ही

अंतिम दर्शन था। दत्ता ने किसी स्वर्गलोक की आशा में तपस्या नहीं की, जंगल में घूम-घूम कर तपस्या नहीं की, जीवन में कुछ भी स्थितमान नहीं सब कुछ क्षणभंगुर है, इस सत्य को उसने अपने एकांत जीवन में पा लिया है। उसका नाम किसी इतिहास में नहीं लिखा जाएगा किंतु बौद्ध धर्म में अनामिका तपस्विनी दत्ता मौन हो कर भी जीवित रहेगी। क्योंकि उसे किसी का भय नहीं है, किसी की लालसा नहीं है, न ईर्ष्या, न प्रेम, न मृत्यु, न भय, न ईश्वर, न स्वार्थ समय के कुछ टुकड़े अक्सर निरर्थक होते हैं। वह अपने जीवन काल के उस प्रेममय समय को अब स्मरण नहीं करती है। उसका पति विरह की दारुण पीड़ा का क्षोभ नैतिक शक्ति में अवतरित हो गया है। उसके हृदय में बसे अव्याखित रहस्य अप्रतीक्षित प्रेम, अचेतन विचारों का नक्षत्र पुंज जो अपने स्वत्व की संपूर्णता, एकाग्रता, गरिमा को मायावी रुपों से बंधन मुक्त हो चुका है। उसे अंतत: प्रथम बोध हो चुका है। चिरंतन काल से जब से मानव सभ्यता का विकास हुआ है तब से गृहस्थ आश्रम को ही श्रेष्ठ माना गया है। नारियों के लिए स्वर्ग या मोक्ष की प्राप्ति तभी सम्भव हो पाती, जब वो गृहस्थ आश्रम के सभी नियमों का पालन बिना किसी विरोध के करें, यही धारणा प्रचलित थी। नारियों को अनेक व्यवहारिक दृष्टि के कारणों से कई संस्कारों व अधिकारों को वंचित रखा जाता रहा है। उनका समस्त कार्य क्षेत्र केवल गृहस्थ जीवन ही था, ना सन्यासिनी बनना और ना ही किसी आश्रम में साध्वी बनकर प्रवेश करना। दत्ता गृहस्थ जीवन की डोर में बंधकर भी मुक्त हो चुकी है।

■

संघमित्रा

मगध राज्य के छोटे से गणराज्य की राजधानी पाटलिपुत्र के निकट एक बहुत ही मनोरम गांव है। यहां के लोग शांतिप्रिय है। इस गांव का नाम है चम्पापुरी। वहां पर एक दरिद्र किसान के घर एक अनिंद्य सुन्दरी का जन्म होता है। वह कन्या इतनी सुन्दर होती है कि उसके जैसी रूपवती दूसरी कोई कन्या दस-दस गांवों तक नहीं है। दरिद्र किसान के पास आय का कोई स्रोत नहीं है। भूमिहीन किसान, धरती मां की पूजा अर्चना करता है, कि भू-देवी प्रसन्न होकर धन की वर्षा करेंगी। किन्तु उसके यहां इस सुन्दर कन्या का जन्म हो गया। उसकी पत्नी ने बहुत आशा के साथ अपनी अति सुन्दर शोभित काया वाली प्रथम कन्या संतान का नाम सुभद्रांगी रख दिया। जैसे- जैसे वह बड़ी होने लगी, उसका रुप -सौन्दर्य चमकते प्रभाकर की तरह सबकी आंखों को चौंधियाने लगा। पिता को भी एक उपाय सूझा। वह अपनी सुपुत्री को लेकर सम्राट के दरबार में कुछ मुद्राओं के बदले भेंट कर आया।

सुभद्रांगी के सौन्दर्य से अब राजा के दरबार की दासियां एवं गणिकाएं जलने लगीं और उसे सबसे निम्न कार्य करने को बाध्य करने लगीं। भेंट में आई हुई दरिद्र की सुन्दर कन्या को ज्ञात है, कि उसकी स्थिति में यही कर्म है। गरीबों की अपनी कोई चाहत या पसंद नहीं होती। उसने सिर झुकाकर देह की मालिश करना,

उपटन लगाना, नहलाना, धुलाना, केश संवारना आदि जैसे कार्य करते हुए निपुणता प्राप्त कर ली। एक बार राजा युद्ध से थक कर लौटे तो अपने सारथी से बोले "मेरा शरीर अत्यन्त क्लांत हो रहा है, सेवा की कुछ व्यवस्था करें" सारथी को सामने सुभद्रांगी दिखी, उसने उसी की नियुक्ति कर दी। सेविका ने भी पूर्ण निपुणता के साथ राजा की सेवा की। राजा ने प्रसन्न होकर पुरस्कार देना चाहा। यही एक अवसर था जहां सेविका अपने भाग्य को बदल सकती थी।

उसने विनम्र अनुरोध किया, "महाराज, मैं एक सेविका हूं। गांव में मेरे पिता दरिद्र अवश्य थे, किन्तु मैं उच्चवर्ण से हूं। अगर आप मुझे एक संतान का आशीर्वाद दें, तो मैं धन्य हो जाऊगीं" कहते हैं पुरुष सुन्दरता के समक्ष सदैव पराजित हो ही जाता है। सेविका अब राजा की अंकशयनी बनी। जब उसे पुत्र प्राप्त हुआ, तो उसके समस्त शोक, कष्ट समाप्त हो गये। पुत्र का नाम अशोक दिया गया। वह अपनी सेवा और सौन्दर्य से महाराज की प्रमुख रानी बनी और द्वितीय पुत्र संतान को जन्म दिया। प्रथम पुत्र अपनी माता की तरह अति महत्वाकांक्षी और पिता की तरह महान योद्धा बना। राज्य विस्तार और समस्त विश्व पर शासन करने की आसक्ति ने उसे क्रूर भी बना दिया।

उन्हें राजदरबार में सदा रानियों व उनकी संतानों के बीच चलते षड्यंत्र के कारण अपनी माता के साथ वनवास में काफी कष्ट दायक परिस्थिति में भी रहना पड़ा है। वह किसी पर भी विश्वास नहीं करता, अपने भाई - बंधुओं की हत्या के बाद वह सम्राट बना। उसके जैसा, चक्रवर्ती सम्राट कुशल कुटनीतिज्ञ, क्रूर, दक्ष शासक पहले कभी उनके वंश में नहीं हुआ। माता आजीवक धर्म की अनुयायी थी। पुत्र ने भी उसी धर्म में अपनी आस्था बनायी, किन्तु जैसे-जैसे वह युद्ध जीतता जाता, कहीं न कहीं भीतर से रिक्तता का अनुभव करता। वह जिन-जिन राज्यों पर आक्रमण करता, उसे निर्ममता से अपनी दास्ता स्वीकार कराता है। कई संधियों में तो वह राजकुमारियों से विवाह करके उन्हें अपने अधीन रखता। किन्तु महारानी देवी स्वभाव से एकदम शांत रहती हैं। स्वामी कितनी ही नारियों को विवाह करके क्यों ना ले आए, वह अपना महत्व समझती हैं।

कलिंग जैसे बड़े राज्य पर युद्ध करने की तैयारी राजा कर रहे हैं। महारानी देवी उन्हें अति सरलता और धैर्य के साथ बौद्ध भिक्षुओं से मिलवाती हैं। उस समय रानी स्वयं गर्भवती है। बौद्ध चिन्तन का प्रभाव उसके गर्भ में पल रही संतान पर पड़ने लगता है। अशोक के स्वभाव में भी कुछ परिवर्तन दिखता है। वह बौद्ध भिक्षुओं का

सम्मान करने लगता है। किन्तु महाकाल को कौन टाल सकता है। युद्ध होता है, सहस्त्रों की संख्या में कलिंग के योद्धा मारे जाते हैं। चारों तरफ नरसंहार और विनाश देखकर सम्राट दु:खी हो जाता है। उधर महारानी देवी एक सुन्दर, शांत कन्या को जन्म देती है, जिसके मुखमण्डल को देखने मात्र से ही सम्राट अपने सभी दु:ख भूल जाते है। जैसे वह कन्या नहीं वरन् शांति का दूत हो।

सम्राट अब पूर्ण रुप से बौद्ध धर्म के अनुयाई बन जाते है, और धर्म के प्रचार - प्रसार में कलिंग से जीत कर लाई हुई कौर्वकी के साथ मिलकर कार्य करने लगते हैं। बौद्ध संघ की शरण में जाकर उन्हें अपार शांति मिलती है और उनकी प्रथम संतान सुपुत्री शांति का दूत, अपने माता- पिता के साथ संघ की शिक्षा में ही पलती बढ़ती है।

राजा उसका स्नेह और श्रद्धा देखकर उसका नाम रखते हैं संघमित्रा। बाद में उसके कई और बहन-भाई हुए, किन्तु संघमित्रा अपने पिता की सबसे प्रिय संतान रही। उज्जयिनी में जन्म लेने के बाद माता उसे अपने साथ बुद्ध के सभी धर्मस्थलों पर लेकर जाती हैं। श्रावस्ती, लुम्बिनी, रामापुरा, पावा, सारनाथ आदि सभी धार्मिक स्थलों का देशाटन उसने अपनी बाल्यावस्था में किया, किन्तु फिर भी वह मन ही मन अधीर हो उठती। वह भी बौद्धज्ञान की खोज में भटकती,गर्भ में सुनी हुई बुद्ध की समस्त शिक्षाएं व दर्शन जैसे उसके रोम- रोम में समाया हुआ है। भिन्न-भिन्न धार्मिक विद्वानों के साथ चर्चा में भाग लेती विभिन्न पूजा - अर्चना, यज्ञ विधियों को देखती, किन्तु किसी की ओर उसका मन आकर्षित नहीं होता। उसने अपने पिता के क्रूर रुप की अनेक कथाएं देखीं और सुनीं है। पिता का चित्त परिवर्तन हो गया है, किन्तु संघमित्रा का चित्त तो सदैव भिक्षुओं की शिक्षा की ओर ही झुका रहा। फिर भी उसे अपने जीवन का लक्ष्य नहीं मिल पाया। वह अपने मन की व्यथा अपने भाई महिन्द्र से भी कहती है, किन्तु किसी के पास उसका उत्तर नहीं है। राजा भी अपनी दुलारी राजकुमारी के शांत स्वभाव में छिपी रहस्यमयी खोज में जुटी दृष्टि को भांप लेते हैं। अपने मंत्रियों से परामर्श करते हैं, कि संघमित्रा को कैसे खुश व आनंदित रखा जाए। बेचारे सासांरिक पण्डित, विद्वान और कन्या को परामर्श देंगे! वो बोले - "महाराज, राजकुमारी का विवाह करा दें। घर गृहस्थी, पति प्रेम, संतान इत्यादि के कर्तव्यों में जब बंध जाएगी, तो, अपनों के मोहमाया जाल में ही आनन्द को प्राप्त करेगी"। सम्राट एवं महारानी देवी को यह प्रस्ताव उचित लगा। जैसे ही संघमित्रा ने तेरहवां वर्ष पूर्ण किया, प्रथम शुभ मुहूर्त में अतिसुंदर राजकुमार अग्रब्रह्मा से उसका विवाह कर

दिया गया। राजकुमारी अब विवाहित है। पति उसे बहुत प्रेम करते हैं। राजमहल में सभी उसका आदर सम्मान करते हैं। वह अपने पति के साथ बोधिवृक्ष के दर्शन करने जाती है। उस विशाल पीपल के वृक्ष को देखकर उसे अनुभव होता है, कि उसके जीवन की यात्रा इसी पवित्र वृक्ष के सानिध्य में ही पूर्ण होगी। किस तरह से भगवान बुद्ध को यहां ज्ञान की प्राप्ति हुई होगी ? एक एक दृश्य उनके नयनों के सामने घूमने लगा। वृक्ष की एक-एक डाल, लहराते पत्ते, विशालकाय तना, धरती के भीतर समाई जड़ें सभी कुछ में ही "बोधिसत्व" है। इसी पवित्र वृक्ष को भगवान ने स्पर्श किया था, उन्होंने यहीं पर अपने हस्त से भूमि को छूकर प्रणाम किया था। यहां का एक-एक कण "सम्यक बुद्ध" का प्रतीक है। इसी वृक्ष की वायु में ही वह अपने जीवन की "श्वास - प्रश्वास" लेती हैं। उसे अपने बाल्यकाल में प्राप्त हुई बुद्ध शिक्षा का स्मरण हो आया, जब महानिर्वाण का समय समीप आ रहा था। तथागत के पूजन सम्मान में सुरभित पुष्पों और चन्दन चूर्ण की वर्षा हो रही थी। तब शास्ता ने आनन्द को बताया था, कि जो भिक्षु या भिक्षुणी उपासक या उपासिका धर्म के मार्ग पर आरूढ़ होकर विहार करती हैं, यही वास्तव में पूजा है और इसी परम - पूजा से तथागत सत्कृत, गुरुकृत, मानित, पूजित, आदृत होते हैं , यहीं करना चाहिए। इसीलिये आनन्द आत्मद्वीप होकर विहार करो।

धर्म क्या है ? शील धर्म है , समाधि धर्म है, प्रजा धर्म है। शील, समाधि और प्रजा के पथ पर चलना ही धर्म है। जो पूर्णत: जाग गया हो, जिसकी तृष्णा, द्वेष, ईर्ष्या सब खत्म हो गई हो, जो पूर्णत: मुक्त हो, जिसके सारे संग्राम, शंकाएं समाप्त हो गयी हो, जो किसी फूल के खिलने को भी उसी प्रकार देखता हो, जैसे किसी बच्चे के जन्म को और जो किसी पत्ते के झड़ने को भी वैसे ही देखता हो, जैसे अपने माता - पिता की मृत्यु को जो सुन्दर-असुन्दर को एक सा देखता हो, जिसकी करुणा सभी जीव-निर्जीव के लिये एक बराबर हो। भगवान बुद्ध का मार्ग सभी अंतर को समाप्त करने वाला है। बुद्ध का दर्शन अनुभूति पर ही तो टिका है। वहां पर यह सब स्मरण करते हुए, संघमित्रा को अनुभव हुआ। उसे स्मरण हुआ, कैसे राजमहल में भिक्षु ने आकर बुद्ध के "कलाम सुत्त" के बारे में व्याख्या की थी। उसमें बुद्ध ने कहा था कि किसी बात को इसलिए मत मानो कि वह किसी पवित्र पुस्तक में लिखी हुई है। न ही इसलिए मानो कि उसे बहुत लोग मानते हैं, न ही इसलिए कि उसे कोई गुरु कह रहे हैं , न ही इसलिए कि उसे स्वयं बुद्ध कह रहे हैं, वरन् स्वयं जांचों, उसका अनुभव

करो और जब स्वयं के लिए और संसार के लिए प्रासंगिक हो तो ही मानो "बुद्ध कहते हैं" तुम स्वयं की शरण में जाना, किसी और की नहीं "तत्काल संघमित्रा को अपने सभी भ्रम - शंकाओं से मुक्ति मिल गई, कि उसे अपना चिर जीवन धर्म के प्रचार में ही लगाना है। बोधिवृक्ष के समक्ष खड़े होकर जैसे उसका जीवन प्रकाशमय हो उठा। वह राजमहल तो वापस आ गई, किन्तु उसका हृदय, मस्तिष्क, विवेक, संवेदनाएं उसे केवल धर्म की ओर खींचती जा रही हैं। संघमित्रा ने अति अल्पायु में गर्भ धारण किया और यथासमय एक सुन्दर, स्वस्थ बालक को जन्म दिया। किन्तु कोई ममता की डोर, पति का प्रेम उसे अपने मोहजाल में बांध नहीं पाया। पति का साथ भी छूट गया, किन्तु संघमित्रा अब किसी भी प्रकार से विचलित नहीं होती। पिता ने चारों ओर देश - विदेशों में अपने दूत भेजे ताकि सभी देशों में बौद्ध धर्म का प्रचार हो सके। अपने पुत्र महिन्द्र को सिंहलद्वीप भेजा। माता संघमित्रा ने बिना कोई क्षण विलम्ब किए अपने एकमात्र पुत्र को मामा के साथ इतनी दुर्गम और लम्बी धर्म यात्रा में सहर्षता से भेज दिया। राज्य में रह कर वह अपने पिता के धर्म प्रचार का समस्त कार्य भार संभालने लगी। अब वह राजकुमारियों जैसे नहीं रहती, एकदम सरल-सहज जीवन यापन करती। पिता की आंखों का तारा बन कर अपने पिता के समक्ष रहकर सारा कार्य निर्वाह करती।

चक्रवर्ती सम्राट अपने राज्य की धनराशि मुक्तहस्त से बौद्ध धर्म के प्रचार के लिए लगाने लगे। हजारों स्तूपों का निर्माण किया गया। शिलालेख, विहार, मूर्तियां, उत्कृष्ट कला कृतियां बनवाने लगे। संघमित्रा निर्माण के कार्य में पूर्ण रुप से पिता की सहायता करती। पिता जब भी अपनी प्राणप्रिय दुहिता के मुखमण्डल की ओर देखते तो आश्चर्यचकित रह जाते। इतनी कम आयु में उसने सर्वराजस्वी आभूषणों का परित्याग कर दिया है। रेशम-पाट अथवा चटकीले रंगीन वस्त्र धारण नहीं करती अति सादगी से सारे केशों को समेट कर अपनी उच्च ललाट के ऊपर बांधकर रखती है। सबकुछ बहुत विचित्र सा लगता है। चारों तरफ घूमती हुई राजा-रानियां, विमाताएं, राजकुमारियां उसे विचित्र दृष्टि से देखती हैं, किन्तु ज्ञान प्राप्त साध्वी की तरह उसके मुखमण्डल पर आलौकिक शांति के आभास की प्रतिछाया सदैव रहती है। सभी दासियां तक मंत्र मुग्ध होकर संघमित्रा के प्रत्येक आदेश का पालन करती हैं। संघमित्रा एकदम किसी आलौकिक शक्ति स्वरुपणी की तरह जीवन्त नारी दिखाई पड़ती है। वह राज्य के, शासन के, प्रशासन के किसी भी कार्य में हस्तक्षेप नहीं

करती। केवल बुद्ध की शिक्षा, धर्म कथन के विस्तार के कार्य को दक्षतापूर्वक संभालती है। उधर, उसका प्रिय भ्राता महेन्द्र राजकुमार उसके एकमात्र पुत्र समानेर के साथ सिंहलद्वीप सकुशल पहुंच गया है। वहां पर राजा ने उसका भव्य स्वागत किया है। राजदूत ने यह समाचार शीघ्र ही सम्राट तक पहुंचा दिया है। वहां पर विशाल संघविहार की स्थापना की गयी है।

भारत देश के दक्षिण में स्थित महासागर के बीच यह एक सुन्दर द्वीप है, जहां प्राकृतिक सौन्दर्य के साथ प्राकृतिक खजानों की अपार सम्पदा भरी पड़ी है। सिहंलद्वीप वासियों ने पूर्वजों से युद्ध के भयंकर परिणाम स्वरुप अशांति, अराजकता और कष्ट ही पाए हैं। अब सभी को अपने राज्य में शांति ही चाहिए। सरल जीवन शैली वाले निवासी वर्तमान राजा के अनन्य भक्त है अगर राजा ने बौद्ध धर्म को राज धर्म बनाने की घोषणा की है, तो इसका कोई विशेष कारण रहा होगा क्योंकि ये केवल आडम्बर युक्त धर्म नहीं वरन् सरल - शांत, सत्य पर आधारित जीवन यापन करने की शिक्षा है, जो सत्य का मार्ग दिखाती है। इसीलिये सहर्षता पूर्वक यहां के नागरिक दीक्षा लेने के लिए एकत्रित हुए हैं। राजा ने स्वयं द्वीप के सभी नगरवासियों को बौद्ध धर्म के अनुयाई बनने का अनुरोध किया है। वह वहां का राजधर्म बन गया है। राजकुमार महेन्द्र ने वहां सैकड़ों भिक्षुओं को दीक्षा प्रदान की, ताकि वो संघ में प्रवेश पा सके। केवल पुरुष ही नहीं सैकड़ों की संख्या में स्त्रियां भी भिक्षुणी बनने के लिए प्रतीक्षा कर रहीं हैं। वे भी सभी अपने जीवनकाल में बुद्ध की शरण में जाना चाहती हैं। विशाल जन समुदाय के विशेष आग्रह पर सिंहलद्वीप के राजा स्वयं विशेष धर्मदूत भारत को भेजते हैं। सम्राट से अनुरोध करते हैं, कि महिला बोधिसत्व अनुकरणी को भेजा जाए, ताकि वे आकर भिक्षुणी संघ की स्थापना कर सके। इतना विशेष और मधुर आग्रह पाकर चक्रवर्ती राजा विदुषी को भेजने की व्यवस्था करते हैं। तब संघमित्रा स्वयं अपने पिता के पास जाकर उपस्थित होती है। विनयपूर्वक प्रार्थना करती है, "मुझे इस कार्य के लिए सिंहलद्वीप भेजा जाए, मैं स्वयं भिक्षुणी संघ की स्थापना करके, वहीं उसका परिचालना करुगीं" अपनी दुहिता के मुख से यह वचन सुनकर राजा भी उदास हो जाते हैं। वह किसी भी अवस्था में अपनी प्यारी कन्या को अपने से दूर नहीं भेजना चाहते, किन्तु संघमित्रा अपने पिता को समझाती है "मानव कल्याण के लिए सत्य के मार्ग पर चलकर ही तो नव-निर्वाण की प्राप्ति होगी। आप अपनी संतान से इतनी मोहमाया न करें। नहीं तो आप अपने लक्ष्य से

भटक जाएंगे" पुत्री की बात सुनकर पिता आश्वस्त होते हैं, उन्हें आभास हो जाता है कि बेटी के सत्य के मार्ग में बाधा डालना उचित नहीं। वो उसे जाने की स्वीकृति दे देते हैं। किन्तु संघमित्रा अपने बोधिवृक्ष की छाया से, संस्पर्श से भला दूर कैसे जा सकती है। वही वृक्ष तो उसकी धर्म चेतना का स्रोत है। वह पिता से अनुरोध करती है, कि वृक्ष की एक मूल सहित डाली को वो अपने साथ उस द्वीप में लेकर जाएगी ताकि बोधिज्ञान के वृक्ष के दर्शन सभी द्वीपवासी वहां पर रहकर भी कर सके। तत्काल कृषि विशेषज्ञ को बुलाया गया। उससे कहा गया कि बोधिवृक्ष की दाहिनी टहनी को इस तरह से काटो ताकि वो दूसरी भूमिपर विस्थापित हो सके। इस कार्य में पूरा एक मास का समय लगा। बोधिवृक्ष के मूल से छूने वाली डाली को चिन्हित किया गया। फिर विशेष शैली में उसे गांठ पर से खण्डित करके, दूसरी मूल जड़ के साथ जोड़ कर, सूत्रधारों से बांधकर, विशेष तापमान में रखकर, बढ़ाया गया और एक मास बाद उसी गांठ से दाहिनी तरफ अर्थात् सूर्योदय की दिशा में पूर्व की ओर एक स्वतंत्र नूतन डाली, अपने मूलजड़ पर खिलती हुई निकल आयी। तब उसे मूल वृक्ष से पृथक करके बौद्ध गया की पवित्र मिट्टी में लपेट कर अष्ठधातु से निर्मित कलश में स्थापित कर सिंहलद्वीप जाने के लिए प्रस्तुत किया गया।

संघमित्रा ने अतिश्रद्धा के साथ उस कलश को ग्रहण किया, और वह अपने माता-पिता एवं राज्यवासियों से विदाई लेकर, अपने जीवन की नूतन यात्रा पर निकल पड़ी। केवल अट्ठारह सावन ही उसने देखे हैं। वो स्वयं भिक्षुणी बन गयी है। यात्रा के समय राजा ने अनगिनत सेवक-सेविकाओं को साथ में भेजा है, किन्तु चीवर धारण किए, एक भिक्षापात्र और बोधिवृक्ष के पौधे का कलश लिए संघमित्रा चल पड़ी। वह गया से पाटलिपुत्र होती हुई तामलिती में पहुंची। सारी यात्रा का मार्ग कहीं अच्छा है, तो कहीं पथरीला। कहीं दुर्गम पहाडियां हैं, तो कहीं कांटेदार झाडियां। संघमित्रा जम्बूकोला बंदरगाह पर पहुंची। वहां पर उसके व उसके सेवक- सेविकाओं के लिए विशाल समुद्री जहाज की व्यवस्था की गई थी। संघमित्रा ने बाल्यावस्था से ही अपने माता-पिता के साथ अनेकों बार देशाटन किया है, किन्तु वह समुद्री यात्रा प्रथम बार कर रही है। समुद्र में उठती बड़ी-बड़ी लहरें, खारी समुद्री हवाऐं सभी को विकल कर रहीं है, किन्तु उन खारी हवाओं और बीच में आते आंधी तूफ़ान में भी वो कलश में रोपे हुए बौधिवृक्ष की शाखा को अत्यन्त सावधानी पूर्वक पकड़ कर बैठी रहती है, जैसे कोई माता अपनी एकमात्र संतान को प्रकृति के प्रकोप से बचाते हुए हर संकट का

सामना निर्भीकता से करती है। अन्त में दो मास की कठिन लम्बी यात्रा को पार करके वे लोग सिहंलद्वीप के बंदरगाह पर पहुंचते हैं। नगर के पूर्वी कोने के पवित्र स्थल में मंत्रोच्चारण के साथ हजारों अनुयाइयों की उपस्थिति में संघमित्रा उस पवित्र बोधि वृक्ष की शाखा को भूमि में रोप देती है। चारों ओर का वातावरण जैसे बुद्धमय हो उठता है। प्रजा भाव विह्वल होकर संघमित्रा भिक्षुणी को दण्डवत प्रणाम करने लगी। उसी की अनुकम्पा से आज सभी उपस्थित सिंहलद्वीप के निवासी धन्य हो गए। उन्हें लगा जैसे स्वयं तथागत बोधिवृक्ष के नीचे ध्यान की मुद्रा में विराजमान हैं।

वो दिन पौष मास की पूर्णिमा का है, लगा रात को चांद अपनी ज्योत्सना में अनुराधापुर को डुबो देगा। दिन भर सभी भिक्षुणियां अधीरता से प्रव्रज्या लेने की प्रतीक्षा कर रही हैं। दिन की उज्जवलता में सभी ने बोधिवृक्ष के रोपन की विधि के दर्शन किए। संघमित्रा को सभी आदरपूर्वक देख रहे हैं। कितने महान चक्रवर्ती सम्राट की कन्या, कितनी अल्प आयु में निर्भीक साहस और श्रद्धा का परिचय देते हुए इतनी लम्बी यात्रा करके भिक्षुणियों को प्रव्रज्या देने स्वयं पधारी है। नारी सशक्तीकरण का साक्षात प्रमाण व प्रतीक है - संघमित्रा। सभी ने स्नान किया, केशों का विच्छेदन किया, श्वेत वस्त्र धारण किए और निर्मल होकर विहार के सामने उपस्थित हो गयीं। प्रथम भिक्षुणी संघ की स्थापना हुई। राजा ने पहले से ही विशाल विहार का निर्माण करा दिया है। अब तो केवल भिक्षुणियों को प्रव्रज्या लेनी है। संघमित्रा ने सर्वप्रथम अनुला को प्रव्रज्या दी और उसके बाद वहां उपस्थित सैकडों नारियों को प्रवव्रज्या देने लगी। संघमित्रा अब यहीं वास करना चाहती है। धीरे-धीरे वहां पर बोधिवृक्ष की शाखाएं-प्रशाखाएं बढ़ने लगीं और उसके साथ-साथ संघ में भिक्षुणियों की संख्या भी बढ़ने लगी। अब संघमित्रा यहां पर प्रथम अहर्त थेरी के रुप में जानी जाती है। उसका प्रत्येक श्वास-प्रश्वास बोधिवृक्ष की दी हुई वायु से जुड़ा है। दिन के आठों प्रहर वो केवल "धर्म" की सेवा में ही बिताती है। अब यही सिंहलद्वीप उसकी धर्म भूमि, ज्ञान भूमि, कर्म भूमि है। अपने जीवन काल की शेष सांस पर्यन्त वह केवल "धर्म दर्शन" में ही समाहित रहती है। अपने निर्वाण से पहले, भिक्षुणी संघ को कह जाती है, "मेरी समाधि बोधिवृक्ष के सामने ही रखना, जहां से वो मेरे को और मैं उनके नित दर्शन कर सकूं" अट्ठारह वर्ष की आयु में उन्हें निर्वाण की प्राप्ति हुई, किन्तु आज भी बोधिवृक्ष की छाया के तले वे सो रहीं हैं, जीवित है उसके जीवन का बौद्ध - धर्म दर्शन "।

■

कुंग की माता

तशांग ही आज प्रात:काल से ही अति विचलित है। देश में जिन शासक का राज्य चल रहा है। वो वैसे तो राज्य का शासकीय अध्यापक है। उनके पितामह भी राज्य शासन में कार्यरत रहे हैं किंतु अब नीति, विचार, धर्म इत्यादि को लेकर चारों ओर अराजकता का वातावरण है। राजमहल में मंत्री और अन्य वंश के राज दरबारियों में अत्यंत गोपनीय ढंग से उथल पुथल हो रही है। राजधानी में वास करना अब उचित नहीं लग रहा। अतएव अपनी पत्नी व थोड़ी सी धनराशि को बांध कर वो अपने पैतृक प्रदेश पिंगयांग में चले आए। वहां पर अपने पूर्वजों के गांव "वु-वंग" में उन्होंने अपने भाई बंधुओं के साथ मिलकर एक छोटे से घर का निर्माण कर लिया। पत्नी हीका अति सुंदर और सरल स्वभाव की है। दंपती प्रारम्भ से ही कन्फूशियस के अनुयाई रहे हैं। सामाजिक जीवन शैली प्राकृतिक रुप से सुदृढ़ और परिवार कल्याणकारी है। उन दोनों में कोई भी महत्वकांक्षी नहीं है। धान की खेती करना, अवकाश में गांव के ही बालकों को शिक्षा प्रदान करना, बस यही उनकी दिनचर्या है। सामाजिक संरचना में परिवार सबसे महत्वपूर्ण इकाई है और परिवार में संतान का जन्म सबसे प्रमुख और आनन्द का स्रोत माना जाता है। हीका जब गर्भवती हुई तो उसकी सास व परिवार की अन्य महिलाएं अति हर्षित हुईं। वह भी प्रतिदिन अपने आने वाले

बालक के सपने देखने लगी। उसे अपने पूरे परिवार का भरपूर सहयोग था। पति तो अधिकतर अध्ययन काल में ही रहते हैं।

सांग राजा ने कुछ वर्षों पूर्व एक नई सांकेतिक भाषा शैली को अपनाने का आदेश दिया है। वह उसी भाषा शैली पर गंभीर रुप से कार्यरत है। गुरूजनों के आशीर्वाद से हीका को एक पुत्र रत्न की प्राप्ति होती है। अति सुंदर बालक चन्द्रमा के समान गोल मुख, लाल कमल की पंखुडियों की तरह उसके होंठ और हीरे की मोती जैसी चमकदार गोल आंखें, मां को ओर क्या चाहिए ? कपास के गोले की तरह गोल मटोल गोरा सा बालक और वो भी पुत्र। समाज में प्रथम पुत्र का विशेष स्थान है, वो अति सम्माननीय माना जाता है। अपने पुत्र को पाकर हीका की दिनचर्या ही बदल गयी। जिस प्रकार पृथ्वी सूर्य के चारों ओर बिना रुके परिक्रमा करती है उसका पुत्र भी उसी के जीवन का केन्द्र है और उसके दिन के आठों पहर उसी के लालन पोषण में व्यतीत होते हैं किंतु मोहमाया के जाल में जड़ित मां भूल जाती है कि प्रत्येक जीव अपनी सांसें गिनवा कर आता है। जब उसका बेटा मां के दूध को छोड़ दूसरा आहार लेना आरम्भ करता है, उसके दुध के दांत अभी उगने ही वाले होते हैं, वह अपने मसूढ़ों में होने वाली हलचल को मां का दूध पीते हुए जोर से उसके स्तन चबाता है तब भी इतनी कष्टदायक पीड़ा को मां बड़े धैर्य से, हर्ष से स्वीकार कर लेती है। उसे प्रतीक्षा है कि कब उसका नन्हा बालक अपने मोती जैसे दांत निकालेगा और अन्न सेवन करके विशाल योद्धा बनेगा किंतु वो दिन देखने से पहले ही एक दिन सोते बालक को मृत्यु देवी अपने आलिंगन में ले लेती है। प्रथम संतान की मृत्यु, माता-पिता दोनों जैसे पागल हो जाते हैं। पिता तो अपने को संभाल लेते हैं किंतु मां का विलाप पहाडियों में दूर दूर तक गूंजता रहता है। वो अपने नन्हें बालक का शव किसी को नहीं देना चाहती किंतु रीति के अनुसार मृत बालक को उससे दूर करना ही पड़ता है ताकि उसका अंतिम संस्कार किया जा सके। कई महीनों तक परिवार में उदासी और दु:ख का वातावरण रहता है। मनुष्य भी बड़ा आशावादी होता है। दंपती अपने वंश के लिए फिर से प्रयत्न करते हैं और पूर्वजों की पूजा-अर्चना करते हैं ताकि वह उन्हें संतान का आशीर्वाद दें। फिर से पत्नी एक और बालक को जन्म देती है किंतु इस समय वह अति सतर्क है। गर्भ धारण से लेकर प्रसूति की पीड़ादायक प्रक्रिया तक वह अति सावधानी के साथ अपने भोजन-औषधि का ध्यान रखती है। अपनी द्वितीय सुंदर संतान को बाहर किसी के पास भी नहीं जाने देती। कितनी बार पति

समझाते हैं कि "एक नवजात शिशु के लिए बाहर की वायु-पवन, सूर्य की किरणों की कितनी आवश्यकता है। प्रिये बालक को तनिक बाहर भी ले जाया करो" । किंतु ममता में बंधी मां अपने पति के वचनों को अनसुना कर देती है। समय धीरे-धीरे आगे बढ़ता है और यह नन्हा बालक भी दूध के दांत उगने से पहले ही महाकाल के भोज का शिकार होता है। इस बार तो सारे परिवार में दु:ख की लहर बह उठती है। मूर्छित मां जैसे होश में आना ही नहीं चाहती। अर्धमूर्छित अवस्था में दिन रात अपने बालकों को स्मरण करते भूखी-प्यासी लेटी रहती है। समय बड़े से बड़े घाव भर देता है, कई साल ऐसे ही बीत जाते हैं। अपने देवर और भाई-बंधुओं के छोटे बालकों को हंसता खेलता देख उसके मन में फिर से मातृत्व धारण करने को आशा अंकुरित होने लगती है। राज्य में अब जिन वंश का राज है। एक दिन सम्राट मिंटेगो को एक दिप्तीमय, कांतिमय, स्वर्ण मय पुरुष के दर्शन होते हैं। सम्राट स्वप्न में देखते हैं कि वह महापुरुष उनके महल के चारों ओर आकाश में विचरण कर रहा है। सम्राट अपने इस स्वप्न का रहस्य अपने मंत्री, पंडित और सामुद्रिक शास्त्रियों से पूछते हैं। सभी उन्हें बताते हैं कि वह महापुरुष भगवान बुद्ध हैं जिन्होंने भारत देश में धर्म प्रचार किया था, चीन देश में भी कई गणराज्यों में बौद्ध धर्म के अनुयाई है। मिंटेगो सम्राट बुद्ध की शिक्षा से अत्यंत प्रभावित होते हैं। तत्काल "संघाराम चौक लान" का निर्माण कराया ताकि बुद्ध भिक्षु, अहर्त वहां आकर बुद्ध की वाणी का प्रचार सकें, प्रवास कर सकें। धीरे-धीरें राज्य की प्रजा बुद्ध की शिक्षा का लाभ लेकर, उसी को अपनी जीवन शैली में अपनाने लगी है। पैंतीस वर्ष की आयु में माता तीसरी संतान को जन्म देती है। अब वह शरीर से दुर्बल हो गयी है। प्रसव पीड़ा ने उसे अधिक क्लांत कर दिया है। उसकी दासियां भी अति भयभीत हैं क्योंकि उन्हें पहले की दोनों संतानों की गति के विषय में ज्ञात है। वह जानती है कि प्रसूति गृह में यह नारी अपनी संतान के प्रति कितनी मानसिक रुप से असुरक्षित अनुभव कर रही होगी। जो भी हो तीसरे पुत्र ने जब पहली बार रोना आरम्भ किया तो मां अपनी पिछ्ली दोनों संतानों की क्षति को भूल गयी, दुर्बल देह में जैसे नवजीवन का संचार उत्पन्न हुआ हो। ना जाने कहां से इतनी स्फूर्ति आ गयी। अपनी तीसरी संतान को लेकर माता अब सुनिश्चित हो गयी। वैद्य ने आकर कह दिया है कि पत्नी की यही शेष संतान हो कयोंकि उसकी देह में ओर शक्ति नहीं है। अगली संतान प्राणघातक हो सकती है। पिता को अपनी पत्नी से जितना प्रेम है उससे भी अधिक सहानुभूति है, वह एक ही संतान से संतुष्ट है। अपने देवताओं व

पूर्वजों का धन्यवाद करते हैं कि कम से कम एक पुत्र के पिता तो बन पाये। पत्नी को बार बार समझाते हैं - "प्रिये, मन में दुराभाव न रखो, न ही किसी अनिष्ट की कल्पना करो, हम जैसा सोचते हैं, वैसा ही होता है केवल अपने पुत्र की मंगल कामना करते हुए इसका पालन-पोषण करो" । इस बार पत्नी का मन कुछ स्थिर हो गया है। उसने अपने जीवन में अनेक दु:ख झेले हैं। वह अब दान-धर्म करती रहती है, ताकि उसके पुत्र का कुछ अनिष्ट ना हो किंतु नियती तो अपना खेल खेलती है। ठीक पहले पुत्रों की भांति अन्न का दाना चखने से पहले ही तृतीय पुत्र भी अपनी आंखें मूंद लेता है। इस बार मां एकदम पाषाण बन गयी है। पुत्र विछोह में उसके नयनों से एक बूंद अश्रु नहीं गिरता, नीरवता के साथ अपलक चक्षुओं से केवल एक अदृश्य दिशा की ओर ताकती रहती है। कब बन्धुजन आए, कब शिशु का शव लेकर चले गये उसे कुछ नहीं पता। उसकी यह दशा देख कर दासियां, ननदें, देवरानियां सभी क्रन्दन करने लगती हैं, उसे रुलाने की असफल चेष्टा करती हैं किंतु मां अब पत्थर बन चुकी है। पति अब आगे से अधिक उसका ध्यान रखते हैं अध्यापन कार्य बन्द कर दिया है। कर्म पर विश्वास रखने वाले, कन्फ्यूशियस की नीतियों के पालनकर्ता का आत्मविश्वास टूट कर बिखर चुका है। अब वह प्रौढ़ावस्था में भी वृद्ध की भांति दिखाई देते हैं। उधर गांव में चर्चा हो रही है कि संघाराम में एक महान भिक्षु आकर प्रवास कर रहे हैं। वो त्रिकालदर्शी हैं। प्रचारक और उपदेशक हैं। उनके शरण में जाने से सारे दु:ख नष्ट हो जाते हैं। मां के कानों में भी यह समाचार आता है। वो सुनकर अधीर हो उठती है अपने पति से कहती है जाकर -"हमारे बालकों के बारे में ज्ञात करो, वह किस रुप में कहां पर जन्म लिए हैं, मैं अपने बच्चों के बारे में जानना चाहती हूं। दुधमुंहे बच्चों ने क्या फिर से जन्म लिया है ? जाओ आपके चरणों में विनती करती हूं, पता लगाकर आओ" । पति दु:खी होकर पत्नी की ओर देखने लगते हैं। ज्योतिष विद्या में उन्हें किंचित भी विश्वास नहीं किन्तु पत्नी को कई वर्षों बाद रोते देख उनका मन पिघल जाता है। संघाराम विहार बहुत दूर है। यातायात का कोई साधन भी नहीं, फिर भी पत्नी अपनी पति के साथ भिक्षु के दर्शन करने को उत्सुक है। दोनों मिलकर दुर्गम मार्ग पार करते हुए, पांच दिनों के बाद विहार में पहुंचते हैं। वहां का शांत वातावरण, नन्हें नन्हें बालक बौद्ध शिक्षा लेते हुए देख दंपती की सारी क्लांति दूर हो जाती है। स्नान करके वह भिक्षु के दर्शन करते हैं। भिक्षु शांत मुद्रा में बैठे उन्हें आशीर्वाद देते हैं। पास के आसन में एक ओर भिक्षु जैसे आचार्य बैठे

हैं। वह मृदु हंसते हुए पूछते हैं - "इतनी दूर भिक्षु संघ में आये हो, आशीर्वाद भी लिया, भिक्षा में क्या दोगे ?" मां रोकर कहती है "मेरे पास देने के लिये कुछ भी नहीं, में अपने तीन पुत्रों को खो चुकी हूँ , मेरी गोद खाली है, मेरा कोई सहारा नहीं, मैं भला आपको क्या दे सकती हूं" । थोड़ी रुक कर फिर बोली - "भन्ते एक मां की सबसे मूल्यवान वस्तु होती है उसकी संतान किंतु मेरे पास तो वह भी नहीं, मैं आपको क्या दूं।"

गुरुचार्य बोले - "अगर तुम्हारे संतान होगी तो क्या तुम संघ को दान करोगी" ? "आप मेरी परीक्षा ना लें। अगर मुझे संतान हुई और वह जीवित रही तो, संघ की शरण में दे दूंगी।" तब गुरु बोले" "तुम्हारी संतान युगों-युगों तक जीवित रहेगी। उसकी वाणी, लेखनी, वचन हर युग में जीवित रहेंगे"। पिता ने आहत होकर भिक्षु की ओर देखा, "यहां संतान ही नहीं है और आप युगों-युगों तक की भविष्यवाणी कर रहे हैं। मेरी पत्नी पहले से दारुण पीड़ा में जी रही है। हम गृहस्थ हैं, आपकी तरह त्यागी नहीं, कृपया हमें भ्रमित मत करें। भिक्षु शांत मुद्रा में मुस्कुराए और बोले "बुद्ध की शरण में आ जाओ। सभी का कल्याण होगा।" इतना वचन बोलकर सभागार से उठकर अपने कक्ष में चले गए।

मां मन में नई आशा का द्वीप लिए अपने निवास पर अपने पति के साथ आ गयी। ये चमत्कार है या प्रकृति की लीला उसने फिर से गर्भधारण किया किंतु वैद्य और पिता इस बार बहुत चिंतित हैं। उसकी शारीरिक और मानसिक अवस्था गर्भ धारण करने के उपयुक्त नहीं है। गर्भपात को महापाप माना जाता है। इसीलिये समय की प्रतीक्षा करने लगे। ठीक नौवें मास के नौवें दिन भयंकर प्रसव पीड़ा के पश्चात आशानुसार कृष्ण पक्ष की द्वादशी के चंद्र की तरह मलिन, दुर्बल, बीमार से शिशु ने जन्म लिया। दासियों ने मां से अभी तक नाभि नाल भी नहीं काटा है। वैसे ही गंदे से खून में लथ-पथ, पक्षी की पतली हड्डियों वाले दुबले पतले बालक को मां ने झट से अपने सीने से लगा लिया। अति कठिनाइयों और अनुरोध के पश्चात दासियों ने उसे मां से छुड़ाकर, नहला धुला कर सूती वस्त्र में लपेट कर फिर से मां के पास सुलाया। अब तो मां एक क्षण के लिए भी उसे धरती पर नहीं रखती। सदैव अपनी छाती से चिपकाए रखती है। बालक को इससे सांस लेने में असुविधा भी होती है किंतु मां जैसे काल के पंजे से बचाने के लिए पूर्ण रुप से प्रस्तुत है। बालक स्तन पान पूरा करके अब कुछ अन्न भी ग्रहण करने लगा है। दूध के दांत भी निकल चुके हैं। माता ने

उसका नाम कुंग रखा है। कुंग प्रति क्षण मां की देह से ही चिपका रहता है। जैसे वो दोनों दो ना होकर एक ही प्राण है। हृदय के स्पंदन भी जैसे एक साथ होते हैं। जिस प्रकार बंदरिया अपने बच्चे को पेट से चिपका कर चलती है, सारे काम करती है। कुंग की माता भी उसे अपने से लगाकर रखती है। धरती पर पैर भी नहीं रखने देती। कुंग ने ना कभी सूर्योदय देखा और न ही सूर्यास्त। नदी, पहाड़, जंगल, घाटी, मार्ग क्या होता है उसे नहीं पता, वो गांव की सीमा तक नहीं गया। अपने कक्ष से बाहर उसकी माता ने उसे जाने ही नहीं दिया। उसके दांत अब मोतियों की तरह निकल आए हैं। किंतु माता उस पर सूर्य की किरण भी नहीं पड़ने देती। बाहर की शुद्ध वायु में सांस भी नहीं लेने देती। प्रतिक्षण गोद में उठाए घूमती है, जिससे बालक ना तो ठीक रुप से बैठना सीखा है और ना ही चलना, सदैव बीमार सा, क्लांत सा रहता है। वैद्य और पिता अनेक बार समझाते हैं कि बालक को प्रकृति की गोद में ही बढ़ने दो, तभी उसका उचित विकास हो पाएगा किंतु पुत्र मोहिनी मां किसी की बात नहीं मानती। जैसे ही बालक पांच वर्ष का हुआ तो गंभीर रुप से बीमार पड़ गया। जड़ी - बूटियों के रस, औषधि कुछ भी उस पर काम नहीं कर रहे, तब गांव के ज्ञानी ने कहा - "तुमने तो इसे भिक्षा में दान देना था, जाओ इसे विहार में जाकर भिक्षु को दान कर दो। यह उनका है, उन्ही के पास सुरक्षित रहेगा"। माता को अपने दिए हुए वचन स्मरण हो उठे। अपने बालक को सारी रात अपलक निहारती रही, प्रात: काल सारे दु:खों को पीकर अपने आंखों के तारे को पति को देकर बोली - "जाओ इसे बुद्ध की शरण में ले जाओ, मेरी आंखों से दूर रहकर अगर यह जीवित रहता है तो मुझे पुत्र-विरह स्वीकार है।" भारी मन से पिता अपने पुत्र को विहार में दे आता है। जब पिता वहां पहुंचते हैं तो उनके कानों में मंत्र की ध्वनि पड़ती है -

"बुद्धं शरणं गच्छामि,
धम्मं शरणं गच्छामि,
संघं शरणं गच्छामि।"

ये ध्वनि सुन अशांत पिता का मन एकदम शांत हो जाता है। मृतप्राय सा कुंग उनकी गोद में हठात हलचल करने लगता है।

भिक्षु गण आकर अति स्नेह के साथ उसे पिता की गोद से उतार कर उसका हाथ पकड़कर संघाराम विहार के मुख्य भिक्षु के पास ले जाने लगते हैं। कुंग ने प्रथम बार धरती पर पैर रखा है। पहले तो वो लड़खड़ाया फिर भिक्षु का हाथ पकड़ कर

धीरे-धीरे आगे बढ़ने लगा। प्रथम बार उसने उपर विशाल गगन देखा, चारों तरफ दृष्टि घुमाई तो चीवर पहने शांत भिक्षुओं को विचरण करते देखा, सोन चिरैया पेड़ की डाली पर बैठ कर चहचहा रही है। सूर्य की मद्धिम किरणें मेघों के बीच में लुकाछिपी खेलती उस पर पड़ रही है। शुद्ध पवन उनके नसिका से होती हुई दुर्बल फेफडों में पहुंचने से शक्ति का संचार कर रही है। पिता निश्चिंत होकर पुन: गांव लौट आए किंतु माता का मन उदास ही है। कुंग संघाराम विहार में अति शीघ्रता से स्वस्थ होने लगा है। वह तेंदुए की तरह घाटियों के मार्ग में दौड़ता है। शरीर भी सुडौल हो गया है। विहार के सारे कार्य अति दक्षता के साथ पूर्ण करता है। उसके पर पितामह राज्य में शासकीय अधिकारी थे, पिता अध्यापक थे, ये गुण उसे वंशानुगत मिले हैं। वह बौद्ध शिक्षा के अधययन में सदैव उत्तीर्ण होता है। तब विहारों में जो युवक शिक्षा ग्रहण करते थे उन्हें "समानेरों" की तरह धान के खेतों में काम करना पड़ता था। कुंग भी खेतों में धान की खेती करता है किंतु अन्य समय में वो केवल बुद्ध की शिक्षा ही ग्रहण करता है। एक बार कुछ युवक गरीबी व अन्न के अभाव दोनों कारणों से उसके खेतों में कटी हुई धान चोरी करने आ जाते हैं, उनके हाथों में हथियार है, यह देख कुंग के बुद्ध शिक्षार्थी साथी भाग कर छिप जाते हैं, किंतु कुंग विशाल गर्जना करते हुए उन्हें कहता है "जाओ ले जाओ ये सारा कटा हुआ धान। तुम लोगों ने अपने पूर्व जन्मों में ना जाने कितने पाप किए थे, अब चोरी करके अन्न प्राप्त कर रहे हो। सोचो इस जन्म के चोरी के पाप से मुक्त होने के लिए और कितने जन्मों तक पाप करना पड़ेगा, तब तो कभी मुक्त नहीं हो पाओगे" । यह कह कर सारे धान उन्हें दे दिए। उसकी बातें सुन चोरी करने आए युवक इतना अधिक प्रभावित हुए कि उन्हें अपनी इस स्थिति पर अति दया आई और वह पैर पकड़कर क्षमा याचना करने लगे और विहार में आकर बौद्ध धर्म के अनुयाई हो गए। इस घटना के बाद कुंग को प्रवज्या प्राप्त हुई। अब वह अपना सारा समय बुद्ध धर्म की शिक्षा और ग्रन्थों को लिखने में ही लगाता है। इसी बीच माता उसे संदेश भेजती हैं कि उसके पिता का देहान्त हो गया है। पुत्र होने के नाते उसे गांव आना पड़ेगा।

कुंग अपने चाचा को उत्तर देता है - "मैं यहाँ पर एक भिक्षु हूं। जन्म-मृत्यु के चक्र से मुक्ति पाना चाहता हूं। गृहस्थ जीवन के सुख मुझे आकर्षित नहीं करते, मृत्यु से दु:ख नहीं होता, मेरा जीवन शिक्षा, अध्ययन और सत्य के मार्ग पर चलने के लिए उत्सर्ग है। कृपया आप मुझे गांव में जाने का अनुरोध ना करें।" इतने छोटी उम्र में

इतनी ज्ञान की बातें करने वाले किशोर कुंग की वाणी को सुनकर उसके चाचा आश्चर्यचकित हो गये। घर वापिस आकर कुंग की माता को उसके वार्तालाप का पुरा ब्योरा दिया। माता हृदय विचलित हुआ कि एकमात्र जीवित पुत्र संतान अपने मृत पिता के शेष दर्शन के लिए नहीं आ रही है किंतु कहीं मन के कोने में आशा का द्वीप जल रहा है कि उसका पुत्र समाज के लिए प्रयत्नरत है। उसकी शेष एक मात्र जीवित संतान सदैव जीवित रहेगी, किंतु कैसे ? यह प्रश्न अभी भी कुंग की माता को कचोटता है। वह युगों तक जीवित रहने वाली भविष्यवाणी का स्वागत तो करती है किंतु एक साधारण मां के पास कालान्तर में यह समाचार भी आता है कि कुंग अब पूर्ण रुप से भिक्षु बन गया है। वो सर्वश्रेष्ठ उपदेशक है। उसके उपदेश सुनने सारे चीन राज्य से लोग आते हैं। जिस पुत्र को पांच साल तक धरती पर पैर नहीं रखने दिया था, वो कुंग आज विश्व भर में यात्राएं करता है। बुद्ध के ज्ञान को बांटता है। बुद्ध शिक्षा के "त्रिपिटक" के "विनयसूत्र" की खोज करना चाहता है। वह जाना चाहता है गौतम बुद्ध की जन्म स्थली को, वह जाना चाहता है जहां पर तथागत को "दिव्यज्ञान" की प्राप्ति हुई थी, वह यात्रा करना चाहता है प्रत्येक उस मार्ग की जहां पर भन्ते स्वयं पैदल चले थे। लेकिन गांव में बूढ़ी होती विधवा माता के मन की भावनाओं को नहीं पढ़ना चाहता है, मां के हृदय में बहती स्नेह की धारा के प्रवाह में प्रवाहित नहीं होना चाहता। कुंग अगर मातृ मोह में बंध जाएगा तो केवल उसी का पुत्र होकर रह जाएगा, अपितु धम्म के लिए कार्य करेगा तो युगों-युगों तक स्मरणीय रहेगा। वहां कुंग भी अब आचार्य बन गया है। उसे "फाह्यान" की उपाधि से सम्राट ने सुशोभित किया है। "फा" का मतलब धर्म, और "ह्यान" का मतलब आचार्य गुरु अर्थात धम्म का गुरु। अब "फाह्यान" की लिपि बद्ध वाणी को चीन की सांकेतिक राजकीय भाषा में लिपिबद्ध किया जा रहा है। कुंग भी भारत की भूमि में आकर विशेष पवित्र बौद्ध ग्रन्थों का अध्ययन कर उसका अनुवाद अपनी मातृभाषा में करना चाहता है किंतु एक दुर्बल सी ममता की डोर है जो अभी तक अदृश्य रुप से कुंग कंग को अपनी माता से बांधे हुई है । वैरागी, वीतगामी होने पश्चात भी पूर्णरुप से अभी तक स्वतंत्र नहीं हो पाया है। कुंग की माता उसके जीवन की यात्रा में बाधा नहीं डालना चाहती। मन ही मन तथागत को स्मरण करती है, प्रार्थना करती है कि उसे इस जीवन से मुक्त कर दो। कुंग को अपनी माता की मृत्यु का समाचार मिलता है। मन में थोड़ा सा कहीं कुछ कभी अनुभव करता है किंतु वो भिक्षु है और प्रियजनों की मृत्यु पर अश्रु बहाना

अपराध है। वो सुख - दु:ख जैसी भावनाओं से परे है। कुंग के अश्रु नहीं निकलते। चक्षुओं से बाहर नी आकर हृदय में ही शान्ति से समा जाते हैं किन्तु वह एक बार अपनी माता के अंतिम दर्शन करने अपने जन्म स्थान जाता है। सारा गांव उसकी प्रतीक्षा कर रहा है। अपनी जन्म दात्री की अंतिम इच्छा पूर्ण करने। उसके समाधि के दर्शन करने जाता है। सभी ग्राम वासी उसको भिक्षु के रुप को देख विस्मित हैं, श्रद्धा से सभी उसे नमन करते हैं। फाह्यान ने अपने मन के अंदर की दुर्बल डोरी से अपना नाता सदा के लिए तोड़ लिया है। अब वह पूर्ण मुक्त है, उसे अभी बहुत महान कार्य करने हैं। विदेश भ्रमण करने हैं, यात्राओं का विवरण लिखना है, बौद्ध ग्रन्थों का अनुवाद करना है। कुंग की माता अब निश्चिंत होकर जीवन-मृत्यु के चक्र से मुक्ति पा गई हैं। उसका नाम इतिहास में कोई नहीं लेता है किंतु अपने प्राणों की बाजी लगाकर जिस चतुर्थ संतान को उसने जन्म दिया था वो आज भी उपदेशक, प्रख्यात इतिहास रचयिता, यायावर, बौद्ध शिक्षक, प्रथम चीनी यात्री, बौद्ध धम्म ग्रंथ अनुवादक, चिंतक के रुप में सर्व विश्व में जीवित है।

BLACK EAGLE BOOKS

www.blackeaglebooks.org
info@blackeaglebooks.org

Black Eagle Books, an independent publisher, was founded as a nonprofit organization in April, 2019. It is our mission to connect and engage the Indian diaspora and the world at large with the best of works of world literature published on a collaborative platform, with special emphasis on foregrounding Contemporary Classics and New Writing.

www.ingramcontent.com/pod-product-compliance
Lightning Source LLC
LaVergne TN
LVHW041637060526
838200LV00040B/1606
9781645601753